Zum Buch:

Lindenblüte, Birke, Tonkabohne, Linaloeholz und Styrax – es sind noch mehr Zutaten, die den duftenden Rauch ausmachen, der Leni in eine besondere Stimmung hüllt. Wie früher geht sie gemeinsam mit ihrer Großmutter, die das kleine Räucherstövchen trägt, durch alle Räume und kostet den feierlichen Moment aus. Die alten Rituale, aber auch die langen Strandspaziergänge, bei denen sie die salzige Meeresluft genießt, helfen Leni, sich zu erden. Dann begegnet sie ihrer Jugendliebe Kristan wieder und beginnt, von einer Zukunft in St. Peter-Ording zu träumen. Kann Leni es wagen und dem großen Glück eine zweite Chance geben?

Zur Autorin:

Tanja Janz wollte schon als Kind Bücher schreiben und malte ihre ersten Geschichten auf ein Blatt Papier. Heute ist sie Schriftstellerin und lebt mit ihrer Familie und zwei Katzen im Ruhrgebiet. Neben der Schreiberei und der Liebe zum heimischen Fußballverein schwärmt sie für St. Peter-Ording, den einzigartigen Ort an der Nordseeküste.

Lieferbare Titel:

Winterstrandtage
Wintermeer und Bernsteinherzen
Dünenleuchten
Friesenwinterzauber
Leuchtturmträume
Wintermeer und Dünenzauber
Dünentraumsommer
Das Muschelhaus am Deich
Dünenwinter und Lichterglanz
Strandrosensommer
Mit dir auf Düne sieben
Friesenherzen und Winterzauber
Krabbe mit Rettungsring
Strandperlen

St.-Peter-Ording-Saga:
Wo der Seewind flüstert

Tanja Janz

Winter-Strandtage

ROMAN

HarperCollins

1. Auflage 2023
Originalausgabe

Umschlaggestaltung von Hauptmann & Kompanie Werbeagentur, Zürich
Umschlagabbildung von Stefan Wille / Alamy Stock,
Lemonsoup14, Charunee Yodbun / Shutterstock
Gesetzt aus der Stempel Garamond
von GGP Media GmbH, Pößneck
Druck und Bindung von GGP Media GmbH, Pößneck
Printed in Germany
ISBN 978-3-365-00394-7
www.harpercollins.de

Klimaneutral
Druckprodukt
ClimatePartner.com/15109-2009-1001

FSC
MIX
Papier
FSC® C014496

Für alle
SPO-Winterroman-Fans,
die es sich mit einer heißen Tasse Tee,
selbst gestrickten Socken und einer Kuscheldecke
auf ihrem Sofa gemütlich gemacht haben!

Prolog

Zwei Wochen zuvor

Die Abenddämmerung hatte bereits früh eingesetzt, und vom Nachbargrundstück fiel der Lichtschein der Terrassenlampe in ihren Garten. Fluffige Schneeflocken segelten nahezu schwerelos vom Himmel herab. Gelegentlich trieb eine Windböe sie von ihrer Schwebebahn ab, und sie landeten an einer anderen Stelle, sanft auf den Blättern der Büsche, den abgedeckten Gartenmöbeln vor dem Holzschuppen oder auf der Wiese, deren Grashalme bereits fast gänzlich von der weißen Pracht verdeckt waren.

Leni blickte verträumt aus einem der hohen Sprossenfenster und seufzte innerlich. Ein Schluck von dem dampfenden Tee in ihrer Tasse wärmte sie angenehm, und sogleich durchströmte sie ein Gefühl von Behaglichkeit. Sie liebte die kalte Jahreszeit, wenn sie gemütliche Abende unter einer Kuscheldecke verbringen und dabei alte Spielfilme aus ihrer DVD-Sammlung ansehen oder sich mit einem Buch im heißen Badewasser entspannen konnte. Besonders die Wochen im Dezember hatten es ihr angetan. Dann waren die Wohnungen und Häuser festlich geschmückt, Holzbüdchen auf den Weihnachtsmärkten luden zum Flanieren ein, und in den Kaufhäusern wurden Weihnachtsklassiker gespielt. Überall schien eine leise Vorfreude in der Luft zu liegen auf das Fest der Feste, das nicht mehr fern war.

Beim ausgiebigen Plätzchenbacken war Leni jedes Jahr ganz in ihrem Element – und wenn sie ihre Liebsten mit eigens kreierten Adventskalendern überraschen konnte. Es waren liebgewonnene Rituale, auf die sie sich schon im Februar freute. Und wenn sie ehrlich war, freute sie sich sogar auf die Vorweihnachtszeit weitaus mehr als andere auf den Sommerurlaub.

Langsam wandte sie sich von der winterlichen Idylle ab und ging zu dem massiven Holzesstisch, den sie vor der Durchreiche zur Küche platziert hatte. Leni stellte die Trinkschale auf der Tischplatte ab und griff nach einem Gasfeuerzeug. Sie zündete nur eine der vier Adventskerzen auf dem Kranz an, den sie bereits Mitte November gebunden und liebevoll dekoriert hatte. Der Flammenschimmer spiegelte sich in den golden glänzenden Schleifen, mit denen sie den Kranz verziert hatte. Eine Weile blieb sie vor dem Tisch stehen und genoss es einfach, nur das gleichmäßige Flackern der Kerze zu betrachten und die Duftmischung aus warmem Wachs und Tanne wahrzunehmen, die ihr in die Nase stieg. Ja, so roch Weihnachten, und am nächsten Tag war bereits der zweite Advent.

Wieder einmal konnte sie es kaum fassen, wie schnell das letzte Jahr vergangen war, in dem sich ihre berufliche und Wohnsituation unverhofft verändert hatte.

Leni wandte den Kopf Richtung Diele, nahm ihren Tee mit und blieb kurz darauf gedankenverloren an der Tür stehen. Das leise Prasseln der Dusche drang aus dem Bad im ersten Stock an ihre Ohren. Das herbe Aroma eines Duschgels vermischte sich mit dem süßen ihres Tees.

Welch Glück sie doch hatte! Ihr Leben hatte sich so entwickelt, wie sie es sich immer erträumt hatte. Dankbarkeit stieg in ihr auf. Manchmal musste Leni sich in den Arm zwicken, um sich zu vergewissern, dass alles nicht bloß Einbildung war.

Vor zehn Monaten hatte sich ihre berufliche Situation komplett verändert. Einem Impuls folgend, hatte sie sich auf eine Stellenausschreibung der Stadt beworben, weil ihr die alte Arbeitsstelle als Medienpädagogin bei einem Weiterbildungsinstitut schon lange zu eintönig geworden war. Leni hatte die Bewerbungsunterlagen per E-Mail an die Personalabteilung geschickt und sich nicht wirklich große Chancen ausgerechnet, zu einem Gespräch eingeladen zu werden, geschweige denn darauf, am Ende für die Stelle ausgewählt zu werden. Sie kannte niemanden bei der Stadt, der ein gutes Wort für sie hätte einlegen können, und hatte einmal aufgeschnappt, dass häufig Bewerber genommen wurden, die hausinterne Fürsprecher hatten. Trotzdem hatte Leni die Einladung erhalten und zwei Wochen nach dem Vorstellungsgespräch die schriftliche Zusage. Nach Ablauf der Kündigungsfrist hatte sie schließlich den alten Job beendet und den neuen in der städtischen Zentralbibliothek angetreten – ihr absoluter Traumjob, wie sich kurz darauf herausstellte.

Als Nächstes hatte Armins Tante Irmtraud der Familie an Ostern jäh eröffnet, sich aus Altersgründen verkleinern zu wollen, und ihrem Neffen ihr Haus mit großzügigem Grundstück zu Lebzeiten überschrieben. Es war schnell klar gewesen, dass sie und Armin die in die Jahre gekommene Immobilie sanieren und endlich zusammenziehen würden. Immerhin waren sie schon seit über zwei Jahren ein Paar. Die unverhoffte Gelegenheit war ihnen wie ein Wink des Schicksals erschienen, und Leni hatte sich sehr darauf gefreut, den nächsten gemeinsamen Schritt zu gehen.

Dank der tatkräftigen Unterstützung ihres Freundeskreises hatten sie nicht nur an vielen Stellen Geld gespart, sondern waren auch mit der Renovierung zügiger vorangekommen, weil sie auf keine freien Termine von Handwerksfirmen hatten warten müssen. Bereits ein halbes Jahr später waren sie in ihr gemeinsames Heim eingezogen.

Zimmer für Zimmer hatte Leni liebevoll eingerichtet und dabei auf viele kleine Details geachtet. Das Bad hatte sie mit Muscheln und maritimer Deko verschönert. Auf der Fensterbank in der Küche wuchsen Kräuter in einem kleinen Gewächshaus, und auf der ersten Stufe des Treppenaufgangs hatte sie eine Holzlaterne im Landhausstil gestellt, die abends von einer Lichterkette erhellt wurde. Besonders liebte sie den Raum mit dem kleinen Balkon und Blick in den Garten, der gleich neben ihrem Schlafzimmer lag. Als Armin gesagt hatte, dass er dort sein Home-Office einrichten wolle, hatte sie zwar genickt, jedoch in einem Nebensatz eingeworfen, dass es in ihren Augen auch ein ideales Kinderzimmer sei. Den gemeinsamen Wunsch nach einer eigenen Familie hatten sie längst besprochen und waren sich glücklicherweise einig gewesen. Mit fast vierzig Jahren fühlten sie sich beide bereit. Besonders Leni wünschte sich schon sehr bald ein Baby, weil sie wusste, dass es umso schwieriger werden könnte, schwanger zu werden, je länger sie wartete.

Das Zimmer war letztlich für ihren gemeinsamen Wunsch frei geblieben. Armin hatte sein Arbeitszimmer im Erdgeschoss in einem kleinen Raum zwischen Diele und Küche eingerichtet. »Ist ohnehin praktischer. Da ist der Weg zur Kaffeemaschine nicht so weit«, hatte er die Entscheidung mit einem Augenzwinkern kommentiert.

Als das gleichmäßige Plätschern der Dusche verklang, ging Leni in die Küche, spülte ihre inzwischen leere Teetasse aus und stellte sie in die Spülmaschine.

»Leni?«, hörte sie Armin aus dem ersten Geschoss rufen.

Sie schaute aus der Küche und blickte die Treppe hoch. »Ja?«

Er erschien vor der obersten Stufe. Sein Haar war nass, um seine schlanke Taille hatte er ein Handtuch geschlungen. Lenis Blick blieb an seinem durchtrainierten Oberkörper hängen. Wie gut er doch aussah! Sie bewunderte ihn für seine Disziplin. Er achtete auf eine ausgewogene Ernährung, genügend Schlaf und ging konsequent jeden zweiten Tag zum Training ins Fitnessstudio. Sie hingegen konnte oftmals ein interessantes Buch nicht aus der Hand legen und schmökerte darin die halbe Nacht, statt zu schlafen. Ihre sportlichen Ambitionen hielten sich auch in überschaubaren Grenzen, und bei süßen Versuchungen konnte sie einfach nicht widerstehen. Mehrmals hatte sie sich vorgenommen, Armins gutem Beispiel zu folgen. Doch nach ein paar Tagen verwarf sie ihre Pläne meistens wieder. Entweder hielt ein spannendes Buch sie vom Sport ab, oder ein unverzichtbarer Mädelsabend mit Karla, Angi und Diana machte die guten Vorsätze zunichte.

»Hast du eigentlich gestern die Flasche Bordeaux besorgt?«, erkundigte sich Armin.

Leni zog die Nase kraus und verschränkte die Arme vor der Brust. »Mist! Hab ich ganz vergessen.«

»Als hätte ich es geahnt.« Er seufzte und verdrehte die Augen.

Leni schüttelte entschuldigend den Kopf. »Ich war gestern nach der Arbeit doch bei Diana, weil ihre Katze vor ein paar Tagen Babys bekommen hat. Da habe ich es völlig verschwitzt. Tut mir leid. Die Kätzchen waren einfach zu süß.«

»Mit leeren Händen können wir unmöglich bei Karla und Severin ankommen. Immerhin haben sie uns zum Essen eingeladen«, wandte er ein. »Eine gute Flasche Wein ist das Mindeste, was wir mitbringen sollten.«

»Natürlich.« Sie nickte schuldbewusst. »Alles andere wäre auch höchst unhöflich.«

»Eben.« Er kratzte sich unschlüssig am Hinterkopf. »Was machen wir nun?«

Sie blickte zur Digitalanzeige des Herds. Gleich Viertel nach sieben. »Wenn wir uns beeilen, schaffen wir es noch zum Weinkontor, bevor der Laden schließt«, überlegte sie laut.

Armin zog die Augenbrauen hoch. »An mir soll es nicht scheitern. Ich bin in spätestens zehn Minuten fertig«, sagte er herausfordernd und spielte dabei auf die Tatsache an, dass Leni meistens Stunden brauchte, bis sie ausgehfertig war.

»Das schaffe ich. Ich muss ja keine Schönheitskonkurrenz gewinnen.« Leni lief die Treppenstufen hoch.

Als sie auf seiner Höhe war, knuffte er sie neckend in die Seite. »Dann mal los. Die Zeit läuft.«

»Das Bad gehört jetzt mir«, erklärte sie bestimmt und schob sich entschlossen an ihm vorbei. Bevor sie die Tür schwungvoll hinter sich schloss, sah sie, wie er lächelnd einen Finger hob.

»Zehn Minuten. Ich gehe dann schon vor, wenn ich fertig bin, und hole das Auto aus der Garage.«

Leni öffnete die Wagentür und ließ sich auf den bequemen Beifahrersitz fallen. Armin befreite noch mithilfe eines Handfegers, den er zuvor aus dem Kofferraum genommen hatte, die Windschutzscheibe von einer Schicht frischen Pulverschnees. Obwohl sie nicht länger als eine Viertelstunde in dem Weingeschäft gewesen waren, bedeckte eine dünne Schicht Neuschnee die Scheibe. Leni schrieb auf ihrem Smartphone eine Nachricht an ihre Freunde, in der sie ihnen mitteilte, dass sie sich etwas verspäteten.

Das war nicht mehr zu ändern. Beim Weinkauf war Armin aufgefallen, dass er seinen Führerschein und die

Fahrzeugpapiere in der Küche liegen gelassen hatte. Die wollte er noch holen, bevor sie zu Karla und Severin fuhren.

Leni schickte die Nachricht ab und hob den Blick. Sie winkte Armin lachend zu, als er die weiße Pracht auch auf der Beifahrerseite entfernt hatte. Wenig später saß er neben ihr.

»Das wird bestimmt ein schöner Abend«, sagte Leni.

Armin schnallte sich an. »Jetzt kommen wir wegen meiner Schusseligkeit zu spät.«

»Das kann doch mal passieren.« Beschwichtigend zeigte sie ihm den Bildschirm ihres Handys, auf dem Karlas Antwort aufgepoppt war: *Nicht schlimm! Der Braten braucht sowieso noch eine gute halbe Stunde. Wir haben uns auch etwas mit der Zeit verkalkuliert. Lasst euch Zeit und fahrt vorsichtig. Bis gleich! Karla*

»Trotzdem komme ich lieber pünktlich zu Verabredungen«, entgegnete Armin und gähnte hinter vorgehaltener Hand. »Ich bin jetzt schon müde.«

»Ist doch noch früh am Abend. Also ich bin topfit.« Herausfordernd zwinkerte sie ihm zu.

Armin startete den Motor und setzte den Blinker. »Du bist ja auch eine Nachteule. Dein Tag fängt später an als meiner. Ich habe heute früh um fünf schon auf dem Laufband geschwitzt und möchte morgen auch zeitig im Fitnessstudio sein.«

»Findest du das nicht ziemlich ungemütlich für einen Sonntagmorgen?« Leni schaute im Vorbeifahren in einen Garten, an dessen eingeschneiten Bäumen und Sträuchern hübsche Weihnachtslichter leuchteten.

»Je früher ich mein Sportpensum absolviert habe, umso mehr habe ich vom Tag. Außerdem bin ich mit Andi verabredet. Zu zweit macht es mehr Spaß.«

Leni blickte ihn von der Seite an. »Deine Disziplin möchte ich haben.«

Er grinste schief und bog auf eine Hauptstraße ab. »Deine Qualitäten liegen woanders.«

»Aha? Nenn mir welche«, forderte sie ihn auf.

»Nun ja … Manchmal wächst du über dich hinaus. Du warst vorhin zum Beispiel nach zwölf Minuten fertig.«

Leni lachte. »Stimmt.« Sie lehnte den Kopf gegen die lederne Stütze und schloss kurz die Augen. »Eigentlich können wir auch zu Fuß gehen, dann bräuchtest du gar keine Papiere.«

Er zog die Augenbrauen hoch. »Bei der Kälte?«

»Sind doch höchstens zehn Minuten. Wenn wir uns beeilen, vielleicht acht.«

»Im Sommer gerne, aber bei Temperaturen um den …« Er brach mitten im Satz ab und fuhr rechts ran, um dem Feuerwehrauto Platz zu machen, das sich in hohem Tempo und mit Blaulicht und Sirene genähert hatte. Sobald der Löschzug an ihnen vorbeigefahren war, fuhr Armin zurück auf die Hauptstraße. »Die Feuerwehr ist heute mal wieder rasant unterwegs.«

Leni lächelte. »Ja, wenn es brennt, zählt jede Minute.«

Beunruhigt schaute er in den Rückspiegel. »Meine Güte! Da kommt schon der nächste Löschzug.«

Wieder hielten sie am Straßenrand. Dort blieben sie eine Weile stehen, denn weiter hinten flackerte erneut blaues

Licht auf, und laute Martinshörner ertönten. Wenig später brauste sogar ein dritter und vierter Feuerwehrwagen an ihnen vorbei.

»Oje! Hoffentlich ist nichts Schlimmes passiert«, meinte Leni.

»Die Hauptstraße führt bis ins Industriegebiet an der Schillerstraße. Vielleicht ist in der Großbäckerei ein Feuer ausgebrochen«, mutmaßte Armin. »Bei den hohen Temperaturen in den Öfen kann das durchaus passieren.«

»Meinst du? Ich tippe eher auf einen Wohnungsbrand. In einer Bäckerei wird die Technik doch bestimmt regelmäßig gewartet, und zusätzliche Sicherheitsvorkehrungen sind doch bestimmt auch Standard? Da passiert doch so schnell nichts.«

Armin zuckte die Schultern. »Nichts ist absolut sicher. Schon gar nicht Technik. Und menschliches Versagen kommt auch immer wieder vor.«

Leni schnupperte. »Riechst du das auch?«

Er schüttelte den Kopf. »Ich rieche nichts.«

Stirnrunzelnd ließ sie kurz die Scheibe herunter. »Eindeutig verbrannt. Sogar ziemlich stark, als käme es aus dieser Gegend.«

»Jetzt rieche ich es auch.« Er setzte den Blinker, um in die kleine Seitenstraße einzubiegen, die zu ihrer Straße führte. Weil die Fahrbahn der ruhigen Seitenstraße von mehreren Zentimetern Schnee bedeckt war, konnte Armin nur Schritttempo fahren. »Das muss ein größerer Brand sein, wenn man es bis hierhin riechen kann.«

»Hoffentlich passiert niemanden etwas.«

»Immer positiv denken.« Er lächelte ihr aufmunternd zu, dann änderte sich abrupt seine Miene. »Hey! Was ist denn da vorne los?«

Leni schaute wieder nach vorne. Sie waren fast angekommen. »Oh nein! Das Feuer ist ja in unserer Straße!«

In den Fensterscheiben der umliegenden Häuser spiegelte sich das Blaulicht. Auf dem Bürgersteig hatte sich eine Menschentraube gebildet, die mit dem Rücken zu ihnen stand. Ein Feuerwehrauto befand sich mitten auf der schmalen Straße, daneben parkte ein Krankenwagen halb auf dem Gehweg. Leni und Armin parkten an der Seite und stiegen aus, da es für sie kein Weiterkommen gab. Beißender Brandgeruch lag über der Straße.

Leni hustete und zog sich den Schal über die Nase, um ihre Atemwege zu schützen. Erst jetzt sah sie, dass überall Feuerwehrleute herumliefen. Weiter entfernt vor ihnen erkannte sie eine Drehleiter, auf der jemand mit einem Schlauch stand. Die Luft war nebelig und die Sicht begrenzt.

In der Menschenansammlung drehte sich plötzlich eine Frau zu ihnen um und stürzte sogleich auf sie zu. »Meine Güte! Da sind Sie ja. Wir dachten schon, Ihnen wäre etwas zugestoßen!«, rief ihre Nachbarin Frau Schneider aufgeregt.

»Uns geht es gut«, erwiderte Armin beschwichtigend. Leni konnte jedoch in seinen Augen sehen, dass er in Wirklichkeit alles andere als beruhigt war.

»Aber was ist denn eigentlich passiert?« Leni verspürte ebenfalls wachsende Unruhe, verbot sich jedoch jeden weiteren Gedanken, bevor sie keine Gewissheit hatte.

»Ich weiß gar nicht, wie ich es sagen soll.« Frau Schneider rang sichtlich nach Worten. Da trat Herr Schneider an ihre Seite und legte einen Arm auf die Schultern seiner Frau. Er sah sie bekümmert an. »Wissen Sie schon Bescheid?«

Frau Schneider schüttelte bloß den Kopf und sah ihren Mann bittend an.

Bevor Herr Schneider das Wort ergreifen konnte, tauchte eine weitere Nachbarin mit einem Polizisten im Schlepptau auf. Er kam im Laufschritt auf sie zu.

»Sind Sie die Bewohner der Gartenstraße 10?«

»Ja, das sind wir.« Armins sonst so gefasste Stimme klang völlig fremd. Sie schien mit einem Mal um eine Oktave höhergerutscht zu sein.

Sie griff intuitiv nach Armins Hand und fasste sich mit der anderen an den Hals. Sie konnte nicht verhindern, dass sie zitterte.

Der Polizeibeamte hob beschwichtigend seine Hände. »Bitte bleiben Sie ruhig. In Ihrem Haus ist ein Feuer ausgebrochen. Sechs Löschzüge sind dabei, den Brand zu löschen.«

»Nein!«, rief Armin und sah Leni entsetzt an. Er löste sich aus ihrem Griff und wollte an dem Polizisten und Herrn Schneider vorbeistürmen. Doch die beiden Männer hielten ihn zurück.

Leni schlug entsetzt beide Hände vors Gesicht. »Unser schönes Haus!«

»Beruhigen Sie sich! Sie können im Moment nichts tun«, versuchte der Polizist ihn zu beschwichtigen. »Die Kollegen von der Feuerwehr bekämpfen den Brand.«

»Es tut mir so leid.« Frau Schneider legte Leni eine Hand auf die Schulter, auch ihr standen Tränen in den Augen. Die anderen Nachbarn hielten sich im Hintergrund, schauten nur manchmal zu ihnen rüber.

»Meine ganzen Papiere sind im Haus!«, rief Armin verzweifelt und deutete zu der Feuerwehrleiter weiter vor ihm.

»Ihre Papiere können ersetzt werden. Wir sind froh, dass Ihnen nichts passiert ist«, startete der Polizist einen weiteren Versuch, beruhigend auf ihn einzuwirken.

»Wir waren doch gerade erst fertig mit der Renovierung«, brachte Leni fassungslos hervor. Wegen des Nebels konnte sie nicht viel davon erkennen, was sich in ungefähr zwanzig Metern Entfernung von ihnen abspielte. Und trotzdem nahm sie vereinzelte helle Flammen wahr, die hin und wieder durch das Abenddunkel brachen. Sie konnte die Tränen nicht zurückhalten. Ihr Haus stand lichterloh in Flammen.

Armin kam zu ihr und nahm sie verzweifelt in den Arm. »Das kann doch nicht wahr sein!«, brachte er mit brüchiger Stimme hervor. »Bitte sag mir, dass das bloß ein schlechter Traum ist. Wie konnte das nur passieren?«

»Haben Sie vielleicht vergessen, eine Herdplatte abzuschalten?«, fragte Frau Schneider und winkte sofort ab. »Wie oft ich schon zurückgelaufen bin, um mich zu vergewissern, dass der Herd auch wirklich aus ist … Manchmal ist man so in Gedanken.«

Armin rang um Fassung. »Nein, ausgeschlossen. Bei uns wurde heute nicht gekocht. Wir waren bei Freunden zum Essen eingeladen. Wir sind nur zurückgekommen, weil ich meine Papiere holen wollte. Und dann …« Er brach mitten im Satz ab und fuhr sich mit einer Hand über die Augen.

Leni zitterte wie Espenlaub. Ihr Herz raste, harte Pulsschläge hämmerten gegen ihre Schläfen. Frau Schneiders Worte hallten in ihr nach wie in einer großen Empfangshalle.

Sie wusste, dass einzig und allein sie die Verantwortung für das Unglück trug. Es sollte ein schöner Abend bei ihren Freunden werden. Doch sie hatte vergessen, den Wein zu kaufen. Um den Fehler wiedergutzumachen, hatte sie sich so beeilt. In Rekordzeit hatte sie sich für ihre Verabredung fertiggemacht. Bevor sie das Haus verlassen hatte, hatte sie das Licht gelöscht und darauf geachtet, die Haustür zweimal abzuschließen. Doch im Eifer des Gefechts hatte sie es vergessen. Das eine kleine Licht im Wohnzimmer: die Kerze auf dem Adventskranz.

Kapitel 1

Draußen herrschte Usselwetter. Schneeregen vermischt mit Hagel prasselte auf die Terrassendielen. Leni hob den Blick von der Fernsehzeitung und sah, wie die kleinen weißen Eisklumpen vom Holz abprallten und einige Zentimeter weit flogen. Das Geräusch erinnerte sie an das Ploppen von Popcorn.

Im Wohnzimmer war es mollig warm. Im Ofen knisterte ein Feuer, und am Adventskranz brannten endlich alle vier Kerzen. Ihre Mutter lag auf dem Sofa vor ihr und hielt das Fieberthermometer einige Zentimeter von sich weg. Dabei verengte sie die Augen zu Schlitzen, um besser sehen zu können. Konzentriert auf die schmale Digitalanzeige, schüttelte sie den Kopf. »Also, ich schätze, mindestens 42 Grad, so wie mir die Knochen wehtun. Vielleicht auch 42,5.«

»Gib mal her.« Leni ließ die Fernsehzeitung auf den Wohnzimmertisch fallen und erhob sich aus dem gemütlichen Ohrensessel. »37,8 Grad, Mutti«, gab sie mit einem Blick auf die Anzeige Entwarnung. »Bloß erhöhte Temperatur. Du berappelst dich langsam. Vielleicht bist du morgen schon wieder fit.«

»Wollen wir es hoffen.« Ihre Mutter nickte und zog die Wolldecke etwas höher. »Ich fühle mich aber noch viel kränker. Da hätten es gut 42 Grad sein können. Ohne mein Nasenfahrrad bin ich ja fast blind.« Sie richtete sich halb auf. »Wenn ich nur wüsste, wo …«

»Moment.« Leni nahm das Brillenetui vom Tisch und reichte es ihr. »Bitte schön.«

»Ah, ja … Danke dir, mein Schatz.« Sie setzte die Sehhilfe auf und drehte ihren Kopf zur Seite. »Wie viel ist es denn bei dir, Kurt?«

Leni betrachtete ihren Vater, der sich auf der gegenüberliegenden Couch ausgestreckt hatte. Ihre Eltern bestanden auf eigene Sofas, weil sie regelmäßig vor dem Fernseher einschliefen.

»38,1«, brummelte ihr Vater und schob das Messgerät zurück in die Plastikhülle. »Ich habe einen Schädel wie nach einer durchzechten Nacht.«

»Es wird ja auch bei dir langsam besser.« Leni lächelte ihm aufmunternd zu. »Mit etwas Glück können wir morgen wie geplant zu Oma Elga fahren.«

»Bist du verrückt geworden?«, fragte ihr Vater entsetzt. »Das sind 360 Kilometer bis St. Peter-Ording! Im Moment bin ich froh, dass ich überhaupt lebe.«

»Ich fürchte, wir werden noch ein paar Tage länger brauchen, um uns zu kurieren«, stimmte ihre Mutter zu.

»Na schön.« Leni zuckte mit den Schultern. »Ich könnte für euch eine Kanne von dem neuen Erkältungstee kochen, den ich gestern aus der Apotheke mitgebracht habe. Wie sieht es aus?«

Ihr Vater verzog angewidert das Gesicht. »Tee! Damit kannst du mich nun wirklich jagen. Die ganze letzte Woche habe ich diese Brühe runtergewürgt. Inzwischen fließt bestimmt Kräutertee statt Blut durch meine Adern. Und trockenen Zwieback kann ich auch nicht mehr sehen. Ein anständiges Frühstück mit einem ordentlichen Kaffee, das wäre was. Ich muss schon sagen, Heiligabend habe ich mir irgendwie anders vorgestellt.«

»Das haben wir doch alle, Kurt«, meinte ihre Mutter besänftigend und nieste dann in ein Taschentuch.

Und ich erst, dachte Leni und spürte wieder die lähmende Kälte, die sie seit der Katastrophe überkommen hatte. Aber sie war fest entschlossen, sich auf ihre Eltern zu konzentrieren.

Ihr Vater rieb sich die Augen. »Hoffentlich macht mir die Grippe keinen Strich durch meine Pläne. Das Wohn- und das Schlafzimmer deiner Mutter müssen bis Jahresbeginn renoviert sein. Spätestens Mitte Januar kommen die neuen Polster und das Bett, und vorher ist noch Sperrmüll angesagt. Eigentlich wollte ich am 27. Dezember damit anfangen.«

»Pläne hin oder her. Noch bist du für Renovierungen viel zu angeschlagen, Kurt«, sprach ihre Mutter ein Machtwort. »Man soll nichts erzwingen.«

»Ich bin ja auch noch da«, meldete sich Leni zu Wort. »Früher habe ich dir doch auch beim Tapezieren und Streichen geholfen«, erinnerte sie ihren Vater.

Ihr Vater gab einen Grunzton von sich. »Das Ungetüm von Wohnzimmerschrank muss erst mal von der Wand abgerückt werden, bevor man überhaupt an irgendwelche Tapeten drankommt.«

»Das wird schon werden, Kurt«, meinte ihre Mutter optimistisch. »Beim letzten Mal haben wir es ja auch mit vereinten Kräften geschafft.«

»Nur dass das fünfzehn Jahre her ist und uns am Ende der Nachbar helfen musste«, wandte Lenis Vater ein.

»Mal was anderes, habt ihr denn Appetit auf Frühstück?«, fragte Leni, um von dem leidigen Thema abzulenken.

»Zu Rührei mit Speck und einer Scheibe Brot mit guter Butter sage ich nicht Nein«, antwortete ihr Vater prompt. »So krank kann ich gar nicht sein.«

Leni stand auf.

»Für mich auch eine Tasse Kaffee, aber nicht so stark. Und Toast mit Marmelade, bitte. Aber nicht zu dunkel rösten, lieber schön hell«, bat ihre Mutter.

Ihr Vater hob einen Zeigefinger. »Den Speck bitte kross. Das muss krachen beim Beißen.«

»Sonst noch irgendwelche Wünsche?« Sie lächelte ihre Eltern belustigt an.

»Man muss es ja nicht gleich übertreiben.« Ihre Mutter nahm die Brille wieder ab und legte sie zurück ins Etui.

»Also gut, dann kümmere ich mich mal ums Frühstück.«

Leni verließ das Wohnzimmer und bereitete in der Küche zunächst den Kaffee vor. Es war schon fast Mittag, deshalb hatte sie selbst längst ihren Morgenkaffee getrunken. Rührei mit Speck war jedoch keine schlechte Idee um die

Uhrzeit. Während sie die Eier in die Pfanne schlug, hatte sie wieder die Worte ihres Vaters im Ohr. *Den Heiligabend habe ich mir irgendwie anders vorgestellt.*

Seufzend ging sie zum Kühlschrank, aus dem sie Speck und Butter nahm. Es hätte sogar ein überaus wunderbarer Heiligabend werden sollen, dachte sie bedrückt, während sie den Speck in Streifen schnitt. Ein großes Familienfest mit Armins und ihren Eltern in ihrem schönen renovierten Haus, mit allem, was dazugehörte. Mit traditionell geschmücktem Tannenbaum, einer weihnachtlich dekorierten Tafel und einem festlichen Vier-Gänge-Menü. Im November hatte Leni eine Playlist mit den schönsten Weihnachtsliedern als stimmungsvolle Hintergrundmusik erstellt, das Festessen war ebenfalls geplant gewesen, und sie hatte das Hauptgericht einmal probeweise gekocht, damit am 24. Dezember bloß nichts schiefgehen würde. Lachsfilet mit Spekulatiuskruste, dazu Püree und Wurzelgemüse – so wie sie es bei dem Koch in der Fernsehsendung gesehen hatte. Nichts hatte sie dem Zufall überlassen wollen. Alles hätte möglichst perfekt werden sollen.

In ihrer Vorstellung hätte sich jeder noch Jahre später gerne an diesen Heiligabend erinnert. Doch dann … Wegen eines einzigen unachtsamen Moments waren die Rezepte, wie alles andere auch, lichterloh in Flammen aufgegangen. Und mit ihnen ihre Hoffnung und ihr Glück.

Von der Zukunft, die sie sich in den schönsten Farben ausgemalt hatte, war bloß graue Asche übrig.

Den Augenblick, als sie Armin von der vergessenen Kerze am Adventskranz erzählt hatte, würde sie nie wieder vergessen. Sie hatte all ihren Mut zusammengenommen. Sie wollte nicht unehrlich sein und schweigen.

Zuerst hatte er sie bloß ungläubig angesehen, dann hatte sich Fassungslosigkeit auf seine Züge gelegt. Seine Augen hatten nicht mehr wie sonst freundlich geblickt, sondern waren mit einem Mal ausdruckslos gewesen, als wäre jedes Leben aus ihnen gewichen. Armin hatte sie eine gefühlte Ewigkeit bloß angestarrt. Dann hatte er Luft geholt, um etwas zu sagen, doch er schien keine Worte gefunden zu haben. Stattdessen hatte er den Mund wieder geschlossen und nur langsam den Kopf geschüttelt.

Dann war er mit dem Polizisten mitgegangen, der nochmals zu ihnen gekommen war und ihm einige Fragen als Eigentümer gestellt.

An jenem Abend hatte er sie einfach wortlos zurückgelassen. Wenn er sie wenigstens angeschrien und so seinen Emotionen freien Lauf gelassen hätte. Mit der Reaktion hätte sie umgehen können, aber gar nichts zu sagen, das war schlimmer gewesen.

Leni war außerstande gewesen, sich von der Stelle zu rühren. Sie hatte sich an das letzte Fünkchen Hoffnung geklammert. Vielleicht müsste sie nur eine Weile abwarten, ihm Zeit geben. Armin würde wieder zu ihr zurückkommen und mit ihr reden.

Er war nicht zurückgekommen.

Leni hatte auf ihr Handy gestarrt und gewartet. Irgendwann las sie die Nachricht von Karla, die sich amüsiert erkundigt hatte, ob sie sich mit dem Auto verfahren hätten. Der Braten sei längst fertig und drohe im Ofen zu verbrutzeln. Erst in dem Moment hatte Leni wieder an die Verabredung gedacht. Um sich zu entschuldigen, hatte sie ein Foto eines Feuerwehrwagens gemacht und kurz dazu geschrieben, was sich zugetragen hatte. Zum Schluss hatte sie sich bei Karla aufrichtig dafür entschuldigt, dass sie nicht wie geplant kommen konnten.

Schließlich hatte sie sich ein Taxi gerufen, als ihr klar geworden war, dass sie vergeblich auf Armin wartete. Sie hatte sich an ihrem Elternhaus absetzen lassen, weil sie nicht gewusst hatte, wohin sie sonst hätte gehen können. Ihr Portemonnaie hatte sie im Haus liegen gelassen, und so musste sie bei ihrer Ankunft ihre Mutter bitten, die Taxifahrt zu bezahlen. Ihre Eltern hatten sie überrascht hineingebeten.

Nachdem Leni ihnen unter Tränen berichtet hatte, was der Grund für ihr plötzliches Auftauchen war, waren sie schockiert gewesen. Lenis Mutter hatte gleich zwei Päckchen eingefrorene Hühnersuppe warmgemacht.

»Hühnersuppe ist gut für die Seele, und morgen ist ein neuer Tag«, hatte sie gesagt und einen Teller dampfender Suppe vor Leni hingestellt. Dabei hatte sie sie so aufmunternd angelächelt, wie es nur eine Mutter konnte, sodass Leni tatsächlich etwas Zuversicht geschöpft hatte.

Diese wurde jedoch am nächsten Tag im Keim erstickt, als sie es nicht länger aushielt und Armin auf dem Handy anrief. Er war sehr kurz angebunden.

»Ich kann im Moment keine tiefgreifenden Gespräche führen. In meinem Kopf herrscht Chaos. In ein paar Tagen vielleicht, wenn ich mich sortiert habe. Es ist ein unfassbarer Albtraum.«

»Das verstehe ich«, hatte sie gefasst erwidert, wenngleich sie sich mehr erhofft hatte. »Melde dich dann einfach bei mir, ja?«

Nach dem Gespräch hatte sie einen dicken Kloß im Hals verspürt. Ihre innere Stimme meldete sich, und Leni überkam ein Gefühl, dass da noch etwas im Busch war. Sie hätte nicht sagen können, was genau sie erwartete, aber sie hatte eine vage Ahnung, dass der eigentliche Paukenschlag ihr noch bevorstand. Die darauffolgenden Tage hatten sich wie Wochen gezogen. Und als Armin sich endlich gemeldet hatte, war es nicht der ersehnte Anruf, sondern lediglich eine WhatsApp-Nachricht.

Leni, die Untersuchungen zur möglichen Brandursache haben ergeben, dass das Feuer tatsächlich durch die Kerze entstanden ist. Es besteht kein Zweifel. Mein gesamtes Hab und Gut ist verbrannt, und die Versicherung weigert sich wegen grober Fahrlässigkeit, den Schaden zu ersetzen. Ich stehe nun mit völlig leeren Händen da und muss noch einmal bei null anfangen. Wie das gehen soll, weiß ich noch nicht. Ich fahre morgen zu meinem Bruder nach Zürich, um einen klaren Kopf zu bekommen. Ich brauche eine Pause. Von allem. Sei mir nicht böse. Armin

Leni wendete den Speck in der Pfanne und blickte dann zur Decke, um die Tränen fortzublinzeln. Sie hatte gute Miene zum bösen Spiel gemacht und Armin wiederholt ihr volles Verständnis versichert. Wenngleich sie sich dazu zwingen musste, ihm keine Nachrichten zu schreiben und nicht hysterisch zu werden. Der Gedanke, dass sie nicht nur ihr gemeinsames Zuhause, sondern womöglich auch ihn für immer verloren hatte, trieb sie nervlich an ihre Grenzen. Die Ungewissheit machte sie mürbe.

Sie schloss die Augen und schüttelte den Kopf. Wie wäre es gewesen, wenn umgekehrt ihm das passiert wäre? Wenn ihr Haus abgebrannt wäre, weil er die Kerze am Adventskranz vergessen hätte? Wahrscheinlich hätte sie nicht so ruhig reagiert, nein, das hätte sie wohl nicht. Wahrscheinlich hatte sie nichts anderes verdient, als dieses Jahr ein völlig verkorkstes Weihnachten zu verbringen.

Hastig riss sie ein Blatt Küchenpapier von der Rolle und schnäuzte sich. Es gab Dinge, die einfach unverzeihlich waren. Und das Haus seines Freundes aus reiner Schusseligkeit abzufackeln, das gehörte definitiv in diese Kategorie.

Da war es auch nur gerecht, dass sie sich um ihre kranken Eltern kümmerte, damit ihr grippaler Infekt bald der Vergangenheit angehörte. Ihr Karma-Konto musste nämlich dringend ausgeglichen werden.

Sie goss Kaffee in zwei Tassen und toastete zwei Stück Weißbrot. Dann nahm sie die Pfanne vom Herd und verteilte das Rührei mit Speck auf zwei Tellern.

Ich würde alles geben, wenn ich nur diesen einen Fehler ungeschehen machen könnte.

An diesem Heiligabend schliefen ihre Eltern früh ein. Wenigstens hatten beide vorher noch einen Teller von der Suppe gegessen, die Leni am Nachmittag gekocht hatte. Eine kleine Bescherung hatte es auch gegeben. Wie jedes Jahr hatte ihre Mutter schon frühzeitig Geschenke besorgt. Leni war vor zwei Wochen notgedrungen ein zweites Mal losgezogen, nachdem sie eine neue Bankkarte erhalten hatte.

Ihr Vater hatte es nicht so mit Weihnachtsgeschenken, wie er auch in diesem Jahr nicht müde wurde zu betonen. Er überließ die Auswahl allzu gern seiner Frau, weil er laut eigener Aussage nicht viel davon verstand. Stattdessen kümmerte er sich gewöhnlich mit Vorliebe um das Besorgen und Aufstellen des Tannenbaums. Aber das war dieses Jahr ebenfalls ausgefallen.

Damit wenigstens ein bisschen Weihnachtsstimmung aufkam, hatte Leni den Adventskranz und einen Christstern auf den Wohnzimmertisch gestellt. Die Kerzen zündete sie nicht an.

Ihrem Vater schenkte sie einen dicken Pullover und ihrer Mutter warme Lammfellhausschuhe.

Ihre Eltern bedachten sie zweifellos aufgrund der besonderen Umstände noch großzügiger als sonst. Da auch Leni durch den Hausbrand alles verloren hatte bis auf die Kleidung am Leib, hatte ihre Mutter für sie eine Grundausstattung besorgt: Unterwäsche, Socken, ein paar T-Shirts, drei Pullover, zwei Hosen und den obligatorischen Flanell-Schlafanzug, den es jedes Jahr zu Weihnachten in verschiedenen Ausführungen gab, seit sie denken konnte. Den Pyjama hatte ihre Mutter wohlweislich einmal durchgewaschen, bevor sie ihn eingepackt hatte, damit Leni ihn gleich anziehen konnte und nicht länger im T-Shirt schlafen musste.

Nachdem ihre Eltern auf ihren Sofas eingeschlafen waren, schaltete Leni den Fernseher aus und löschte das große Licht im Wohnzimmer. Bloß die kleine Stehlampe neben dem Sideboard ließ sie an. Dann legte sie sich den Schlafanzug über den Arm und stieg die Treppe ins Obergeschoss hinauf, wo sich das Gästezimmer befand, das als Jugendliche ihr Reich gewesen war.

Sie schaltete den kleinen Fernseher auf dem Schränkchen gegenüber dem Bett an. Es lief noch der Weihnachtsgottesdienst, dessen Anfang sie mit ihren Eltern angesehen hatte. Gerade sang ein Kinderchor *Vom Himmel hoch, da komm ich her*. Leni lauschte ergriffen den glockenklaren Kinderstimmen, bei deren Klang ihr wohlige Schauer über die Arme liefen. Früher hatte sie Chorgesängen nichts abgewinnen können, doch das hatte sich inzwischen geändert.

Während die Kinder ein weiteres Lied anstimmten, dachte Leni an die Weihnachtsabende ihrer Kindheit zurück, an denen auch sie oft mit Cousinen und Cousins Weihnachtslieder gesungen hatte. Es waren damals richtig große Feste mit der ganzen Familie gewesen, meistens mit traditionellem Gänsebraten mit Klößen und Rotkohl. Im Laufe der Zeit waren neben ihrem Opa auch weitere Familienmitglieder verstorben oder aus der Stadt fortgezogen. Die Feste waren kleiner geworden. Dennoch verging auch in ihrer Jugend kein Weihnachten, ohne dass über die Ahnen und die familiären Wurzeln gesprochen wurde. In

Lenis Familie lagen diese in ganz Deutschland verteilt und teilweise auch im dänischen Grenzgebiet.

Dieses Jahr hätte es wieder ein größeres Familienfest werden können. Es wäre das erste in einer langen Reihe gewesen, dachte sie niedergeschlagen und wandte den Blick vom Fernseher ab. Was Armin wohl gerade machte?

Nachdem sie sich den Flanell-Schlafanzug angezogen hatte, griff sie nach ihrem Handy, das auf dem Bett lag. Zwei Freundinnen und eine ihrer Cousinen wünschten ihr und ihrer Familie ein fröhliches Fest. Keine von ihnen ahnte, was sich zuletzt in ihrem Leben zugetragen hatte. Leni hatte es bisher niemandem außer Karla erzählt.

Sie setzte sich auf das Bett und antwortete ebenso herzlich auf die Festtagswünsche, erwähnte den Brand aber mit keinem Wort. Weihnachten war dafür nicht der passende Anlass, das konnte sie auch im neuen Jahr noch tun.

Seufzend legte Leni das Handy schließlich neben sich und lehnte den Kopf nach hinten, gegen die Wand. Auf einen Weihnachtsgruß von Armin wartete sie zweifellos vergeblich. Sie warf wieder einen Blick auf das dunkle Display. Ob sie ihm einfach schreiben sollte? Natürlich hatte er um eine Pause gebeten, und die Zukunft ihrer Beziehung stand in den Sternen – aber es war doch Weihnachten! Das Fest der Liebe, der Vergebung und auch der Versöhnung.

Vielleicht wartete er sogar auf eine Nachricht von ihr. Schließlich hatte sie einiges gutzumachen. Da war ein Weihnachtsgruß doch sicherlich das Mindeste.

Sie überlegte kurz, wie sie ihre Worte formulieren sollte, dann tippte sie los.

Lieber Armin!
Ich wünsche dir und deinen Lieben fröhliche Weihnachten.
Bestimmt bist du noch bei deinem Bruder, und ihr feiert zusammen. Hoffentlich hast du eine schöne Zeit und kannst dich gut über die Feiertage erholen. Wahrscheinlich hast du eine weiße Weihnacht in der Schweiz. Wir fahren bald zu meiner Oma an die Küste, da schneit es nicht so oft.
Merry Christmas!
Leni

Ob sie die Nachricht so abschicken konnte? Wenn sie ehrlich war, wusste sie nichts von den aktuellen Umständen in Armins Leben. Sie konnte nur darüber spekulieren, wo er sich gerade befand und mit wem.

Was war, wenn er sich schon längst mit einer anderen tröstete? Leni schnappte nach Luft und rief sich ein paar Augenblicke später wieder zur Ordnung. Nein, so war Armin nicht. Sie kannte ihn doch. Er war nicht der Typ, der von einer zur nächsten wanderte. Oder?

Grübelnd ließ sie ihr Kennenlernen Revue passieren. Sie waren sich immer wieder im Fitnessstudio über den Weg gelaufen, bis Armin sie irgendwann zu einem Eiweiß-Shake eingeladen hatte. Zu dem Zeitpunkt war er über einen Monat von seiner letzten Freundin getrennt gewesen. Erst sechs Wochen später, nach der Shake-Einladung, hatten sie sich das erste Mal außerhalb des Fitnessstudios getroffen. Dann hatte es noch gute zwei Wochen bis zum ersten Kuss gedauert. Für Leni war es eine lange Zeit gewesen, in der sie sich oft gefragt hatte, ob Armin bloß mit ihr befreundet sein wollte oder er doch Interesse an einer Beziehung hatte.

Nein, nein. Ein Frauenheld war er gewiss nicht und auch niemand, der sein Herz leicht verschenkte. Nach dem, was sie ihm ungewollt angetan hatte, war es an ihr, ihm trotz aller Zurückhaltung zu zeigen, dass sie an ihn dachte und er ihr viel bedeutete.

Als sie auf *senden* tippte, spürte sie gleich, wie eine gewisse Zufriedenheit in ihr aufkam. Ihr Gefühl verstärkte sich, als einige Augenblicke später das zweite Häkchen hinter der Nachricht sichtbar wurde. Armin hatte ihren Weihnachtsgruß gelesen und … er schrieb! Leni triumphierte innerlich. Sie hatte es doch gewusst, es war eine gute Idee, aktiv zu werden.

Sie zog ihre Beine zu einem Schneidersitz heran. Irgendwann wechselte Armins Aktivität von *schreibt* zu *online*. Leni blickte gespannt auf die helle Anzeige ihres Handys. Nun konnte es nicht mehr lange dauern, bis seine Nachricht bei ihr eintraf.

Sie zuckte unwillkürlich zusammen, als ihr Handy plötzlich vibrierte und sein Name auf dem Display erschien. Ihr Herz stolperte zweimal, bevor es anfing schneller zu schlagen. Auf einen Anruf war sie nicht vorbereitet.

Ihre Hand zitterte leicht, als sie über das Display wischte und das Gespräch annahm. »Hallo, Armin. Schön, dass du anrufst, dann kann ich dir sogar persönlich noch frohe Weihnachten wünschen.« Ihre Stimme klang fröhlich und geradezu energiegeladen, wie sie zufrieden feststellte.

»Hi, Leni. Danke und für dich, deine Eltern und auch die Oma schöne Festtage.«

Leni runzelte die Stirn. Er hörte sich nicht halb so gut gelaunt an, wie sie gehofft hatte. Sein Tonfall war eher … ernst. Außerdem sprach er leise … War jemand in der Nähe, den er nicht stören wollte oder der nicht mithören sollte?

»Werde ich ausrichten«, sagte sie in weiterhin fröhlichem Tonfall. »Hast du heute Abend schön gefeiert?«

»Wir haben es ganz ruhig angehen lassen. Meine Eltern sind auch seit gestern da.« Leni hörte, wie er am anderen Ende der Leitung gähnte. »Entschuldige bitte, ich habe in den letzten Tagen wenig geschlafen. Dafür habe ich aber umso mehr nachgedacht. Darüber, wie es weitergehen soll.«

Ein ungutes Gefühl beschlich sie, doch sie rang es nieder. »Das kann ich verstehen. Wenn ich doch nur etwas tun könnte, um meinen Fehler wiedergutzumachen …«

»Die Vergangenheit kann man nicht ändern, heißt es ja, man kann nur für die Zukunft lernen. Ich habe viel mit meinem Bruder und seiner Frau geredet. Das hat mir dabei geholfen, die Dinge wieder klarer zu sehen.«

»Das klingt gut.« Leni schöpfte neuen Mut. Vielleicht bedeutete Armins neue Sicht auf die Dinge, dass er die Beziehung fortsetzen wollte und ihr am Ende verzieh. Das wäre ihr schönstes Weihnachtsgeschenk. Und dann könnten sie von vorn anfangen, sich etwas Neues aufbauen und … »Wie lange bleibst du denn in der Schweiz?«

»Wahrscheinlich bis Anfang des Jahres. Dann komme ich zurück, um ein paar Dinge zu regeln. Viel gibt es ja nicht mehr zu klären.«

Sie schluckte schwer. Das klang nicht nach einer zweiten Chance für sie. Aber vielleicht hatte sie ihn nur falsch verstanden. »Können wir uns dann sehen? Später, wenn die Dinge geklärt sind?«

Er seufzte leise. »Eigentlich wollte ich dieses Gespräch nicht am Heiligen Abend führen, Leni, aber irgendwann hätte ich es dir eh sagen müssen. Hör zu, ich gehe ganz in die Schweiz. Mein Bruder hat mir noch mal angeboten, in seine Firma als Partner einzusteigen, und ich habe dieses Mal zugesagt. Ich brauche einen Neustart. Und hier in der Schweiz gibt es dazu für mich die besten Bedingungen.«

Für mich. Leni blieb der Mund offen stehen. Das kann er doch nicht machen, dachte sie mit einem Anflug von Panik. Sie hatte mit vielem gerechnet, mit einer längeren Auszeit und danach einer vorsichtigen Annäherung … Dass Armin vorhatte, das Land zu verlassen, war ihr keine Sekunde lang in den Sinn gekommen.

»Ich habe schon mit meinem Chef gesprochen«, fuhr er fort. »Ich nehme noch den Resturlaub und bekomme danach eine unbezahlte Freistellung. Meinen Posten übernimmt ein Kollege, der sich schon lange eine Beförderung gewünscht hat. Das fügt sich also.«

»Ja … Armin, das kommt alles wirklich unerwartet«, setzte sie an und versuchte, nicht panisch zu klingen.

»Spontane Entschlüsse sind manchmal die besten.«

»Aber was wird denn dann mit … mit uns?« Ihre Stimme zitterte leicht.

Wieder seufzte er. »Leni, ich kann dir nach der Sache mit der Kerze einfach nicht mehr vertrauen. Und glaub mir, ich wünschte, es wäre anders. Zu einer Beziehung gehört aber, dass man sich blind auf den anderen verlassen kann. Das habe ich auch getan, bis zu dem Abend, als du … Na ja, du weißt ja selbst, was geschehen ist. Wahrscheinlich würde ich sonst irgendwann jeden deiner Schritte kontrollieren, damit bloß nie wieder etwas passiert, und nicht mehr der sein, der ich sein möchte. Ich bin dir auch gar nicht böse, doch für mich muss es nun ganz anders weitergehen.«

Es gelang Leni, die Fassung zu bewahren und ihm nur das Beste für sein neues Leben zu wünschen. Als der obligatorische Spruch fiel, dass sie ja Freunde bleiben könnten, stimmte sie mechanisch zu. Natürlich war ihr bewusst, wie unwahrscheinlich es war, dass sie tatsächlich Freunde blieben.

Als sie das Gespräch beendete, fühlte sie sich innerlich leer und tieftraurig. Dies war definitiv das schrecklichste Weihnachten, das sie je erlebt hatte.

Man konnte Armin keinen Vorwurf wegen seiner Entscheidung machen, aber wie sollte es mit ihr nun weitergehen? So ganz ohne ihn … Ihr persönlicher Neustart war der Job in der Bibliothek und das gemeinsame Haus mit Armin gewesen. In ihrer Vorstellung hatte sie ihn und sich bald als glückliche Eltern gesehen. Und jetzt … Alles vorbei.

Sie zog aus einer Plastikhülle ein Papiertaschentuch und tupfte sich die tränennassen Augen. Dann starrte sie auf den Fernseher. Dort lief gerade der Vorspann von *Ist das Leben nicht schön?*

Kapitel 2

Leni kniete vor dem dunkelblauen Hartschalenkoffer ihrer Eltern und legte ein gefaltetes T-Shirt auf ihre neue Jeanshose und den warmen Pullover. Normalerweise brauchte sie mindestens zwei Koffer, wenn sie verreiste. Alles, was sie jetzt noch besaß, passte in diesen einen Koffer. Mehr noch, er war nicht mal richtig voll.

Sie hatte einmal ein Buch über Minimalismus gelesen, in dem das große Ziel gewesen war, sein ganzes Leben in einen Koffer packen zu können. Das konnte sie jetzt. Für sie fühlte es sich allerdings nach keinem erstrebenswerten Zustand an, den sie den Rest ihres Lebens aufrechterhalten wollte.

Mit einer Hand strich sie den Stoff des Oberteils glatt und schob ein Paar Hausschuhe in das seitlich angebrachte Netz. Dann war alles ordentlich gepackt, fast schon vorbildlich.

Lenis Gefühlsleben entsprach dem genauen Gegenteil, in ihr herrschte absolutes Chaos.

Nach dem Telefonat mit Armin war für sie an Schlaf nicht mehr zu denken gewesen. Der Schock darüber, dass er in die Schweiz ziehen wollte und sein Leben nun ohne sie plante, steckte ihr im wahrsten Sinne des Wortes tief in den Knochen. Als sie am Morgen aufgestanden war, hatte sie einen ziehenden Schmerz in beiden Beinen verspürt. Ihr erster Gedanke war gewesen, dass sie sich womöglich bei ihren Eltern angesteckt hatte. Die Nackenschmerzen sprachen dagegen. Vermutlich hatte sie in einer unglücklichen Position geschlafen, und die innere Anspannung hatte ein Übriges dazu beigetragen.

Die halbe Nacht hatte sie gegrübelt und nach einer Lösung gesucht. Es musste doch eine Möglichkeit geben, das Ruder herumzureißen. Schließlich hatten sie und Armin ihr Leben miteinander verbringen wollen. Mit jeder Minute, in der ihre Gedanken immer wieder um diesen Punkt kreisten, hatte sie sich zunehmend orientierungslos gefühlt.

Ihr fehlte die zündende Idee.

Als sie Schritte auf der Treppe hörte, schaute Leni zur Tür.

Ihre Mutter kam herein. »Die Socken sind auch trocken. Die Jeans braucht allerdings noch eine Weile«, sagte sie und legte die Strümpfe neben einen Pullover und eine Hose, die beide auf dem Bett lagen.

»Ach, Mutti! Hausarbeit kannst du machen, wenn du wieder gesund bist. Du sollst dich lieber schonen und nicht den ganzen Tag rauf- und runterrennen.«

Sie winkte lächelnd ab. »Geschont habe ich mich über eine Woche. Es ist Zeit, wieder in die Gänge zu kommen.«

Leni betrachtete ihre Mutter aufmerksam. Dass sie wieder auf den Beinen war, hielt sie für ein gutes Zeichen. »Übernimm dich lieber nicht. Du hast schon für alle

Frühstück gemacht, und danach bist du gleich mit dem Wäschekorb im Keller verschwunden.«

Ihre Mutter stützte eine Hand in die Hüfte. »Die Betten habe ich auch abgezogen. Drei Wäscheladungen stehen noch unten. Die Viren müssen bei 90 Grad unschädlich gemacht werden.«

»Bei Oma Elga hättest du bestimmt mehr Ruhe«, setzte Leni hoffnungsvoll an.

»Mit deiner Oma habe ich vorhin telefoniert. Sie freut sich auf dich. Und auf uns auch, allerdings erst wenn wir wieder richtig fit sind. Das Risiko einer Ansteckung wollen wir nicht eingehen.«

Leni nickte. »Ja, das ist vernünftig.«

»Wie weit bist du denn? Ich habe ihr gesagt, dass ich mich noch einmal melde, wenn du losfährst.«

Prüfend ließ sie den Blick durch das Gästezimmer schweifen. »Ich bin mit Packen fertig, eigentlich kann es gleich losgehen, wenn ich die restlichen Klamotten auch noch in den Koffer gepackt habe. Voll ist er dann trotzdem noch nicht.« Sie stand auf und umarmte ihre Mutter kurz. »Danke, dass du mir dein Auto leihst.«

»Aber sicher. Wir haben doch zwei.«

Leni lächelte. »Zwei Autos und zwei Sofas.«

»So kommt halt jeder auf seine Kosten«, bestätigte ihre Mutter lachend. »Ich gehe dann wieder runter. Der Autoschlüssel und die Papiere liegen auf der Kommode in der Diele.«

Nachdem sie sich von ihren Eltern verabschiedet hatte, machte Leni sich in dem kleinen Fiat ihrer Mutter auf den Weg nach Nordfriesland. Dichter Schneeregen pladderte gegen die Windschutzscheibe und erschwerte die Sicht. Trotz des Schmuddelwetters waren viele Leute auf der Autobahn Richtung Norden unterwegs. Sicherlich lag es an den Feiertagen. Einige machten Familienbesuche, andere waren auf der Flucht vor Weihnachten und auf dem Weg in den Urlaub.

Und Armin suchte ja auch das Weite, vor ihr sogar, und dafür verließ er das Land. Leni lachte bitter auf.

Inzwischen kam ihr der Hausbrand fast unwirklich vor. Manchmal glaubte sie fast, dass jener verhängnisvoller Abend bloß ihrer Fantasie entsprungen war. Mit einem verrückten Traum hätte sie jedenfalls gut leben können. Ein Schreck mit gutem Ausgang wäre auch schön gewesen. Aber dazu hätte ein Quäntchen Glück gehört. Und genau das schien ihr abhandengekommen zu sein.

In moderatem Tempo fuhr Leni auf der Autobahn immer geradeaus. Sie überholte nur selten ein anderes Fahrzeug und kam dennoch gut voran. Auf der Höhe der Ausfahrt Hollenstedt drehte sie das Radio lauter, als eine Frauenstimme die Verkehrsnachrichten verlas.

Auf der A7 mit Fahrtrichtung Norden staut sich zurzeit der Verkehr wegen Bauarbeiten auf einer Länge von sieben Kilometern. Es kommt zu einer Verzögerung von bis zu einer Dreiviertelstunde.

Leni schüttelte den Kopf. »Was? An Weihnachten? Ernsthaft?!«, murmelte sie mit Blick auf das Radio. Ihr schien nichts erspart zu bleiben.

Kurz entschlossen öffnete sie das Handschuhfach, behielt die Fahrbahn jedoch im Blick. Ihre Mutter bewahrte dort doch immer ein paar CDs auf. Hastig umfasste Leni die erstbeste und steckte sie in den CD-Player. Als Klaviertöne erklangen, schaute Leni kurz auf das Booklet. Ein Herr mit opulenter weißer Haarpracht starrte sie an. *Best of Mozart*.

Immerhin besser, als sich von weiteren Verkehrsnachrichten die Stimmung verhageln zu lassen. Als Leni im Elbtunnel im Stau stand, hatte sie die Lautstärke der Musikanlage hochgedreht und dirigierte mit der linken Hand ein imaginäres Orchester.

Es schneite kaum noch, je näher sie der Küste kam, und Leni sah immer mehr Windflüchter in der platten Landschaft.

Der Wagen ihrer Mutter war inzwischen sechzehn Jahre alt und fast 90 000 Kilometer gefahren. Ein Navigationssystem brauchte ihre Mutter im Alltag nicht; der CD-Spieler war zweifellos das Modernste, was der Pkw zu bieten hatte. Doch auch ohne technischen Lotsen hatte Leni den Weg nach St. Peter-Ording gefunden. Als das gelbe Ortsschild vor ihr auftauchte, atmete sie unwillkürlich auf und war ein wenig stolz auf sich, da sie sich nicht verfahren hatte. Die Mozart-CD lief schon zum dritten Mal durch, und Lenis Stimmung hatte sich deutlich aufgehellt.

Vor sich hin summend, bog sie auf die Straße Richtung Ortsteil Dorf ab, wo Oma Elga zwischen dem Deich und

Jan & Gret in ihrem gemütlichen Friesenhäuschen mit dem herrlich großen Garten lebte. Seit dem Tod ihres Mannes lebte sie dort allein, was Lenis Mutter des Öfteren beunruhigte. Zwar war Oma Elga gut in der Gemeinde vernetzt und hatte auch viele Freunde und Bekannte, doch die eigene Familie in der Nähe zu wissen, das war sicherlich etwas anderes. Das Angebot, zu Lenis Eltern in die Nähe von Osnabrück zu ziehen, hatte sie schon mehrmals abgelehnt.

»Was soll ich denn bei euch? Da kenn ich doch keinen«, hatte sie die Diskussion immer wieder im Keim erstickt, wie Lenis Mutter oft erzählt hatte.

Seit der Beerdigung waren nun mehr als vier Jahre vergangen. Leni beschlich ein schlechtes Gewissen. Sie hatte ihre Großmutter tatsächlich auch zu dem Anlass zuletzt besucht. Es hatte immer so viel zu tun gegeben, rechtfertigte sie sich. Die neue Arbeit, der Haushalt, Freizeitaktivitäten … Und dann hatte sie Armin kennengelernt. Immerhin war Oma Elga ein paarmal zu Besuch bei ihren Eltern gewesen, da hatten sie sich jedes Mal getroffen. Immerhin!

Als Leni in die Deichstraße einbog, überkam sie ein Gefühl von Vertrautheit und Heimeligkeit, an das sie sich noch aus Kindertagen erinnerte. Diese Straße kannte sie mindestens so gut wie die, in der ihr Elternhaus stand.

Bei ihren Großeltern hatte sie unzählige glückliche Ferientage verbracht. Mit den Nachbarskindern hatte sie bei schönem Wetter am Strand getobt, mit Opa im Garten ein Zelt aufgestellt oder zusammen mit Oma den leckersten Kirschkuchen der Welt gebacken. Oft hatte sie sich als Mädchen gewünscht, die Ferien würden niemals enden, und ihren Eltern vorgeschlagen, doch auch nach St. Peter-Ording zu ziehen. Lange hatte Leni nicht mehr daran gedacht, erst als sie wieder an der Küste war und die Straßen ihrer glücklichen Kindertage sah, erinnerte sie sich wieder.

Ihr Vater hatte damals einen Handwerksbetrieb übernommen, deshalb war ihre Familie an die Gegend um Osnabrück gebunden gewesen.

Ein tüchtiger Wind pfiff über das Land, als Leni das Auto vor dem Haus ihrer Großeltern mit dem charakteristischen Friesengiebel über dem Eingang parkte. Die Kronen der umliegenden Bäume rauschten, und von irgendwoher hörte sie das Knattern einer Fahne. Nachdem Leni ausgestiegen war, ließ sie sich einen Augenblick von der Meeresluft umtosen. Sie zog den Reißverschluss ihrer Winterjacke höher und nahm ihr Gepäck aus dem Kofferraum.

Als sie den Weg durch den Vorgarten zurücklegte, spürte sie große Vorfreude auf das Wiedersehen mit Oma Elga. Sie stellte sich vor, wie sie ihr alles erzählen würde. Und da fiel es ihr wieder ein. Armin. Zwischen Hoffen und Bangen um einen Neuanfang klopfte zaghaft auch die unliebsame Ahnung an, dass sie ihn womöglich doch loslassen musste. Noch bevor sie sich darüber wundern konnte, woher dieser Gedanke gekommen war, flog bereits die Haustür auf und Oma Elga erschien.

Sie hatte eine geblümte Schürze umgebunden, und ihre

Brille saß wie immer fast auf der Nasenspitze. Um ihren Hals hatte sie einen Schal gebunden, in einer Hand hielt sie einen Holzlöffel. »Moin, Leni!«, rief sie fröhlich, während eine Windböe eine ihrer grauen Haarsträhnen verwirbelte. »Komm schnell rein, meine Kleine. Drinnen ist es warm und windstill.«

Leni stellte ihren Koffer in dem kleinen Flur ab und umarmte sie als Erstes zur Begrüßung. »Hallo, Oma Elga«, sagte sie und drückte die Großmutter an sich.

Ihre Großmutter lachte kurz auf. »Das nenn ich mal eine herzliche Begrüßung.«

Leni lächelte. Ihre Oma kam ihr kleiner als bei ihrem letzten Treffen vor, und ihre Gesichtsfalten schienen tiefer geworden zu sein. »Die Begrüßung muss ja schließlich auch für drei Leute reichen«, spielte sie auf das Fehlen ihrer Eltern an.

»Na ja.« Oma Elga zuckte mit den Schultern. »Wie geht es Mama und Papa denn?«

»Schon viel besser. Mutti hat seit heute den Haushalt wieder fest im Griff.« Leni zog ihre Jacke aus und hängte sie an einen Haken an der alten Garderobe, die sie ebenfalls noch aus Kindertagen kannte. »Sie können bestimmt bald nachkommen.«

»Hört sich danach an, als wäre sie auf dem Weg der Besserung. Und wie geht es dir?« Sie blickte Leni aus gütigen Augen an. »Deine Mutter hat mir natürlich von dem, ähm … Missgeschick erzählt«, fügte sie hinzu.

Leni musste wieder lächeln, obwohl sie die Schuldgefühle nicht verbannen konnte. »Missgeschick ist ein gutes

Wort dafür. Klingt gleich viel weniger schlimm und irgendwie viel netter als Brandstifterin.« Sie schnupperte. »Was riecht hier denn so gut?«

Oma Elga hob den Zeigefinger. »Etwas, das auf keinen Fall verbrennen soll«, sagte sie und eilte sogleich in die Küche.

Leni folgte ihr in die gemütliche Kochstube mit den Friesenfliesen, die Leuchttürme, Wattvögel, Seehunde sowie nordfriesische Häuser und Kirchen zierten. Auf der großen Fensterbank drehte sich eine Weihnachtspyramide im warmen Schein von sechs roten Kerzen. Diese kannte Leni ebenfalls gut. Als kleines Mädchen hatte sie oft die kleinen Holzfiguren aus der klassischen Krippenszene bestaunt und sich jedes Mal gefragt, warum die Pyramide sich drehte.

Oma Elga öffnete die Klappe des Ofens. »Schau mal.«

Leni ging zu ihr und warf einen Blick in die Röhre. »Mhmmm«, machte sie und schloss für einen Moment die Augen. Ein warmes Gefühl legte sich um ihr Herz. »Das riecht herrlich nach Apfel und Zimt.«

»Apfelstrudel. Nach dem altbewährten Rezept meiner guten Wiener Freundin Traudl.« Oma Elga nickte zufrieden, bevor sie die Klappe wieder schloss. »Dazu gibt es selbst gemachte Vanillesoße.« Sie zeigte auf den Kühlschrank. »Alles schon vorbereitet.«

»Ach, Oma, du bist wirklich die Beste!« Leni gab ihrer Großmutter einen Kuss auf die Wange. »Aber du hättest dir wirklich nicht so viel Arbeit wegen mir machen sollen. Eine Tasse Tee hätte es auch getan.«

Oma Elga warf ihr einen entrüsteten Blick zu. »Na, hör mal! Was denn für eine Arbeit? Soll ich lieber den ganzen Tag vor dem Fernseher sitzen wie die alte Frau Buchs aus der Südallee und mir dann irgendein Tiefkühlgericht warm machen? Nein danke! Da koche und backe ich doch lieber selber. Außerdem weiß ich so wenigstens, was ich esse. Du ahnst ja nicht, was das für einen Unterschied macht.«

»Schon gut, Oma. Solange es dir Spaß macht.« Auf ihr hohes Alter von nun mehr neunundachtzig Jahren wollte Leni lieber nicht hinweisen.

»Du weißt doch, dass ich meine liebste Enkeltochter gerne nach Strich und Faden verwöhne. Hab ich früher nicht immer deine Lieblingsgerichte gekocht?«

»Hast du. Jeden Tag.«

Oma Elga nickte abermals zufrieden. »Du kannst schon mal Teller und Kuchengabeln aus dem Schrank nehmen und den Tisch im Esszimmer decken.«

Leni tat wie ihr geheißen und fühlte sich wieder wie sechzehn, als sie das dünne Porzellan auf die Tischdecke stellte. Sie hörte, wie im Flur das Telefon klingelte und Oma Elga sich beeilte abzunehmen. Sie hörte, dass es ihre Mutter sein musste. Sehr gut, dann konnte sie sich den Anruf später sparen, um Bescheid zu sagen, dass sie gut angekommen war.

Leni schaute sich um. In dem großen Wohnzimmer sah alles noch so aus, wie sie es in Erinnerung hatte. Die Ledercouchgarnitur und der schwere Marmortisch, der messingfarbene Zeitungsständer und die kleine Tiffany-Stehleuchte, die auf einem Beistelltischchen ihren Platz hatte.

Sogar Opa Freders Tabakpfeife samt Halter standen noch am gewohnten Platz neben ein paar Büchern im Schrank.

Oma Elga hatte bloß ein Foto ihres Mannes danebengestellt, auf dem er stolz vor dem Friesenhaus stand. Leni strich andächtig über die Pfeife, die noch ein leichtes Tabakaroma verströmte. Wieder spürte sie die besondere vertraute Atmosphäre, die untrennbar mit ihren Großeltern und dem Küstenort verbunden war.

Lediglich der Flachbildfernseher, der das alte Röhrengerät vor einigen Jahren ersetzt hatte, bewies, dass die Zeit hier nicht stehen geblieben war.

Nachdem sie den Tisch gedeckt hatte, trat Leni an die Terrassentür und blickte durch die große Glasscheibe. Das diesige Grau und das Nebelmeer, das morgens über den Salzwiesen hing … Es lag diese mystische Stimmung des Winters über St. Peter-Ording, die sie schon als Kind so sehr geliebt hatte und die es in der Stadt nicht gab. Als sie noch klein gewesen war, schien ihr in jedem Winkel des Friesenhauses geheimnisvolle Magie zu stecken. Der Garten ihrer Großeltern endete kurz vor dem Deich und war in Lenis Erinnerung ein Tummelplatz für Naturgeister gewesen. Einmal hatte Opa Freder ihr erzählt, dass in den knorrigen Ästen des alten Bergahorns, dessen Blätter im Sommer Schatten spendeten, ein uralter Baumgeist lebe, der älter sei als das Meer. Leni hatte der Gedanke fasziniert. So sehr, dass sie darauf bestanden hatte, mit ihrem Opa eine Minieingangstür, ein kleines Fenster sowie ein Lämpchen zu basteln, damit auch der Baumgeist ein schönes Zuhause hatte und aus einem Fenster gucken konnte.

Leni spürte eine tiefe Liebe und Verbundenheit zu ihrem Opa, die sie seit seinem Tod nicht mehr empfunden hatte. Es kam ihr so vor, als könnte sie in diesem Moment Opa Freders Hand auf ihrer Schulter spüren.

»Warm mag ich ihn ja am liebsten«, sagte in diesem Moment Oma Elga und trat ein.

Blinzelnd schwang Leni zu ihrer Großmutter herum.

Oma Elga trug den warmen Apfelstrudel auf einem Tablett und atmete sichtlich zufrieden ein. »Traudl sagt immer, wenn ein Apfelstrudel kalt werden kann, dann ist es kein guter.«

»Ich habe wirklich nie einen besseren als deinen gegessen«, stimmte Leni zu.

Oma Elga stellte das Tablett in der Mitte des Tischs ab. »Das möchte ich meinen. Setz dich schon mal, ich hole noch die Soße.«

Wenig später saßen sie am Tisch. Während sie warmen Apfelstrudel mit Vanillesoße genossen, schwelgten sie in Erinnerungen an alte Zeiten, als Leni noch ein kleines Mädchen gewesen war. Sie hatten viel zusammen gebacken und im Garten gepflanzt. Und jeden Winter hatten sie gemeinsam die Rauhnächte zelebriert.

»Für deinen Opa war ich ja spinnert, wenn es um das Räuchern ging«, erinnerte sich Oma Elga und legte eine Hand ans Kinn. »Er meinte immer, er räuchere doch schon jeden Tag mit seiner Pfeife, da müsse ich das nicht noch zusätzlich machen. Weißt du noch?« Sie lachte.

Leni nickte. »Dafür hat er mir von Naturgeistern erzählt, die angeblich im Garten leben.«

»Das hat er aber nur, wenn ich außer Hörweite war.« Sie zwinkerte Leni zu.

»Ach, für mich waren die Rauhnächte immer der magische Höhepunkt meiner Weihnachtsferien. Bei uns zu Hause gab es das ja nicht. St. Peter-Ording war dafür meine Zauberwelt. Mit dir und Opa, dem Haus und dem Garten … Ich wusste, dass hier immer neue Geheimnisse auf mich warteten, die es zu entdecken galt. An unsere Räucherungen erinnere ich mich noch sehr gut. Während der Rauhnächte hast du auch keine Wäsche gewaschen.«

»Ja, das mache ich bis heute nicht. Das ist zwischen Weihnachten und Neujahr strikt verboten. Auch zum Trocknen hänge ich an den Tagen nichts auf. Auch wenn man nicht an die bösen Geister glaubt, die sich darin verfangen könnten, trocknet die Wäsche dann auch viel zu schlecht«, erklärte sie mit ernster Miene.

Leni lächelte. Sie wusste, dass ihre Oma die alten Bräuche ernst nahm und sich in ihr Tun nicht hineinreden ließ. »Und für liebe Menschen hast du an Neujahr immer Brotringe gebacken, die ein gutes Omen für den Beschenkten sein sollten.«

Oma Elgas blaue Augen glänzten. »Weißt du noch, warum man das tut, Lenchen? Man wünscht, dass das Essen im kommenden Jahr ausreicht.«

Lange unterhielten sie sich so weiter. Später half Leni ihrer Großmutter beim Abwasch und entzündete ein Feuer in dem alten Kachelofen. Sie genoss es, über die guten alten Zeiten zu plaudern, während ihre Großmutter strickte. Ab und zu dachte sie an Armin, allerdings nur kurz. Und sie war ihrer Großmutter dankbar dafür, dass sie nicht wieder auf ihn zu sprechen kam. Irgendwann gähnte Leni.

»Der Tag war bestimmt anstrengend für dich.« Sanft lächelnd legte Oma Elga ihr Strickzeug zurück in den alten Weidenkorb, den sie schon zum Wolle-Aufbewahren benutzt hatte, als Leni klein gewesen war. »Ich habe dir das Bett in der kleinen Stube unter dem Reetdach bezogen. Wo du früher immer so gerne geschlafen hast.«

Überrascht riss Leni die Augen auf, als ihr Blick auf die Pendeluhr an der Wand fiel. »So spät ist es ja noch gar nicht. Gerade erst neun, und normalerweise gehe ich nicht vor elf ins Bett. Aber heute fühle ich mich, als wäre ich schon seit fünf Uhr auf den Beinen.«

»Gönn dir die Ruhe. Dein Körper scheint es zu brauchen.«

Nachdem sie ihrer Großmutter eine gute Nacht gewünscht hatte, holte Leni sich noch eine Flasche Wasser aus dem Kühlschrank und ging dann mit ihrem Gepäck die Treppe nach oben.

Sie stellte den Koffer neben dem Bett ab und zog sich Pullover und Schuhe aus, dann ging sie zu dem Waschbecken und knipste das Licht der Lampe über dem Spiegel an. Das hatte sie als Mädchen stets als etwas Besonderes wahrgenommen, denn zu Hause hatte sie sich das große Bad mit ihren Eltern geteilt. Prüfend betrachtete sie sich. Ihre Gesichtszüge wirkten müde, und ihre grünen Augen schienen kleiner als sonst zu sein. Außerdem fiel ihr auf, dass ihre Wangen ungewöhnlich eingefallen ausschauten.

Es wäre wenig überraschend, wenn sie Gewicht verloren hätte. Denn regelmäßig gegessen hatte sie seit der Brandnacht kaum.

Mit sicheren Handgriffen packte sie ihren Kulturbeutel aus, nahm eine Bürste, ein Haarband, eine Zahnbürste und Pasta heraus. Mit kräftigen Strichen bürstete sie ihr langes braunes Haar und band es schließlich zu einem Knoten zusammen. Dann drehte sie warmes Wasser auf und ließ etwas in den türkisfarbenen Zahnputzbecher laufen, den ihre Großmutter für sie bereitgestellt hatte.

Sorgfältig putzte sie sich die Zähne und benetzte danach ihr Gesicht. Dann nahm sie das Handtuch vom Haken und trocknete ihre Haut. Nachdem sie den Flanellpyjama übergezogen hatte, verteilte sie eine Creme auf ihrem Gesicht und ging zu dem kleinen Fenster, wobei die Dielen unter ihren Schritten knarrten.

Bei Tageslicht konnte sie von ihr aus in den Garten und bis zum Deich schauen. Nun lag fast alles im Dunkeln. Nur ein paar einzelne Lichter der benachbarten Häuser und der Schein von Oma Elgas Wohnzimmerlampe erhellten Teile des Gartens. Es war alles so wie früher. Die gleichen Geräusche und Gerüche, fast als wäre in dem Friesenhaus die Zeit stehen geblieben. Nur Opa Freder fehlte.

Leni zog die Vorhänge zu und löschte das Licht über dem Waschbecken. Schnell schlüpfte sie unter die warme Daunenbettdecke. Sie würde lang genug in St. Peter-Ording bleiben. Den Koffer konnte sie auch morgen noch auspacken. Ihr Atem ging ganz leicht und ruhig. Als Leni die Augen schloss, kam es ihr fast wie eine Zeitreise zu ihrem jüngeren Ich vor. Sie spürte, dass sie sich in dem kleinen Dachzimmer unter dem Reetdach genauso geborgen fühlte wie damals als junges Mädchen.

Zu ihrer Verwunderung fühlte sich sogar die Trauer um die gescheiterte Beziehung zu Armin in diesem Augenblick ungewohnt weit weg an. Ein flüchtiger Gedanke kam ihr. Könnte die Trennung richtig gewesen sein? Aber das war natürlich Blödsinn. Bestimmt litt sie einfach unter Schlafmangel.

Leni rollte sich auf die Seite. Weswegen könnte die Trennung von dem Mann, mit dem sie sogar Kinder haben wollte, das Richtige sein? Ein völlig absurder Gedanke. Am besten dachte sie nun an etwas anderes.

Sie gähnte noch einmal und schlief bald ein.

Kapitel 3

Am nächsten Morgen stieg Leni gut gelaunt die Treppe hinunter. Als sie in die Küche kam, stand ihre Oma bereits vor dem Küchentisch.

»Guten Morgen, Oma.« Leni gab ihr einen Kuss auf die Wange.

»Na, bist du endlich wach. Ich habe vorhin nach dir gesehen, aber da warst du noch im Land der Träume.«

Sie streckte sich noch einmal und spürte, wie neue Energie ihren Körper durchströmte. »Ich habe geschlafen wie ein Stein. Aber jetzt bin ich ausgeschlafen.« Interessiert betrachtete sie die Dosen, die auf dem Tisch standen. »Was machst du da?«

Oma Elga sah sie erwartungsvoll an, bevor sie erklärte: »Ich suche die passenden Harze, Kräuter und Hölzer für eine Räuchermischung zusammen.«

Leni nahm eine Dose in die Hand und roch daran. »Mhm, das riecht nach Lavendel.«

Lachend erklärte Oma Elga: »Das riecht nicht nur nach Lavendel, das ist auch Lavendel. Den habe ich letzten Sommer im Garten geerntet und getrocknet.«

»Stimmt. Neben dem Holzschuppen ist doch der Strauch, nicht wahr?«, erinnerte Leni sich.

»Das ist einer von dreien. Die beiden anderen stehen weiter hinten, in der Nähe des Gartentors.«

Vorfreudig rieb Leni sich die Hände. »Lass mich dir helfen mit der Räuchermischung. So wie früher, ja?«

»Sehr gerne. Nimm dir doch erst noch ein Brötchen, ich hab dir eins auf die Anrichte gestellt.«

Erst als Leni in das Brötchen biss, das sie mit der selbst gemachten Marmelade ihrer Großmutter bestrichen hatte, spürte sie, dass sie Hunger hatte. Sie leerte den großen Teebecher, störte sich nicht daran, dass der Tee nur noch lauwarm war, und beendete ihr Frühstück, bevor sie energiegeladen zu ihrer Großmutter in die Küche zurückkehrte.

»Jetzt kann es losgehen, Oma Elga! Lieb, dass du auf mich gewartet hast!«

»Ich hätte dir auch Gesellschaft geleistet, Lenchen, aber ich wollte hier schon mal alles vorbereiten, du weißt schon.« Sie klatschte in die Hände. »Kannst du dich denn noch an die Mischung für den zweiten Weihnachtsfeiertag erinnern?«

Leni überlegte einen Moment, schüttelte dann bedauernd den Kopf. »An Lavendel kann ich mich noch entsinnen, und ich meine auch, dass Iriswurzel dabei war. Aber mehr bekomme ich nicht zusammen.«

»Lavendel und Iriswurzel sind schon mal nicht schlecht.« Sie griff in zwei Dosen und nahm etwas von deren Inhalt heraus, um es in eine leere Dose zu streuen. »Es fehlen noch Patschuli, Weihrauch, Palo-Santo-Holz und Yerba Santa.« Sie zeigte abwechselnd auf weitere Behälter.

»Ach ja, genau.«

Oma Elga nickte ihr herausfordernd zu. »Du kannst aus jeder Dose etwas herausnehmen und zu der Mischung hinzufügen. Wenn wir schon dabei sind, können wir auch gleich die Mischungen für die nächsten Tage zusammenstellen.«

Leni war ganz in ihrem Element. Wie früher roch sie zunächst an jeder Dose und genoss den Duft der verschiedenen Zutaten. Mit Bedacht wählte sie die Ingredienzen aus und zelebrierte dabei bewusst ihr Tun. Sie genoss die entschleunigende Wirkung der Tradition und bemerkte kaum, wie die Zeit verging. Irgendwann meldete sich ihr Magen. Sie legte eine Hand auf den Bauch. »Jetzt habe ich doch prompt schon wieder Hunger.«

Oma Elga stellte amüsiert die Dosen zurück in einen Korb. »Na, dann nimm dir gern etwas von dem frischen Dinkelbrot aus dem Brotkasten. Du weißt ja, wo du den Rest findest. Ich stelle eben die Mischungen weg und hole noch ein neues Glas Marmelade aus dem Keller. Magst du auch noch einen Kaffee? Ich setze schnell einen auf.«

Während der Kaffee in der Maschine gluckerte, bewunderte Leni die blühenden Barbarazweige, die in einer hohen Vase neben der Weihnachtspyramide vor dem Küchenfenster standen. Ihr zarter Duft wurden von dem kräftigen Aroma des Kaffees überdeckt. Ihr gefiel, wie schlicht ihre Großmutter das Haus dekorierte. Nie hätte man sie auf Dekomärkten in Gartencentern angetroffen, wo von Leni oft völlig überhöhte Preise verlangt worden waren.

Als es mit einem Mal laut an der Haustür klopfte, schrak Leni zusammen und fasste sich vor Schreck ans Herz.

»Leni? Machst du mal auf?«, rief Oma Elga aus dem Keller herauf.

»Bin schon unterwegs!« Ärgerlich über die eigene Schreckhaftigkeit, ging Leni zur Tür und öffnete. »Ach, Frau Bötte …« Sie musterte die alte Dame erschrocken. »Was ist denn mit Ihnen los?«

Die Nachbarin stand völlig aufgelöst vor ihr. Sie kannte die Frau, die ungefähr im selben Alter wie ihre Großmutter war, seit jeher. Doch den verzweifelten Gesichtsausdruck hatte Leni an ihr nie zuvor gesehen.

»Mein Mann …«, brachte die alte Dame schluchzend heraus.

»Kommen Sie doch erst mal rein.« Leni öffnete die Tür weit und trat einen Schritt zurück.

»Wer ist es denn?«, fragte Oma Elga von der Kellertreppe aus und war im nächsten Moment auch schon bei ihnen. In einer Hand hielt sie das Glas Marmelade, das sie geholt hatte. »Ach, Ine … Du liebe Güte! Was ist denn mit dir?«

»Delf!«, brachte sie mühsam hervor. »Er atmet nicht mehr, du musst kommen …«

»Leni, ruf einen Krankenwagen!«, forderte Oma Elga mit ruhiger Stimme und drückte Leni die Marmelade in die Hand, bevor sie nach ihrer Strickjacke griff, die auf dem Schuhschrank gelegen hatte. »Ich komme mit rüber, und da schauen wir nach Delf«, sagte sie und legte Ine Bötte beschwichtigend einen Arm um die Schulter, um mit ihr das Haus zu verlassen. »Bei Bötte, Deichstraße 14«, sagte sie zu Leni mit ernstem Blick.

»Ist gut.« Leni zögerte nicht und wählte die 112, noch bevor die Tür hinter ihrer Großmutter und der Nachbarin zufiel.

Von Oma Elgas Schlafzimmerfenster aus hatte Leni einen guten Blick auf das Nachbarhaus. Hinter der Gardine beobachtete sie unbemerkt, wie der Notarzt eintraf und kurz darauf ein Krankenwagen.

Von einer Katastrophe zur nächsten, dachte sie seufzend.

Delf Bötte kannte sie im Grunde auch ihr ganzes Leben lang. Opa Freder und er waren gute Freunde gewesen. Sie hatten im Sommer oft Fahrradtouren unternommen, sich gegenseitig bei handwerklichen Arbeiten an ihren Häusern unterstützt, und einmal waren sie sogar zusammen in See gestochen. Von Kiel aus hatten sie sich eine Kreuzfahrt hoch bis nach Spitzbergen gegönnt. Als sie danach von ihrer Reise erzählt hatten, hätte man meinen können, Opa Freder und Delf Bötte hätten höchstpersönlich das Schiff gesteuert.

Irgendwann sah Leni, wie ihre Oma das Nachbarhaus verließ, ging nach unten und öffnete ihr die Tür.

Oma Elga sah mitgenommen aus. Sie ging wortlos an Leni vorbei ins Wohnzimmer. Aus der Minibar nahm sie ein Schnapsglas und füllte es mit Sanddornlikör, den sie in einem Zug trank. Dann schaute sie Leni an und schüttelte den Kopf. »Als wir ins Haus kamen, lag Delf reglos auf dem Sofa. Der Notarzt konnte nichts mehr für ihn tun, außer seinen Tod feststellen. Jetzt sind Freder und er wieder vereint.«

»Wie schrecklich.«

»In der Tat.« Oma Elga genehmigte sich ein zweites Glas Likör.

»Und dann passiert es ausgerechnet an Weihnachten.«

»Wäre Delf morgen gestorben, wäre es für Ine auch nicht leichter gewesen«, bemerkte Oma Elga nüchtern, stellte die Flasche zurück und ging mit dem Glas in die Küche.

Leni rieb sich die Arme, obwohl es warm war im Friesenhaus ihrer Großmutter. »Gehst du noch mal zu ihr rüber?«

»Aber ja. Einer muss sich ja um sie kümmern. Ihre Kinder wohnen nicht um die Ecke, und wir sind nun seit über vierzig Jahren Nachbarn. Außerdem sind wir im selben Alter und haben über die Hälfte unseres Lebens quasi Tür an Tür verbracht.« Sie lehnte sich an die Küchenvitrine. »Ine ist eine wirklich gute Freundin von mir. Als dein Opa gestorben ist, war sie für mich da. Ich hätte sie Tag und Nacht um Hilfe bitten können.« Sie sah Leni fest an. »Genauso ist es nun umgekehrt.«

Als Oma Elga gegangen war, legte sich erneut Stille auf das Friesenhaus. Leni konnte kaum fassen, wie sich alles von einer Sekunde auf die andere geändert hatte. Als hätten die Ereignisse ihren Körper an den Schock nach dem Brand erinnert, vernahm sie wieder das Dröhnen in ihren Ohren.

Wie schnell das Leben von einem auf den anderen Moment vorbei sein konnte … Vom Verstand her war Leni das natürlich klar gewesen, doch es war etwas anderes, plötzlich so nah dabei zu sein.

Während sie wartete, packte sie zunächst ihren Koffer aus und legte ihre Kleidung in den alten Holzschrank im Gästezimmer. Anschließend räumte sie die Küche auf und schaltete dabei das Radio ein. Wenigstens wurden in der Livesendung Discohits aus den Siebzigern gespielt, die unweigerlich ihre Stimmung etwas hoben. Nachdem in der Küche wieder alles an seinem Platz war, schnappte sie sich kurz entschlossen den Zollstock, der in einer Schublade gelegen hatte, um die Fläche im Wohnzimmer auszumessen, die sie in den kommenden Tagen streichen wollte. Grob hatte sie es schon überschlagen, aber um die genaue Literanzahl der Farbe zu berechnen, benötigte sie die exakte Quadratmeterzahl.

Ihre Großmutter kehrte erst am frühen Abend zurück.

Sichtlich erschöpft ließ sie sich auf einen Küchenstuhl fallen. »Der Arzt hat Ine etwas zur Beruhigung gegeben, und jetzt ist die Pastorin da. Stell dir vor, sie ist sofort nach dem Nachmittagsgottesdienst gekommen, als sie gehört hat, dass Delf gestorben ist.«

»Eure Pastorin scheint eine tolle Frau zu sein«, erwiderte Leni beeindruckt. Sie selbst war vor Jahren aus der Kirche ausgetreten, fand es aber tröstlich, dass sich jetzt jemand um Ine Bötte kümmerte, der Erfahrung darin hatte, in solchen Situationen die richtigen oder überhaupt Worte zu finden.

Ihre Großmutter nickte. »Das ist sie wirklich. Obwohl sie selbst Familie hat, ist sie immer zur Stelle, wenn jemand aus der Gemeinde Beistand braucht oder in Not geraten ist.«

»Ich frage mich gerade, wer da sein würde, wenn du mal in Not geraten würdest«, sprach Leni ihre Gedanken spontan aus und sah ihre Großmutter besorgt an.

Oma Elga zog fragend die Augenbrauen hoch. »Hast du mit deiner Mutter telefoniert?«

Leni verschränkte die Arme vor der Brust. Natürlich war diese Sorge Oma Elga nicht fremd, ihre Mutter wies oft darauf hin. Doch Leni war an diesem Tag deutlich vor Augen geführt worden, wie recht ihre Mutter hatte. »Nein, habe ich nicht. Aber mal ernsthaft, Oma, du lebst ganz allein in dem Haus. Wir wohnen fast vier Stunden mit dem Auto von St. Peter-Ording entfernt. Es wäre niemand hier, wenn dir etwas zustoßen würde. Findest du nicht auch, dass das ziemlich riskant ist?«

Ihre Großmutter winkte energisch ab. »Das ist doch Quatsch! Wenn meine Zeit gekommen ist, macht es keinen Unterschied, ob ich Gesellschaft habe oder nicht.« Sie warf Leni einen sanften Blick zu. »Delfs Tod ist dafür doch das beste Beispiel. Ine war die ganze Zeit um ihn herum und konnte trotzdem nichts tun, als er gegangen ist. Das Lebensende kommt dann, wenn es so weit ist, Lenchen – da kann man nichts ändern. Weder du noch deine Eltern oder sonst wer. Das bestimmt allein der liebe Gott.«

Leni verzog wenig begeistert den Mund. »Ich würde es trotzdem besser finden, wenn du nicht alleine wohnen würdest. Stell dir vor, du stürzt mal und schaffst es nicht bis zum Telefon, um einen Arzt zu rufen!«

»Na, Ine und ich können ja irgendwann eine Wohngemeinschaft gründen. Dann sind wir beide nicht alleine.« Sie zwinkerte Leni zu.

Langsam nickte Leni. »Ich glaube nicht, dass Frau Bötte bald solche Pläne schmieden will, trotzdem ist das gar keine schlechte Idee. Ich habe schon öfter was von Senioren-WGs gehört. Das scheint gut zu funktionieren.«

Oma Elga stand auf, lächelte und fasste Leni an beiden Oberarmen. »Leni, du kannst wirklich ganz beruhigt sein. Ich habe nämlich nicht vor, in absehbarer Zeit den Weg ins Jenseits anzutreten. Meinen 100. Geburtstag will ich mindestens noch feiern.«

Sie rang sich ein Lächeln ab und sah in die blauen Augen ihrer Großmutter. »Das klingt nach einem guten Plan.«

»Weißt du, was wir jetzt machen?« Sie zog ihre Strickjacke aus und hängte sie über eine Stuhllehne.

»Was denn?«

»Wir räuchern.«

»Oh ja, das wollten wir doch sowieso!«

»Für Ine, damit sie innere Ruhe und Stabilität findet. Und auch für Delf. Damit er sich nicht verirrt, sondern all seine Lieben wiedertrifft.« Konzentriert öffnete Oma Elga den Küchenschrank, um ein Räucherstövchen und ein Teelicht herauszunehmen.

»Das hört sich gut an.« Leni nahm es ihr ab und stellte beides auf den Tisch. Ihr kam ein kindlicher Gedanke, dennoch sprach sie ihn aus. Sie wusste, dass ihre Großmutter sie nicht auslachen würde, als sie fragte: »Meinst du, Opa Freder holt Herrn Bötte ab?«

Oma Elga warf ihr ein liebevolles Lächeln zu. »Da bin ich mir sicher. Liebe und Freundschaft überdauern auch den Tod.«

Um die Stimmung aufzulockern, erklärte Leni scherzhaft: »Dann möchte ich, dass du mich später mal abholst, wenn es so weit ist.«

Ihre Großmutter strich ihr mit einer Hand über die Wange. »Abgemacht.«

Dann zündete sie das Teelicht an, und still beobachteten sie, wie bald sanfter Rauch von den Kräutern aufstieg und der wohlbekannte Duft nach Wald und Lavendel den Raum erfüllte.

Kapitel 4

Oma Elga stellte die Tasse schwungvoll auf den Tisch und stand von ihrem Stuhl auf. »Um 9 Uhr 30 haben wir den Termin bei *Bestattungen Grube*.« Sie blickte auf die Wanduhr in der Küche. »Ich gehe besser gleich mal rüber. Hoffentlich hat Ine etwas zum Frühstück gegessen. Oder wenigstens eine Tasse Kaffee getrunken. Ein Bestattungsgespräch sollte sie nicht auf nüchternen Magen führen.«

»Kommt der Bestatter sonst nicht ins Haus?«, wollte Leni wissen.

Oma Elga nickte. »Auf Wunsch ja. Ine möchte das aber nicht.«

»Ah, verstehe.«

»Ich bin damals auch zur Besprechung zum Grube gegangen.« Oma Elga nahm ihre Handtasche von der Sitzfläche eines anderen Stuhls und überprüfte den Inhalt. »Es kann eine Weile dauern, bis Ine und ich wieder zurück sind. Vielleicht gehen wir danach noch irgendwo was mit Schuss trinken.«

Leni warf ihrer Großmutter ein Lächeln zu. »Lasst euch ruhig Zeit. Ich spüle das Geschirr gleich ab, wenn ich fertig gefrühstückt habe. Danach gehe ich mal gucken, ob der Strand noch da ist.«

»Bis gestern war noch alles an Ort und Stelle.« Ihre Oma zwinkerte ihr zu.

»Na, dann ist es ja gut«, lachte Leni.

»Ach, da fällt mir noch etwas ein. Vor einer guten Woche habe ich eine Rauhnachtkerze im *MeerGlück* bestellt, aber bis jetzt bin ich nicht dazu gekommen, sie abzuholen. Kommst du zufällig im Ortsteil Bad vorbei und könntest die kurz einsammeln? Das dauert bestimmt bloß ein paar Minuten, und ich könnte mir einen Weg sparen.«

Froh darüber, helfen zu können, nickte Leni. »Na klar, gerne! Ich hatte ohnehin vor, nach St. Peter-Bad zu fahren. Danach schaue ich auch gleich mal im Baumarkt vorbei. Papa und ich wollen doch dein Wohnzimmer renovieren. Ich kümmere mich um die Besorgungen, und vielleicht fange ich auch ohne Papa schon mal an. Wer weiß, wann er kommen kann. Bis zur Möbellieferung ist es ja auch nicht mehr lange hin.«

»Die Zeit vergeht wirklich wie im Fluge.« Oma Elga zog den Reißverschluss ihrer Handtasche zu. »So, nun muss ich mich sputen, sonst kommen wir noch zu spät.«

»Bis später, Oma.«

Leni zog ihren Schal höher und versenkte die Hände tiefer in den Taschen ihrer dicken Steppjacke. Ihr Blick glitt über die Salzwiesen, während sie über die Seebrücke schlenderte, dann weiter bis zu den Pfahlbauten, die fast in greifbarer Nähe emporragten.

Das Grau war einem knallblauen Himmel gewichen, von dem die Sonne fast so hell wie im Sommer zu strahlen schien. Der Strand leuchtete nahezu weiß, das Meer verschmolz blau mit dem Horizont. Leni setzte einen ersten Schritt auf den Sand und ging an den Stelzenhäusern vorbei, bis sie die Wasserkante erreicht hatte.

Bei dem schönen Wetter waren mehr Leute am Meer, als sie im Winter erwartet hatte. Manche hatten Kinder dabei, einige liefen mit ihrem Partner Hand in Hand. Wiederum andere genossen allein einen Strandspaziergang.

Leni schlang sich die Arme um ihren Oberkörper. Der böige Wind zerrte an ihrer Kleidung.

Armin, dachte sie plötzlich sehnsuchtsvoll. Könntest du doch jetzt neben mir stehen, könnten wir diesen Augenblick gemeinsam genießen.

Doch statt die Aussicht auf das Meer auszukosten, war er vermutlich gerade mit seinem Snowboard in den Schweizer Alpen unterwegs und blickte auf verschneite Berge statt auf dieses einzigartige Naturschauspiel, dem sie beiwohnte. Sie spürte, wie sich ihr Herz langsam zusammenzog, als würde es in eine viel zu kleine Büchse gepresst. Unwillkürlich fasste sie sich an die Brust und keuchte. Für einen Moment hatte ihr das beklemmende Gefühl den Atem genommen.

Sie hustete und versuchte dann ruhig ein- und auszuatmen. Da hörte sie ein lautes Zetern, legte den Kopf in den Nacken und schaute nach oben.

Über ihr flogen mehrere Möwen, die schrille Schreie ausstießen. Im nächsten Augenblick zog ein Kitesurfer mit einem bunten Segel an ihr vorbei.

Leni sah ihm nicht ohne Bewunderung nach. Sich bei der kühlen Witterung aufs Meer zu wagen, das war nicht ohne. Sie beobachtete, wie er sich von dem Wind in die Höhe katapultieren ließ, um dann sanft zu landen und weiter mit seinem Brett auf der Meeresoberfläche entlangzugleiten. Wahrscheinlich trug er einen Winterneoprenanzug, die Wassertemperatur lag im Dezember sicher kaum bei mehr als sechs Grad. Sorglos schien er seinen Schirm zu lenken und es einfach zu genießen, bei den Windverhältnissen die Kraft der Natur zu nutzen.

»Du denkst zu viel«, hatte Armin nicht nur einmal zu ihr gesagt. »Du stellst so viele Überlegungen an, bis du entweder zu einem negativen Ergebnis gekommen bist oder einen wunderschönen Moment verpasst hast. Lass die Dinge doch einfach mal laufen und schau, was passiert.«

Leni wandte sich zur Seite, um den Kitesurfer nicht aus den Augen zu verlieren. Sie kam nicht umhin zuzugeben, dass Armin damals nicht falschgelegen hatte. Männern wie ihm schien es leichter zu fallen, die Dinge auf sich zukommen zu lassen. Diese Fähigkeit hätte sie auch gern – ein bisschen zumindest. Denn dann war man sicher besser dran. Dass Armin gerade vor einem Berg stand und von traurigen Gedanken an sie geplagt wurde, glaubte sie nicht. Sie traute ihm eher zu, dass er tatsächlich nach vorn sah und jeden Moment genoss.

Er fehlte ihr.

Wenn er wollte, konnte er sie jederzeit anrufen. Und sie ihn ebenfalls. Wir sind beide nicht aus der Welt, versuchte sie sich gut zuzureden. Sie befand sich an einem der schönsten Strände Deutschlands. Das Wetter war ein Traum. Sie war gesund und hatte nicht nur wunderbare Eltern, sondern auch eine großartige Oma. Es gab keinen Grund, in ein Stimmungstief zu fallen.

Leni hob das Kinn ein Stück und nahm die Schulter etwas weiter zurück. Von jetzt an wollte sie versuchen, das Jetzt mehr wertzuschätzen und sich auf das zu konzentrieren, was da war, statt ihre Energie auf Dinge oder Menschen zu richten, die nicht anwesend waren.

Abermals schloss sie kurz die Augen und spürte den Wind in ihren Haaren. Das raue Klima der Nordsee und die Weite von Strand und Meer taten ihr gut.

Sie setzte einen Fuß vor den anderen, atmete ein und aus, genoss die Aussicht auf die See und ging einfach. Nach einer Weile wurde ihr bewusst, wie ihre Beine sich fast wie von selbst bewegten und ihre Schultern ein wenig leichter wurden.

Als sie wieder zurück über die Seebrücke lief, fühlte sie sich bereit, ihre Versprechen einzulösen.

Vor dem kleinen Restaurant *De Lütte GOSCH* blieb Leni stehen. Es duftete nach köstlichen Fischbrötchen. Spontan erstand sie ein Backfischbrötchen auf die Hand und biss genüsslich hinein. Es war nicht bloß ein Gerücht, dass frischer Fisch an der See am besten schmeckte. Zu Hause aß sie kaum welchen, doch in St. Peter-Ording wäre es für sie ein Frevel gewesen, auf Fisch zu verzichten.

Das Brötchen in der Hand, schlenderte sie um die nächste Ecke, schaute sich die Auslage eines Bekleidungsgeschäfts an und blieb dann vor der großen Fensterfront eines Buchladens stehen. *Bookbantje Truels* prangte in gelben Lettern über dem Schaufenster. Leni erinnerte sich an ein Buch, das sie kürzlich in der Bibliothek in der Hand gehalten hatte und gern gelesen hätte. Sie erinnerte sich nicht an den Titel, nur daran, dass es um ein Katzencafé in Notting Hill ging. Um zu sehen, ob sie es hier finden würde, betrat Leni das Geschäft und stöberte durch die Bücherregale. Sie erinnerte sich daran, dass der Buchumschlag blau war, und suchte bei den Romanen. Einige Bücher betrachtete sie näher, doch sie fand den Titel nicht. Kurzum nahm sie ihr Handy zur Hand und gab in die Suchfunktion *Katzencafé Notting Hill Buch* ein. Vergebliche Mühe.

Schließlich sprach Leni den Mann an, der am Computer neben der Kasse arbeitete. »Entschuldigung. Ich suche ein bestimmtes Buch, können Sie mir helfen?«

Der Mann blickte sie nur erschrocken an.

»Entschuldigung, ich wollte Sie nicht bei der Arbeit stören oder … erschrecken.«

»Wie? Ja. Ich meine nein. Sie haben mich nicht gestört. Ich war gerade nur etwas in Gedanken.« Er fuhr sich mit einer Hand durch seine ohnehin schon zerzausten Haare und lächelte sie dann an.

Auf Leni machte er einen ziemlich überarbeiteten Eindruck. Außerdem schien er ganz allein in dem Buchladen zu sein. »Ich suche ein Buch, in dem es um ein Katzencafé in Notting Hill geht.«

»Einen Moment, ich schaue eben mit dem Stichwort

im System nach.« Er tippte auf der Tastatur. »Hauptsache nicht *Die Lebkuchenbären*«, brummelte er vor sich hin.

»Bitte, was?«

Er schaute Leni an und schüttelte lächelnd den Kopf. »Verzeihung, *Die Lebkuchenbären*. Das Buch wollte vor Weihnachten gefühlt jeder zweite Kunde für Tochter, Sohn, Enkel, Urenkel, Neffe, Nichte, Bruder oder Schwester. Ein Glück, dass das vorbei ist.«

»Och, nächstes Jahr ist wieder Weihnachten. Und wenn es solch ein Erfolg war, vielleicht erscheint dann *Die Lebkuchenbären, Teil zwei.*« Sie lachte.

»Bitte nicht!« Der Mann verzog gequält das Gesicht. Dann scrollte er und drehte den Bildschirm, sodass Leni darauf schauen konnte. »Es ist bestimmt eines dieser Bücher hier, ja?«

Leni erkannte das Cover und tippte darauf.

»Ah, *Ein Traum von Katzenglück*. Leider haben wir den Titel nicht vorrätig. Aber ich kann Ihnen das Buch selbstverständlich bestellen. Es wäre dann voraussichtlich morgen da, spätestens übermorgen.«

»Das wäre schön. Ich schaue dann morgen Nachmittag mal vorbei.« Leni bedankte sich bei ihm und verließ kurz darauf die Buchhandlung.

Wie versprochen holte sie im *MeerGlück* die bestellte Kerze ab und fuhr danach mit dem Auto zum Baumarkt nach Böhl.

Dort schnappte sie sich einen Einkaufswagen, schob ihn durch die Regalreihen und lud allerhand Farbdosen und Zubehör hinein. Vor einer großen Auswahl an Pinseln und

Rollen blieb sie stehen. Unschlüssig nahm sie einige in die Hand, um ein besseres Gefühl für die Größe zu bekommen und um zu prüfen, ob sie gut damit streichen könnte. Vier Stück befand sie für geeignet und packte sie ein. Die restlichen legte sie wieder zurück.

»Leni?«, fragte plötzlich eine Stimme neben ihr.

Abrupt wandte sie sich um und entdeckte neben sich eine Frau mit einem kleinen Jungen an einer Hand. Mit der anderen hielt die Frau einen Einkaufswagen, in dem sich ebenfalls einige Farbdosen befanden. Sie hatte ungefähr die gleiche Größe wie sie, war jedoch wesentlich schlanker und musste in ihrem Alter sein. Unter einer bunten Wollmütze lugte schwedenblondes, schulterlanges Haar hervor, das sich zu Locken kräuselte. Das sommersprossige Gesicht kam Leni irgendwie bekannt vor …

»Es tut mir leid, ich kann Sie gerade nicht einordnen. Woher kennen wir uns?«

»Mensch, Leni! Erkennst du mich wirklich nicht mehr?« Die Frau nahm die Mütze ab, um ihre ungestüme Lockenpracht zu offenbaren. »Ich bin's. Beeke!«

Leni riss die Augen auf. »Ja! Das ist ja ein Ding. Mensch, Beeke!« Mit Beeke hatte sie früher immer in den Ferien gespielt. Beekes Oma hatte damals bloß zwei Straßen von ihren Großeltern entfernt gewohnt, Beekes Eltern in Ording. »Wie lange haben wir uns nicht mehr gesehen? Das ist doch bestimmt zwanzig Jahre her.«

»Wohl eher fünfundzwanzig.« Lächelnd strich sie dem Jungen übers Haar.

»Was machst du so?«

Beeke nahm den Jungen auf den Arm. »Gerade wollen Bruno und ich sein Kinderzimmer verschönern. Bruno, sag Leni mal Hallo.«

Der kleine Junge, den Leni auf ungefähr drei Jahre schätzte, hob die Hand und winkte ihr fröhlich zu. »Hallo.«

Leni musste lachen und winkte zurück. »Hallo, Bruno!« Was für ein entzückendes Kind!

Beeke setzte den Jungen wieder ab. »Und wenn ich nicht mit meinem Sohn unterwegs bin, dann arbeite ich als Orthopädin in der Strandklinik.«

Jetzt erinnerte Leni sich wieder und bekannte lächelnd: »Meine Oma hat mir mal erzählt, dass du Medizin in Süddeutschland studieren würdest.«

»Das ist schon eine Weile her. Nach dem Studium habe ich einige Jahre in einer Münchener Klinik im Schichtdienst gearbeitet.«

Leni strich sich eine Haarsträhne hinters Ohr. »Ich dachte, du wärst ganz aus St. Peter weggegangen.«

»Das dachte ich auch.« Beeke lachte verschmitzt. »Aber nach der Trennung von meinem Mann hat es mich wieder in die Heimat gezogen. Einmal Nordlicht, immer Nordlicht.«

Bei dem Wort *Trennung* musste Leni sofort an Armin denken. Entschlossen schob sie den aufkommenden Missmut beiseite. »Ich kann es noch immer nicht glauben, dass wir uns hier über den Weg gelaufen sind«, sagte sie stattdessen.

Beeke zuckte mit den Schultern. »Du weißt doch, in St. Peter ist es schwieriger, jemanden nicht zu treffen, als andersherum.«

Leni nickte. »Da ist was Wahres dran. Seit wann bist du denn wieder zurück in St. Peter?«

»Seit ungefähr anderthalb Jahren.« Sie blickte stirnrunzelnd zu ihrem Sohn, der dazu übergegangen war, die Pinsel neu zu sortieren. »Du, wollen wir unser Gespräch vielleicht ein anderes Mal fortsetzen? Ich glaube, Bruno langweilt sich.«

»Aber sicher. Gib mir doch deine Handynummer, dann können wir später was ausmachen.« Leni zückte ihr Mobiltelefon.

Leicht verlegen erwiderte Beeke: »Besser du gibst mir deine. Ich kann mir meine Nummer nämlich nicht merken.«

»Okay.«

Nachdem sie die Telefonnummer gespeichert hatte, verabschiedete Beeke sich mit einer kurzen Umarmung. »Ich melde mich bei dir!«

»Prima! Ich freue mich schon.«

Leni blickte Beeke und ihrem Sohn lächelnd hinterher. Was für ein glücklicher Zufall, dass sie sich begegnet waren. Wäre sie vorher nicht am Strand, in dem kleinen Lädchen und in der Buchhandlung gewesen, hätten sie sich wahrscheinlich verpasst. Leni seufzte zufrieden und nahm noch zwei weitere Pinsel aus dem Regal. Sicher war sicher.

Als sie mit ihren Einkäufen zurück zum reetgedeckten Friesenhaus kam, war Oma Elga noch nicht wieder zurück.

Inzwischen war es früher Nachmittag, aber Leni machte sich keine Sorgen um ihre Großmutter. Frau Bötte brauchte ihren Beistand, sicher blieb Oma Elga lieber länger als nötig statt kürzer.

Sie stellte die Rauhnachtkerze auf der Kommode in der Diele ab und beschloss, die Zeit zu nutzen, um mit den Vorbereitungen für die geplante Renovierung zu beginnen. Wenn die Vorarbeit bereits geleistet war, könnten sie und ihr Vater gleich loslegen, sobald ihre Eltern in St. Peter-Ording eingetroffen waren.

Zuerst holte sie einen Korb Altpapier aus dem Keller und räumte dann den großen Wohnzimmerschrank aus. Neben Büchern bewahrte ihre Oma dort auch Geschirr auf. Leni wickelte die einzelnen Teile sorgfältig in Zeitungspapier ein und legte sie dann vorsichtig in den großen Wäschekorb, den sie im Flurschrank gesehen hatte, und in eine Bananenkiste, in der ihre Oma sonst das Altglas aufbewahrte. Vier verschiedene Kaffeeservice zählte sie. Eins war vollständig, während bei den anderen Geschirrsets mal eine Tasse oder ein Teller fehlten, die irgendwann zerbrochen waren.

Sie war fast fertig, als es an der Tür klingelte. Leni blickte von ihrer Arbeit auf und ging zur Haustür.

Oma Elga schien durch Herrn Böttes Tod auch gehörig durch den Wind zu sein, wenn sie sogar vergaß, ihren Schlüssel mitzunehmen. Aber das würde sie natürlich niemals zugeben.

Leni öffnete die Tür. »Da hast du aber Glück …« Sie brach mitten im Satz ab und brauchte einen Moment, um ihre Gedanken zu sortieren.

»Hi!« Der Mann, der vor ihr stand, hob ein wenig schüchtern die Hand. Er schien mindestens genauso überrascht zu sein wie sie.

Da fiel es ihr wie Schuppen von den Augen. Ihr alter Kinderfreund stand vor ihr. »Kristan!«

»Ja, hi«, wiederholte er seinen Gruß. »Eigentlich habe ich mit deiner Oma gerechnet und nicht … mit dir.«

»Da haben wir ja was gemeinsam. Ich habe nämlich auch erwartet, Oma Elga zu sehen.« Sie schüttelte den Kopf. »Das ist ja verrückt!«

»Was ist verrückt?«

»Dieser ganze Tag ist verrückt.« Sie machte eine ausholende Handbewegung. »Stell dir vor, gerade habe ich Beeke im Baumarkt getroffen, und jetzt stehst du vor mir. Als hättet ihr euch verabredet.«

Genau wie Beeke hatten Leni und Kristan sich als Kinder oft in den Ferien in St. Peter-Ording getroffen, wenn er bei seinen Großeltern zu Besuch gewesen war. In der Zeit hatten sie und Beeke ein eingeschworenes dreiblättriges Kleeblatt gebildet. Nichts hatte sie trennen können. Sie hatten zusammen den Strand unsicher gemacht, bei schönem Wetter im Garten ihrer Großeltern gezeltet oder waren die 157 Stufen des Westerhever Leuchtturms hochgestiegen.

Jeder Ferientag war damals ein großes Abenteuer für sie gewesen. Das hatte sich erst im Teenageralter geändert, als alles anders geworden war und Leni ihre Ferien nicht mehr in St. Peter-Ording verbracht hatte, sondern lieber mit ihrer besten Freundin und einer Jugendgruppe zum Zelten nach Italien oder in eine Skifreizeit gefahren war.

Kristan war zu der Zeit genauso unregelmäßig bei seinen Großeltern gewesen. Mit siebzehn hatte sie ihn wiedergetroffen, als die Reise an die holländische Küste mit ihrer damals besten Freundin ins Wasser gefallen war. Da Carina krank geworden war, hatte Leni nicht allein mit der Jugendgruppe reisen wollen und lieber die Ferien bei ihren Großeltern verbracht.

Als sie jetzt in sein gebräuntes Gesicht sah und spürte, wie ihr Herz schneller schlug, waren die Erinnerungen wieder da.

Kristan hatte in dem Sommer seinem Opa beim Bau einer neuen Pergola als Überdachung für die Terrasse geholfen. Zwar hatten sie sich von klein auf gekannt, doch in jenen Wochen war es Leni so vorgekommen, als würde sie ihn zum ersten Mal wirklich sehen. Hatte er schon immer dieses umwerfende Lächeln gehabt, diese strahlend grünen Augen und das glänzende dunkelbraune, wellige Haar? Hals über Kopf hatten sie sich ineinander verliebt, und Leni hatte das erste Mal mit ihm erlebt. Am Ende der Ferien hatten sie sich geschworen, für immer zusammenzubleiben.

Leni hatte fest an ihren Schwur geglaubt und es nicht fassen können, als nach einer Weile keine Briefe mehr von Kristan eingetroffen waren und er auch nicht mehr angerufen hatte. Sie hatte lange geglaubt, den Kummer nie mehr überwinden zu können. Seitdem hatten sie einander nicht wieder gesehen oder gesprochen. Tatsächlich hatte Leni jahrelang überhaupt nicht an Kristan gedacht. Und jetzt stand er vor ihr. Ein Mann wie ein guter Wein, der mit den Jahren noch attraktiver geworden war.

»Ich hätte mich vorher bei Oma Ine melden sollen.« Kristan schlug den Kragen seiner Jacke hoch und verzog das Gesicht, als eine kühle Windböe über das Grundstück fegte. »Nun ist sie nicht da, und ich habe keinen Hausschlüssel. Ich dachte, ich frage mal bei deiner Oma nach, ob sie zufällig einen Zweitschlüssel hat. Ich meine, Oma Ine hat davon mal gesprochen, dass sie einen hier deponiert hat, für alle Fälle.«

»Hm. Du bist bestimmt gekommen, um ihr zu helfen.« Leni betrachtete ihn aufmerksam. »Es tut mir leid, mit deinem Opa.«

Als Kristan nur den Blick senkte und nickte, fuhr sie schnell fort: »Von einem Schlüssel weiß ich leider nichts. Meine Oma ist gerade mit deiner beim Bestatter. Aber komm doch rein, bis sie zurück sind. Bevor du hier festfrierst.«

»Danke.« Kristan betrat das Haus, nachdem er sich den Schmutz von den Schuhen an der Matte vor dem Eingang abgetreten hatte.

»Ich kann uns eine Tasse Tee kochen, wenn du magst«, bot Leni an.

»Die Einladung nehme ich gerne an.«

Sie gingen in die Küche. Kristan zog seinen Parka aus und hängte ihn über eine Stuhllehne. Dann setzte er sich, während Leni Wasser in den Kocher füllte.

Sie nahm ein paar Teedosen aus einem Schrank. »Möchtest du Kräuter-, Früchte- oder Schwarztee?«

»Kräutertee, bitte.«

Gewissenhaft füllte sie mit einem Löffel den Tee in den Filter. »Es tut mir wirklich sehr leid. Ich kann mich noch gut daran erinnern, wie traurig ich war, als Opa Freder gestorben ist.«

»Danke. Mir war zwar klar, dass er nicht ewig leben würde, aber es war trotzdem ein Schock. Und ich bereue, dass ich an Weihnachten nicht hier gewesen bin. Dann hätte ich noch etwas Zeit mit ihm verbringen können.«

»Das konntest du ja nicht ahnen.« Leni setzte sich zu ihm. »Ich mochte deinen Opa wirklich sehr gerne. Er war immer zu Scherzen aufgelegt. Ich habe ihn nie schlecht gelaunt erlebt.«

Kristan lächelte. »Ich auch nicht. Ich glaube, dass er eine zufriedene Grundhaltung dem Leben gegenüber hatte. Davon könnte ich mir manches Mal eine Scheibe abschneiden.«

»Wer nicht?« Leni lächelte ihn aufmunternd an. Es war merkwürdig, ihn nach so langer Zeit zu sehen. Fremd und gleichzeitig auch sehr vertraut. Obwohl er sich damals nicht gerade wie ein Gentleman verhalten hatte, als er sich nicht mehr gemeldet hatte, konnte sie ihm nicht länger böse sein. Genauso wenig hätte sie leugnen können, dass sie in seiner Gegenwart eine starke Anziehung verspürte.

Die Lachfalten um seine Augen traten deutlicher hervor als früher, und ihr Grün wirkte dunkler, geheimnisvoller. Inzwischen trug er einen Dreitagebart, an dem sich die eine oder andere graue Stelle zeigte. Doch das machte ihn nicht unattraktiver. Im Gegenteil. Verwundert über ihre Gedanken, bemerkte sie, dass sie über Armin lange nicht so gedacht hatte.

»Opa Freder ist genauso plötzlich gestorben. Keiner hat damit gerechnet«, erinnerte sie sich. »Er war nicht krank oder so, sondern ist eines Tages beim Zeitungslesen eingeschlafen – einfach so – und nicht wieder wach geworden.«

»Im Grunde genommen nicht der schlechteste Tod«, erwiderte Kristan. »Die Augen zu und weg.« Er unterstrich seine Worte mit einer schwungvollen Handbewegung.

»Nein. Friedlicher kann man wohl den Planeten nicht verlassen.« Da das Wasser laut sprudelte, stand sie auf und trat an die Arbeitsfläche.

»Meine Mutter hat mich heute früh angerufen und mir alles erzählt. Ich habe mich sofort ins Auto gesetzt und bin hergefahren. Meine Eltern sind ebenfalls auf dem Weg und müssten bald ankommen. Sie fahren nur etwas langsamer als ich.«

Leni goss das heiße Wasser in die Teekanne. »Wo wohnst du eigentlich?«

»Nach wie vor in Hamburg. Ich arbeite dort als Redakteur bei einem Magazin.« Er lehnte sich zurück und zuckte die Schultern. »Ich bin nie wirklich aus der Stadt rausgekommen. Ich habe ja dort studiert, und meine Jobs waren auch immer in Hamburg. Sogar meine Wohnung ist nicht weit vom Haus meiner Eltern entfernt. Nur drei Straßen, dann bin ich da. Ich scheine ein bequemes Gewohnheitstier zu sein.«

»Für mich klingt es, als würdest du dich einfach in deiner bekannten Umgebung wohlfühlen.« Leni stellte die Kanne und zwei Tassen auf den Tisch.

Er lächelte. »Kann schon sein. Und du? Was hast du so getrieben? Bist du verheiratet? Hast du Kinder?«

Traurig schüttelte sie den Kopf. »Weder bin ich verheiratet, noch habe ich eine Familie gegründet. Ich war nur kurz davor, würde ich sagen, jetzt bin ich frisch getrennt.«

»Oha. Da habe ich wohl in ein Wespennest gestochen. Tut mir leid, das zu hören. Hätte ich es gewusst, hätte ich nicht gefragt.«

»Mach dir deswegen keine Sorgen. Es gibt Schlimmeres. Zum Beispiel das Haus seines Freundes abzufackeln«, fügte sie sarkastisch hinzu und goss den Tee ein, der nur kurz ziehen sollte.

Kristan sah sie einen Moment lang nur ungläubig an. »Leni, das ist doch nicht wirklich passiert. Oder?«

Sie setzte sich auf den Stuhl ihm gegenüber, blies auf den Tee und nippte vorsichtig. »Nun ja, ich wünschte, es wäre nicht geschehen.«

Betroffen musterte er sie. »Oje. Wie konnte das denn passieren?«

Bevor sie antworten konnte, hörte sie, wie jemand den Haustürschlüssel drehte. Der Antwort enthoben, blickte Leni Richtung Diele und stellte die Tasse ab. »Ich glaube, unsere Omas kommen zurück.«

Kurz darauf betraten Oma Elga und Frau Bötte bereits die Küche.

»Na, das ist ja eine Überraschung!«, rief Lenis Großmutter erfreut zur Begrüßung.

»Das finde ich aber auch«, stimmte Ine Bötte lächelnd zu. »Kristan, ich wusste gar nicht, dass du kommst.«

Er erhob sich und nahm seine Großmutter in den Arm.

»Aber Oma, natürlich bin ich gekommen. Wo sollte ich denn sonst sein, wenn nicht bei dir?«

Leni beobachtete, wie sie einander begrüßten, und musste schlucken. Sie meinte, eine Träne in Kristans Augenwinkel glänzen zu sehen.

Ine Bötte nickte ihrem Enkel zu. »Dann komm mal mit, mein Junge. Du bist bestimmt hungrig. In meiner Küche steht ein Blech mit frischem Friesenkuchen. Ich weiß nicht, ob er was geworden ist. Ich habe ihn letzte Nacht gebacken, als ich nicht schlafen konnte.«

Kurz darauf verließen Kristan und seine Großmutter das Haus. Leni und Oma Elga blickten ihnen durchs Küchenfenster hinterher.

»Ich bin froh, dass ihr Enkel jetzt da ist. Das wird Ine ein bisschen von ihrem Kummer ablenken«, meinte Oma Elga.

»War das Gespräch sehr schlimm?«

Oma Elga winkte ab. »Es gibt schönere Gesprächsanlässe.«

»Ich habe übrigens deine Kerze abgeholt«, wechselte Leni das Thema. »Und ich habe Farbe besorgt. Danach habe ich schon mal angefangen, den Schrank auszuräumen, und das Geschirr in Zeitungspapier eingewickelt. Erschrick also nicht, wenn du ins Wohnzimmer gehst!«

»Das nenne ich tatkräftig.« Ihre Großmutter strich ihr lächelnd über den Arm. »Dann ist es höchste Zeit für eine Pause. Du hast ja schon einen Tee, lass uns trotzdem zusammen heißen Kakao trinken und dabei ein bisschen Radio hören. Der Küstensender spielt immer so schöne Lieder.«

»Ist gut, Oma«, stimmte Leni zu.

»Könntest du die Milch schon mal warm machen? Im Kühlschrank sind zwei Liter, und das Kakaopulver steht da, wo es immer ist. Ich gehe kurz hoch und ziehe mir einen leichteren Pullover an.«

»Mach das. Ich kümmere mich hier um alles.«

Leni entging nicht, dass der Termin beim Bestatter an ihrer Oma nicht spurlos vorbeigegangen war. Ihre Augen wirkten müder als sonst, selbst ihr Gang beschwerlicher. Vermutlich hatte das Gespräch schmerzhafte Erinnerungen an Opa Freders Tod in ihr wachgerufen, mit denen sie sonst gut zurechtkam. Nachdenklich beobachtete Leni, wie Oma Elga langsam die Treppe hochstieg. Sie kannte keine tapferere und stärkere Frau als sie. Oma Elga meisterte jede Lebenssituation und fand für jedes Problem eine Lösung. Ein starkes Gefühl der Liebe und Dankbarkeit durchströmte sie. Gleichzeitig war sie unheimlich stolz auf ihre Oma.

Kapitel 5

»Hier ist das Wetter toll, hab ich gesagt!«, rief Leni etwas lauter. Sie stand dick eingemummelt auf dem Deich, den Rücken der Seeseite zugewandt. Die Wollmütze hatte sie an einem Ohr etwas höher geschoben und hielt in einer Hand ihr Handy, während sie sich bemühte, das Telefon mit der anderen vor dem Wind abzuschirmen. Um so viel wie möglich von dem herrlichen Sonnenschein dieses Wintertags einzufangen, war sie gleich nach dem Frühstück zu einem Deichspaziergang aufgebrochen. Die Luft roch wunderbar nach Salz, und die Meeresfrische belebte ihre Sinne.

»Das ist ja schön. Bei uns nieselt es schon den ganzen Tag«, antwortete ihre Mutter nasal.

»Du hörst dich immer noch sehr erkältet an«, stellte Leni besorgt fest.

»Das bin ich – und Papa auch. Wir beide fühlen uns ziemlich schlapp.«

»So ein Pech! Ich habe sehr gehofft, dass ihr inzwischen wieder fit seid. Esst ihr denn auch gut, damit ihr wieder zu Kräften kommen könnt?«

»Aber ja. Keine Sorge. Frau Weiß von nebenan hat sogar frisches Obst für uns gekauft.«

Leni nickte, auch wenn ihre Mutter es nicht sehen konnte. »Was meinst du, wann können Oma und ich denn mit euch rechnen?«

»Heute jedenfalls nicht mehr. Vielleicht fühlen wir uns morgen besser. Ach, ich weiß es nicht, uns hat es dieses Mal richtig aus der Bahn geworfen.« Ihre Mutter nieste laut.

»Gesundheit.« Leni lächelte.

»Danke«, erwiderte ihre Mutter und putzte sich geräuschvoll die Nase.

Dass die beiden tatsächlich in den nächsten Tagen noch die lange Fahrt auf sich nehmen würden, bezweifelte Leni stark. »Bitte macht euch keinen Stress, kuriert euch lieber aus! Und sag Papa viele Grüße von mir. Ich habe gestern schon angefangen, die Schränke auszuräumen, Farbe und Pinsel habe ich auch gekauft. Ich werde heute Nachmittag weitermachen und schauen, wie weit ich komme.«

»Ist gut. Richte deiner Oma bitte aus, dass ich mich morgen früh bei ihr melde. Vorhin hat ja niemand abgehoben«, sagte ihre Mutter leicht vorwurfsvoll.

Leni lachte. »Oma hat mehr Termine als wir alle zusammen. Gerade ist sie beim Friseur. Auf dem Rückweg wollte sie noch zur Post. Aber ich richte es ihr aus, wenn ich sie sehe. Bis morgen, Mutti.«

Nachdem sie das Gespräch beendet hatte, blickte Leni über die Salzwiesen, auf denen reger Betrieb herrschte. Das Schnattern der Vögel, die dort Rast machten oder zu neuen Flügen aufbrachen, drang bis zu ihr. Über ihrem Kopf flogen drei Möwen dem Meer entgegen, und weiter entfernt bellte ein Hund, der mit seinen Besitzern einen Deichspaziergang machte.

Beeke hatte sich noch nicht bei ihr gemeldet. Bestimmt war ihr Leben äußerst stressig. Als Ärztin und alleinerziehende Mutter trug sie eine enorme Verantwortung. Ein Kind ohne den Vater großzuziehen, das konnte Leni sich nicht vorstellen. Was wäre wohl passiert, wenn Armin und sie Eltern geworden wären? Wenn er sich dann von ihr getrennt hätte?

In den zwei Jahren ihrer Beziehung war ihr nicht einmal in den Sinn gekommen, dass es mit Armin schiefgehen könnte. Für sie hatte der Himmel voller Geigen gehangen, und sie hatte schon den Ring an ihrem Finger gesehen. Alles schien ihr nur eine Frage der Zeit zu sein, die gemeinsame Zukunft vorbestimmt. Wenn man es genau nahm, war sie mit Armin zu einem bedingungslosen Wir verschmolzen.

Rückblickend kam sie sich ziemlich blauäugig vor.

Sie setzte sich auf eine Bank, an der sie vorbeikam, und rief noch einmal die letzten Nachrichten auf. Bis vor einem Monat war kein Tag vergangen, an dem sie nicht täglich mehrere Nachrichten von Armin bekommen hatte. Allerdings fiel ihr nun auf, dass sie meistens zuerst geschrieben und er bloß reagiert hatte. Hatte sie ihn eingeengt?

Und hätte er sie nach dem Hausbrand auch einfach so im Stich gelassen, hätten sie bereits das ersehnte Baby? Ihr war klar, dass es darauf keine sichere Antwort geben konnte. Trotzdem lastete die Ungewissheit schwer auf ihr. Womöglich war sie so sehr auf ihr Wunschleben fokussiert gewesen, dass sie gar nicht bemerkt hatte, wie schwer es Armin gefallen war, sich die gemeinsame Zukunft genauso vorzustellen? Sie hatte im Grunde nur noch auf seinen Antrag gewartet und geglaubt, dass die Renovierung des Hauses alles verzögerte.

Hatte er sie überhaupt heiraten wollen oder das zumindest ernsthaft in Betracht gezogen? Spontan fiel ihr ein Bibelvers ein, den ihre Oma des Öfteren zitiert hatte. *An ihren Taten sollt ihr sie erkennen!*

Leni presste ihre Lippen zusammen und steckte das Handy zurück in eine Jackentasche. Augenblicklich kam sie sich sehr dumm vor – wie ein Schaf auf dem Deich.

Aber was half ihr das? Statt weiter Trübsal zu blasen, beschloss sie, ein paar Blumen für ihre Oma in St. Peter-Dorf zu kaufen. Der Tag war viel zu schön, um ihn mit Fragen zu zerdenken, auf die es ohnehin keine Antwort gab. Leni beschloss, das Hier und Jetzt zu genießen, was ihr in St. Peter-Ording nicht besonders schwerfiel. Der Ort war für sie ausschließlich mit positiven Erinnerungen und Gefühlen verknüpft. Ja, es war nicht übertrieben, wenn sie behauptete, hier habe sie die bisher schönste Zeit ihres Lebens verbracht.

Sie erhob sich wieder von der Bank, straffte die Schultern und marschierte los.

Gegen Mittag öffnete Leni das Schlafzimmerfenster im Obergeschoss und drehte sich um. »Wir können anfangen!

Alle Fenster sind offen!«, rief sie und beeilte sich, über die Treppe ins Erdgeschoss zu kommen.

Vor der Küche wartete Oma Elga. Sie trug einen bequemen Fleecehausanzug in einem dunklen Blau, ihre Haare waren frisch frisiert. Sie drückte Leni einen Besenstiel in die Hand und hob dann einen Zeigefinger. »Denk dran, die Ecken gründlich zu fegen. Das ist wichtig. Da setzt sich leicht alles fest. Besonders jetzt, nach Delfs Tod.«

Leni nickte, sie freute sich auf das Ritual. »Schon klar. Ich weiß ja, wie es geht.«

»Ich fange in der Küche an. Am besten nimmst du dir das Wohnzimmer vor. In der Diele treffen wir uns dann.«

»So machen wir es.« Beschwingt wandte sie sich zum Wohnzimmer um, während ihre Großmutter in die Küche ging.

Das Kehraus-Ritual hatte sie schon etliche Male mit ihrer Großmutter durchgeführt. Es war einer der wichtigsten Bräuche während der Rauhnächte und sollte mindestens einmal in dieser Zeit durchgeführt werden. Alle Fenster mussten dazu geöffnet sein.

Sie begann die alten Dielen im Wohnzimmer gründlich zu fegen und dachte dabei, dass sie alle dunklen Kräfte aus dem Haus vertrieb. Auch negative Gefühle und Gedanken sollte der Brauch verscheuchen.

»Glück zieht ein, Pech zieht aus«, lautete dabei Oma Elgas Devise.

Während Leni konzentriert den Besen schwang, dachte sie an Armin, an ihre Naivität, daran, dass sie die Augen vor der Wahrheit verschlossen haben musste, bis sie nur noch an Kristans ebenmäßige Gesichtszüge dachte. Seine Eltern waren angekommen, kurz nachdem er am vergangenen Tag mit seiner Großmutter ins Nachbarhaus gegangen war.

Mehrmals hatte Leni zu dem Haus gesehen und gehofft, ihn vielleicht im Garten oder auf der Straße zu entdecken. Doch außer seinem Vater hatte sie niemanden von der Familie zu Gesicht bekommen. Natürlich konnte Leni verstehen, dass die Familie unter sich sein wollte, um zu trauern und sich gegenseitig Halt zu geben. So hatten sie es auch nach Opa Freders Tod gehalten. Dennoch hoffte sie, Kristan bald wieder zu begegnen.

Sie war so in Gedanken versunken, dass sie staunte, mit dem Kehren im Wohnzimmer bereits fertig zu sein. In der Diele traf sie auf ihre Großmutter, die ebenfalls das Kehren in der etwas kleineren Küche beendet hatte.

Prüfend sah Oma Elga sie an. »Du siehst aber nicht danach aus, als wären all deine trübsinnigen Gedanken vertrieben worden.«

Leni zog die Nase kraus und schüttelte den Kopf. »Ich musste an Armin denken und daran, dass wir getrennt sind«, rückte sie mit der Sprache raus.

Ihre Großmutter nickte. »Ich habe doch gleich gemerkt, dass dich das mehr bedrückt, als du zugeben willst.« Sie lehnte ihren Besen an die Wand und griff nach Lenis Hand. »Schau, das Leben besteht aus Anfängen, die meistens irgendwann zu einem Ende führen. Wie die Geburt und der Tod. Das ist aber nicht schlimm. Das Leben verändert und wandelt sich jeden Tag, nur achten wir nicht ständig darauf. Also, gräme dich nicht weiter. Blicke auf das Schöne, was gerade jetzt passiert, Lenchen! Wir müssen alle darauf vertrauen, dass es einen tieferen Sinn hat.« Sie deutete mit einem Finger zur Decke. »Der da oben hat für uns alle einen Plan, nichts passiert zufällig.«

Leni rang sich ein Lächeln ab. »Manche Pläne von dem da oben sind aber ziemlich doof, findest du nicht?«

Ihre Großmutter zuckte bloß die Achseln. »Jedenfalls kommt es uns so vor.«

Ein schweres Seufzen entwich ihr, und sie fühlte sich plötzlich sehr verletzlich. »Weißt du, Oma, es könnte zur Abwechslung einfach mal wieder etwas richtig Tolles in meinem Leben passieren, finde ich. Es war alles ein bisschen viel für mich …« Sie blinzelte die aufsteigenden Tränen fort.

Oma Elga schaute sie aus ihren blauen Augen lächelnd an und drückte ihre Hand. »Hat es dich denn gar nicht gefreut, dass Kristan hergekommen ist? Schließlich habt ihr euch lange nicht gesehen, und als Kinder wart ihr die besten Freunde. Bestimmt gibt es noch vieles, was ihr euch erzählen wollt.«

»Natürlich habe ich mich gefreut. Es war eine richtige Überraschung, als er plötzlich vor der Haustür stand«, gab sie zu. »Aber ich weiß nicht, ob er überhaupt einen Kopf für ein Treffen mit einer Jugendfreundin hat. Schließlich ist sein Opa gestorben. Er hat bestimmt andere Sorgen.«

»Lenchen, warte doch erst mal ab, was passiert.« Sie nickte ihr aufmunternd zu, dann griff sie wieder zum Besen. »Und jetzt lass uns die restlichen Räume kehren, bevor das Haus auskühlt.«

Nachdem sie das Kehrritual beendet hatten und die Fenster wieder geschlossen waren, gingen sie zusammen ins Wohnzimmer.

Leni erklärte ihr Vorhaben und schaute schließlich einigermaßen ratlos auf den großen Wohnzimmerschrank. »Der muss von der Wand abgerückt werden, damit ich streichen kann. Zusammen mit Papa wäre das kein Problem. Aber allein schaffe ich es nicht.«

»Ich kann dir doch helfen«, schlug Oma Elga vor.

Leni sah sie ungläubig an. Ihre Großmutter war im Laufe der Zeit durch die Osteoporose immer kleiner geworden. Doch sie ließ sich von keinem ihrer Ärzte hineinreden, wenn sie ihr rieten, sich nicht zu übernehmen. »Ich weiß nicht, Oma …«

»Probieren geht über Studieren!« Schon schob sie sich die Ärmel hoch und offenbarte damit ihre dünnen Unterarme.

»Na gut«, meinte Leni zögerlich. »Aber wir probieren es nur ein Mal, ja?«

»Einverstanden.«

Mit vereinten Kräften versuchten sie den Wohnzimmerschrank von der Wand abzurücken, doch wie Leni erwartet hatte, gelang es ihnen nicht.

»Das Monstrum ist einfach zu schwer. Es wird Zeit, dass Mama und Papa gesund werden und nachkommen. Mama ruft dich übrigens morgen früh an, hat sie gesagt.«

Oma Elga winkte ab und kniff die Augen zusammen. »Das werden wir schon irgendwie ohne deine Eltern schaffen. Früher mussten wir uns auch behelfen, und alles hat letztendlich geklappt. Man darf die Dinge nicht verkomplizieren.«

»Dein Vertrauen möchte ich gerne haben«, murmelte Leni und wartete gespannt auf den neuen Vorschlag ihrer Großmutter.

»Uns wird zur rechten Zeit eine Lösung einfallen«, versprach diese. »Erst einmal koche ich uns einen starken Kaffee und zünde die Rauhnachtkerze an. Das soll ja die Sinne beleben. Bestimmt haben wir dann einen zündenden Einfall.« Sie wollte gerade das Wohnzimmer verlassen, blieb dann jedoch neben dem Sessel stehen und nahm ein Buch von dem Stapel, den Leni am Vortag aufgetürmt hatte. »Ach, das Gartenbuch ist doch von Elfie«, sagte sie nachdenklich. »Das habe ich mir von ihr im Frühling geborgt.«

»Der nächste Frühling kommt ja bald, dann kannst du es bestimmt noch einmal gebrauchen.«

»Nein! Auf gar keinen Fall!« Oma Elga schüttelte energisch den Kopf. »Spätestens in den Rauhnächten sollte man geborgte Dinge zurückgeben. Alles andere bringt Unglück. Und auch wenn man nicht daran glaubt, schadet es doch kaum, sich daran zu halten.« Entschieden klemmte sie sich das Buch unter den Arm und ging in die Diele. Dort nahm sie ein Paar Stiefel aus dem Schuhschrank und schlüpfte hinein.

Ungläubig eilte Leni ihr nach. »Was hast du jetzt vor?«

»Ich bringe natürlich das Buch zurück.«

»Hat das nicht noch Zeit?«

»Was du heute kannst besorgen, verschiebe nicht auf morgen.« Ihre Großmutter zog einen Mantel über und band sich ihren Schal um. »Elfie wohnt bloß zwei Straßen weiter. Ich gehe kurz zu ihr und erledige das.«

Schulterzuckend schloss Leni die Tür hinter ihrer Großmutter und ging dann noch einmal zu dem wuchtigen Holzschrank. Wie sollte sie bloß dieses Monstrum vom Fleck bewegen? Zusammen mit ihrem Vater würde es vielleicht klappen, aber nicht mit Oma Elga, deren Arme so dünn waren wie die eines jungen Mädchens.

Noch als es an der Tür klingelte, dachte Leni über eine Lösung nach. Vielleicht gelang es ihr, eine Decke unter die eine Seite zu schieben, dann wäre der Schrank sicher beweglicher …

Gedankenverloren öffnete sie die Tür. »Kristan!«, sagte sie im nächsten Moment überrascht. »Fehlt dir wieder ein Schlüssel?«

Er grinste sie schief an. »Eher jemand, mit dem ich über etwas anderes außer Beerdigungen und Predigttexte sprechen kann.«

»Na dann, hereinspaziert.« Sie ließ ihn ein, ohne zu zögern.

»Ich musste da unbedingt raus. Diese ganzen Beerdigungsvorbereitungen drücken mir aufs Gemüt.«

Als sie seine gestresste Miene sah, nickte Leni nur. »Das kann ich gut nachvollziehen.«

Er hängte seine Jacke an die Garderobe. »Gibt es irgendwas, wobei ich dir Gesellschaft leisten kann? Was machst du denn gerade?«

Leni verschränkte die Arme vor der Brust und spürte, wie sich ein breites Grinsen auf ihr Gesicht stahl. »In der

Tat gibt es da etwas. Oma Elgas Wohnzimmer muss dringend renoviert werden, und ich habe mir gerade darüber den Kopf zerbrochen, wie ich den schweren Eichenschrank ohne Hilfe von der Wand abrücken kann. Aber jetzt bist du ja da.«

Er nickte entschlossen. »Hört sich nach genau der Art von Betätigung an, die ich jetzt brauche.«

»Sag das nicht zu früh. Noch hast du den Koloss von Schrank nicht gesehen«, warnte sie ihn. »Das ist keiner von *IKEA*.«

Kristan warf ihr einen amüsierten Blick zu. »Ich meine mich an den Schrank noch vage zu erinnern.«

Sie führte ihn ins Wohnzimmer. »Da, das ist das kleine Schätzchen.«

»Hm. Niedlich.« Er strich mit einer Hand über seinen Dreitagebart. »Ich gebe zu, ich hatte ihn ein wenig filigraner in Erinnerung.«

»Meine Rede. Man kann ihn leider nicht auseinanderbauen.« Leni runzelte die Stirn und beobachtete dann staunend, wie Kristan sich den Pullover auszog und auf das Sofa warf. Das T-Shirt, das er darunter trug, betonte seine durchtrainierten Oberarme und seine sportliche Figur.

»Was hast du vor?«, fragte sie ihn.

»Anpacken, was sonst?« Er rieb sich motiviert die Hände. »Von dem bisschen Holz lasse ich mich jedenfalls nicht einschüchtern. Ich habe schon eine Idee, wie wir das antike Schränkchen verrücken.«

»Dann, bitte schön«, sagte Leni erfreut. »Unsere Opas schauen bestimmt gerade zu.«

Er grinste. »Dann wollen wir ihnen mal alle Ehre machen und zeigen, was sie uns beigebracht haben.«

Mit Kristans Hilfe erwies sich das Abrücken des Schranks tatsächlich fast als ein Kinderspiel. Er hatte nicht nur die nötige Kraft, die ihr und Oma Elga gefehlt hatte, sondern wusste den Schrank auch an der richtigen Stelle anzupacken. Gemeinsam zogen sie das Möbelstück bis in die Mitte des Raums und begannen kurz danach mit dem Streichen.

Kristan rollte überschüssige Farbe über einem Gitter ab. Zuvor hatten Leni und er sich alte Kittel übergezogen, die in einer Kiste im Keller aufbewahrt worden waren. »Du hättest mich ruhig fragen können, ob ich dir dabei helfe.«

»Hätte ich, wenn ihr nicht gerade einen Trauerfall in der Familie hättet«, entgegnete sie dankbar.

»Weißt du, mein Opa hätte sich sicher nicht gefreut, dass alle seinetwegen Trübsal blasen. Er wollte nie, dass großes Theater bei seiner Beerdigung gemacht wird. Bestimmt hätte er sich eher darüber gefreut, wenn ich dir beim Renovieren helfe.«

»Dann ist es ja umso besser.« Leni schaute zu ihm hinüber. »Ich freue mich wirklich darüber, dass du mir unter die Arme greifst.«

Er lächelte, während er in gleichmäßigen Bewegungen die Farbrolle über die Wand zog. »Für dich mache ich doch alles«, sagte er nach einer kurzen Pause, ohne den Blick von der Wand zu nehmen.

Leni spürte, wie ihr Hitze in die Wangen stieg. Ihr Herz klopfte schneller, und sie hatte mit einem Mal das Gefühl, als läge zwischen ihnen eine gewisse Spannung – fast wie früher … Sie beschloss, die Bemerkung als Scherz zu verstehen, und erwiderte grinsend: »Ich werde dich beim Wort nehmen!«

Kapitel 6

»Was für ein Glück, dass Kristan gestern zur Stelle war.« Oma Elga wischte ein Regalbrett des Wohnzimmerschranks ab und trat dann einen Schritt zurück. »Da hätten wir zwei allein uns wohl lange abmühen können, der Schrank hätte sich keinen Zentimeter gerührt.«

Leni nickte. »Selbst mit seiner Hilfe war es noch ziemlich anstrengend, den Kasten von der Wand wegzubewegen. Das gute Stück wiegt vermutlich mehr als sämtliche Möbel meiner Eltern zusammen.«

Oma Elga strich sanft über eines der geschnitzten Ornamente, die die Schranktüren zierten. »Das könnte gut sein. Er ist ein altes Familienerbstück. Recht massiv, zugegeben. Der Großvater deines Opas hat den Schrank damals selbst gezimmert. Es gab auch mal einen passenden Tisch und Stühle. Doch die sind irgendwann verschüttgegangen.«

»Mein Ur-Ur-Opa muss handwerklich sehr begabt gewesen sein«, stellte Leni fest und freute sich darüber, dass ihre familiären Wurzeln so weit reichten.

Aus den blauen Augen ihrer Großmutter traf sie ein wissender Blick. »Ich kannte ihn leider nicht. Dein Opa hat mir erzählt, dass er selbst Häuser gebaut hat. Einmal sogar für einen Bürgermeister auf Eiderstedt.«

»Nicht schlecht. Bestimmt wäre er auch gut im Anstreichen gewesen.«

Oma Elga lachte auf. »Das wäre bestimmt ein Klacks für ihn gewesen.« Sie sah Leni fragend an. »Willst du heute denn schon mit dem Wohnzimmer weitermachen?«

Sie folgte dem Blick ihrer Großmutter und betrachtete vorfreudig die Malerkittel, die sie über die Stuhllehne gehängt hatte. »Auf jeden Fall. Übermorgen ist schon Silvester, und deine Möbel kommen ja schon in gut zwei Wochen. Wer weiß, wann Mama und Papa hier eintrudeln. Bis dahin möchte ich so viel wie möglich geschafft haben.«

»Ich kann dir ja auch ein wenig helfen«, bot Oma Elga an. »Einen Pinsel werde ich noch halten können. Oder vielleicht kommt Kristan noch einmal vorbei?«, merkte sie an.

»Nein, nein. Du brauchst mir nicht zu helfen. Ruhe dich lieber aus. Und Kristan musste heute nach Hamburg.« Sie stützte die Hände in die Hüfte. »Ob du es glaubst oder nicht, das Streichen schaffe ich locker ohne Hilfe. Eine Stärkung nachher könnte dagegen bestimmt nicht schaden … Wolltest du nicht eh einen Frieseneintopf kochen?«

»Das hatte ich vor«, bestätigte ihre Oma. »Den hast du als Kind doch so gerne gegessen.«

Liebevoll sah sie sie an. »Deinen Eintopf mag ich heute noch genauso. Niemand kann besser kochen als du.«

Ihre Großmutter machte eine abwehrende Handbewegung. »Kochen ist doch kein Hexenwerk. Das kann eigentlich jeder. Es braucht dazu bloß das richtige Rezept. Das ist das A und O, und natürlich muss man sich auch daran halten, damit es klappt.«

»Ich würde mich jedenfalls sehr über deine Suppe freuen. Es ist doch bestimmt zehn Jahre her, seit ich das letzte Mal einen Teller von deinem Frieseneintopf gegessen habe.«

»Ja, die Zeit rennt – und irgendwann schneller, als einem lieb ist.« Oma Elga strich sich eine graue Haarsträhne hinter das Ohr. »Dann werde ich mal den Kochlöffel schwingen.«

»Und ich den Pinsel.«

Oma Elga zog sich in die Küche zurück und Leni den Malerkittel über, den sie bereits am Vortag getragen hatte.

Um den Dielenboden zu schützen, legte sie etwas Zeitungspapier aus und begann mit dem Streichen. Kristan und sie hatten am Vortag bereits eine lange Wand und die Hälfte der zum Garten weisenden geschafft. Genau dort machte Leni weiter.

Es gefiel ihr, die Farbrolle über die Wand zu bewegen und den Geruch von etwas Neuem wahrzunehmen. Sie veränderte etwas, und das Ergebnis konnte sie auch bald sehen. Das tat gut.

Sie war fast fertig, als ihr Handy in der Hosentasche vibrierte. Bestimmt Beeke, schoss es ihr spontan durch den Kopf. Oder ihre Eltern? Nein, ihre Mutter rief ja meistens ganz altmodisch bei ihrer Großmutter auf der Festnetznummer an. Oma Elga besaß nämlich kein Handy und hatte auch nicht vor, sich eines anzuschaffen.

»Es wird auch ohne diese Handys schon genug dummes Zeug gequasselt«, war ihr nüchterner Kommentar gewesen, als Lenis Mutter einmal vorgeschlagen hatte, ihr ein Seniorenhandy zu besorgen. Damit war die Idee vom Tisch gewesen.

Leni legte die Farbrolle auf einer Farbwanne ab und zog das Smartphone aus der Hosentasche. Sie drückte seitlich auf den Knopf. Zuerst lächelte sie leicht, dann musste sie breit grinsen. Die Nachricht kam von Kristan! Bevor er sich am vergangenen Abend verabschiedet hatte, hatten sie Nummern ausgetauscht – für alle Fälle.

Hey,
hast du Lust auf ein Treffen?
Kris

Vor Freude glühten ihre Wangen. Sie mochte es, dass er sie überraschte und auch dass er nicht lange um den heißen Brei herumredete. Das hatte ihr früher auch schon sehr an ihm gefallen. Ohne zu zögern, schrieb Leni zurück.

Selber hey!
Komm vorbei, dann können wir zusammen das Wohnzimmer weiterstreichen.
Leni

Sie drückte auf *senden* und musste dabei schmunzeln. Natürlich war ihr Vorschlag scherzhaft gemeint. Zweifellos hatte er etwas anderes im Sinn als ein weiteres gemeinsames Arbeitstreffen, auch wenn er betont hatte, wie gern er ihr geholfen hatte. Leni musste nicht lange auf seine Antwort warten.

Zu schade, dass ich noch in der Redaktion in Hamburg hocke.
Mit dir das Wohnzimmer deiner Oma zu streichen, das wäre natürlich genau das, was mir vorschwebt!

Leni musste lachen. Sie stellte sich vor, wie er die Mitteilung mit einem verschmitzten Lächeln geschrieben hatte. Wahrscheinlich hatte er dabei leicht den Kopf geschüttelt. Das hatte er früher schon oft getan, wenn ihn etwas amüsierte. Eine zweite Textnachricht poppte unter der ersten auf.

Ich bin gegen Abend wieder zurück in St. Peter-Ording. Was hältst du davon, wenn wir unser Wiedersehen feiern? Ich lade dich zum Essen ein!

Leni zog triumphierend die Augenbrauen hoch und stemmte eine Hand in die Hüfte. Ein gemeinsames Abendessen? Fragte er etwa nach einem Date? Oder war es eher eine Verabredung, um die guten alten Zeiten aufleben zu lassen? Wenn ja, welche genau? Die der Kinderfreundschaft oder die ihrer Liebesbeziehung? Im Grunde war es ihr gleich, sie wollte sich unbedingt mit ihm treffen. Prompt schrieb sie zurück:

Deine Einladung nehme ich gerne an! Wann und wo?

Ich kann dich gegen 19:30 abholen. Wie wäre es mit dem Olsdorfer Krug?

Einverstanden. Bis nachher!

Als Leni ihr Handy zurück in ihre Hosentasche steckte, spürte sie neben der Vorfreude auf das Wiedersehen mit Kristan auch unerwartete Nervosität. Dabei war es einfach absurd. Fast hätte sie über sich selbst gelacht. Sie kannte Kristan schließlich ihr ganzes Leben. Wahrscheinlich kannte sie ihn sogar besser, als sie Armin jemals gekannt hatte.

Doch was hieß das schon? Bei beiden hatte sie es nicht für möglich gehalten, von ihnen verlassen zu werden. Trotzdem war es passiert.

Mit einem Mal ernüchtert, griff sie wieder zur Farbrolle, um die restliche Fläche der Wand zu streichen.

»Ich habe das Gefühl, dass ich gleich platze.« Leni schob den leeren Suppenteller von sich und strich sich zufrieden mit der Hand über den Bauch.

Oma Elga lachte. »So schnell platzt niemand.«

»Ich habe drei volle Teller gegessen. Bestimmt bin ich heute Abend noch satt, wenn Kristan mich abholt.«

»Ach was! Bis heute Abend ist es noch lange hin.« Oma Elga stand auf, nahm die leeren Teller und stellte sie neben der Spüle ab.

»Du hast gut reden, du hast bloß einen halben Teller gegessen«, stellte Leni fest und betrachtete ihre Großmutter besorgt. Ihr Gesicht wirkte schmal, und die Wangen waren eingefallen. Sie war nicht sicher, ob Oma Elga bei ihrem letzten Besuch besser ausgesehen hatte oder sie seit dem Tod von Herrn Bötte bloß sensibler für solche Dinge geworden war. »Fühlst du dich etwa nicht gut?«

»Keine Sorge, Lenchen. Mir geht es fabelhaft. Aber ich muss gleich nach nebenan.« Sie deutete mit einem Finger zum Nachbarhaus. »Die Pastorin hat sich zu einer Vorbesprechung für die Beerdigung angekündigt. Ine möchte, dass ich dabei bin, wegen des Texts. Und bestimmt hat sie wieder frischen Kuchen gebacken. Dafür muss ich ein bisschen Platz im Magen lassen«, erklärte sie.

Leni verdrehte die Augen. »An Kuchen darf ich gar nicht denken, das treibt mir sonst den Schweiß auf die Stirn. Ich habe mich an deinem leckeren Frieseneintopf hoffnungslos überfuttert.«

Oma Elga zwinkerte ihr zu. »Dann hast du dich wenigstens gesund überfuttert.«

Nachdem sie gemeinsam die Küche aufgeräumt hatten, begleitete Leni ihre Großmutter in die Diele, wo sie sich Winterstiefel und einen warmen Mantel anzog.

Leni öffnete die Haustür. »Grüß Frau Bötte von mir. Wenn du wiederkommst, bin ich wahrscheinlich mit dem Streichen fertig.«

»Mach ich, Lenchen. Bis später!« Ein letztes Mal winkte Oma Elga, dann ging sie zielstrebig zum Gartentor und trat auf den Gehweg.

Nachdem ihre Großmutter gegangen war, machte sich Leni wieder an die Arbeit. Mit dem Pinsel strich sie die Kanten, bevor sie wieder zur Farbrolle greifen wollte.

Doch kaum hatte sie die ersten Pinselstriche getan, spürte sie wieder das Vibrieren ihres Handys in der Hosentasche.

Hatte Kristan es sich etwa anders überlegt? Ihr Herz klopfte leicht, als sie die Nachricht aufrief.

Moin, Leni!
Wie versprochen melde ich mich bei dir. Hat leider etwas länger gedauert als gedacht. Aber nun habe ich es geschafft. Ich würde mich so gerne mit dir treffen. Wie sieht es bei dir aus? Hast du morgen am Mittag vielleicht Zeit? Bruno ist dann bei meiner Mutter. Wir könnten einen Strandspaziergang machen und uns danach mit einem heißen Getränk aufwärmen. Was meinst du?
Liebe Grüße von Beeke

Für einen kurzen Moment schloss sie erleichtert die Augen. Keine Absage von Kristan, im Gegenteil. Erfreut antwortete sie Beeke.

Moin, Beeke!
Ich freue mich auf morgen. Wir haben uns bestimmt viel zu erzählen.
Liebste Grüße
Leni

Okay! Dann schnacken wir morgen Mittag!
Alter Treffpunkt? Gegen 13 Uhr?
Beeke

Leni musste lächeln. Dass Beeke sich daran noch erinnern konnte! Als Kinder hatten sie sich meist an einem bestimmten Gatter des Reiterhofs am Deich getroffen.

Alter Treffpunkt, gegen 13 Uhr!

Als Oma Elga nachmittags von der Besprechung zurückkam, hatte sie nicht nur ein Stück Kuchen für Leni dabei, sondern auch Neuigkeiten. »Stell dir vor, Leni«, berichtete sie beschwingt, »Ine hat sich in den Kopf gesetzt, alle am Silvesterabend zu sich einzuladen.«

»Oh, wirklich? Ich meine, trotz des Todes ihres Mannes? Das überrascht mich.«

Oma Elga holte eine Kuchengabel aus der Küchenschublade und legte sie auf den Teller. »Gerade deswegen, würde ich sagen. Es scheint ihre Art von Trauerbewältigung zu sein.«

Lächelnd nahm Leni den Teller entgegen und setzte sich damit an den Tisch. »Das ist in jedem Fall besser, als sich in ein Schneckenhaus zurückzuziehen, nicht wahr?«

»Das sehe ich auch so«, stimmte Oma Elga zu. »Delf hat Silvester besonders gemocht, viel lieber als Weihnachten. Für ihn waren die Weihnachtsfeiertage zu gefühlsduselig. Da gefiel ihm der letzte Tag im Jahr schon besser. Besonders das Zubereiten seines Silvesterpunschs und der Silvestersuppe hat er sehr genossen. Weißt du, dein Opa war der Einzige, der ihm dabei zur Hand gehen durfte.«

»Die zwei waren ein eingeschworenes Team.« Leni ließ sich den Apfelkuchen schmecken.

»Beste Freunde, kann man auch sagen.« Oma Elga nickte. »Ine möchte Delfs Tradition fortsetzen und seiner so gedenken. Ein schöner Gedanke.«

»Ich finde die Idee richtig toll!«, pflichtete Leni ihr bei.

Nachdenklich tippte ihre Großmutter sich an die Nase. »Natürlich möchte ich auch etwas zu diesem Abend beisteuern. Ich meine, wenn sie uns schon alle einlädt, dann können wir unmöglich mit leeren Händen aufkreuzen.«

»Das wäre wohl etwas unhöflich«, merkte Leni an. Ihr entging nicht, dass eine derartige Aufgabe ihre Großmutter anspornte.

»Vermutlich sogar *äußerst* unhöflich.«

Neugierig erkundigte sie sich: »An was denkst du? Käsehäppchen oder Spargel-Schinken-Röllchen? Oder deinen feurigen Teufelssalat? Den liebe ich übrigens auch immer noch.«

»Ach, nein.« Oma Elga machte eine wegwerfende Handbewegung. »Wir bringen natürlich Silvesterlocken mit. Was wäre passender zu diesem Anlass?«

»Ja, das ist perfekt!« Leni dachte an die süßen Rollen mit Baisermasse und bekam trotz des köstlichen Kuchens, den sie nun verzehrt hatte, direkt wieder Appetit. Außerdem freute sie sich über die Einladung von Frau Bötte, weil es bedeuten würde, dass sie mit Kristan ins neue Jahr feiern würde. Falls er keine anderen Pläne oder Verpflichtungen zum Jahreswechsel hatte. »Und ich helfe dir selbstverständlich bei der Zubereitung.«

»Einverstanden. Bist du denn inzwischen mit dem Streichen fertig geworden?«

Leni nickte. »Ich räume nur schnell noch die Zeitung und die Farbe weg. Die nächste Wand ist dann morgen fällig. Der Schrank kann dann auch wieder an seinen Platz zurück.«

»Gut, dass im ganzen Haus Holzboden liegt und kein Teppich. Darauf einen Schrank zu verschieben, wäre wahrscheinlich schwer. Am Ende ist dann noch der Teppichboden hinüber, für nichts und wieder nichts.«

»Die alten Dielen sind auch viel schöner. Ich werde Kristan nachher fragen, ob er mir noch mal mit dem Schrank hilft. Wir sind für später verabredet, und zusammen ist das Verrücken ein Klacks.«

Plötzlich musste sie an Armin und ihre gemeinsame Renovierung des alten Hauses denken. Sie erinnerte sich daran, wie sie sich damals ihr gemeinsames Leben in dem schönen Haus vorgestellt hatte. Sie hatte sich mit ihm und ihrem gemeinsamen Kind als glückliche Familie gesehen, wie sie im Laufe der Zeit älter wurden, und schließlich als zufriedene Rentner, die gemeinsam auf der Couch saßen und ihre Enkel beim Spielen beobachteten. Armin hatte sich nicht mehr bei ihr gemeldet. Er meinte es ernst.

Und deshalb war klar, was ihr Traum vom Familienglück mit ihm war: nichts als eine Illusion. Leider wusste Leni nicht, ob sie es bedauern durfte oder als Chance sehen musste. Ohne den Hausbrand wäre sie nicht nach St. Peter-Ording gefahren, sondern Oma Elga wäre zu ihr und Armin gekommen. Die Begegnung mit Kristan hätte so nicht stattgefunden. War es vielleicht Fügung und der Beginn von etwas Besserem? Sie konnte es nicht sagen. Was sie dagegen sicher wusste, war, dass ihr Gefühlschaos noch eine Weile weitergehen würde. So gut kannte sie sich inzwischen zum Glück.

»Großartig. Sag mir Bescheid, Leni! Dann kann ich nachher das Geschirr und die Bücher zurück in den Schrank räumen«, sagte Oma Elga eifrig.

Bei dem Stichwort griff Leni sich an die Stirn. »Gut, dass du die Bücher erwähnst. Ich habe gestern einen Roman in der Buchhandlung bestellt. Das hätte ich fast vergessen. Vielleicht ist er schon da. Wenn ich mit Aufräumen im Wohnzimmer fertig bin, fahre ich gleich mal hin.«

Kapitel 7

Auf dem Parkplatz vor der Dünen-Therme in St. Peter-Bad war eine beachtliche Anzahl Pkws abgestellt, sodass Leni erst eine Lücke suchen musste. Die Zeit um den Jahreswechsel war unter den Touristen zwar beliebt, aber es ging im Küstenort trotzdem nicht ganz so trubelig zu wie in den Sommermonaten, wenn sich die Autos förmlich Stoßstange an Stoßstange auf der Utholmer Straße Richtung Strandauffahrt schoben.

Nach einer Weile fand Leni eine freie Parkbucht in der Nähe der Tourismuszentrale und fuhr hinein. Sie stieg aus, verschloss die Autotür und zog sich die Kapuze ihrer Winterjacke über den Kopf. Der kalte Wind pfiff über den Platz, am Himmel zogen Wolken in beachtlichem Tempo vorbei. Leni wusste, dass das einen Wetterumschwung bedeutete, und hoffte, noch so viel Sonnenschein genießen zu können wie möglich.

Im strammen Schritt lief sie über den Parkplatz, der unweit des Buchladens lag. Im Zentrum von St. Peter-Ording bummelten Touristen von einem Geschäft zum nächsten. Auch die Buchhandlung weckte Interesse, sie war gut frequentiert. Wie schon bei ihrem ersten Besuch hier schien der Buchhändler allein zu sein, wie Leni auffiel. Sie wartete, bis er zwei Seniorinnen bedient hatte, und ging dann zu ihm.

»Moin!« Sie lächelte ihn an.

»Moin!«, grüßte er freundlich zurück.

Sie war sich nicht sicher, ob er sich an sie und ihr Gespräch erinnerte. Zweifellos sprach er jeden Tag mit vielen Kunden und konnte sich nicht alles merken. »Ich habe gestern ein Buch bestellt und wollte fragen, ob es schon da ist«, sagte sie deswegen.

»Wissen Sie vielleicht den Titel?«, fragte er.

»*Die Lebkuchenbären. Teil eins*«, antwortete sie, ohne mit der Wimper zu zucken.

Sein freundliches Lächeln wirkte mit einem Mal, als hätte er auf eine Zitrone gebissen. »Natürlich, die Lebkuchenbären.«

Leni schüttelte lachend den Kopf. »Entschuldigung, nein. Das war bloß ein Scherz.«

Irritiert griff er sich ins Haar. »Ach so! Da bin ich aber erleichtert.«

»Sie haben mir gestern von Ihrem Leid mit den Bären erzählt.«

Ein breites Lächeln ließ sein Gesicht erstrahlen. »Stimmt! Jetzt erinnere ich mich wieder an unser Gespräch.«

»Ich habe *Das kleine Katzencafé von Notting Hill* bestellt … oder so ähnlich.«

»Katzen mag ich auch deutlich lieber als Lebkuchenbären.« Konzentriert tippte er auf der Tastatur des Computers. »Hier, *Ein Traum von Katzenglück*, das Buch ist schon da. Einen Moment, ich hole es.«

Er ging zu einem Abholregal, zog ein Buch heraus und kehrte zum Verkaufstresen zurück. »So, hier ist es.«

»Toll! Ich freue mich schon auf die Geschichte«, erwiderte sie und meinte es genau so, wie sie es sagte.

Prüfend las der Buchhändler den Inhaltstext auf der Rückseite. »Hm, diesen Roman möchte ich auch gerne noch lesen.«

»Wirklich?«, fragte Leni ungläubig.

Er nickte. »Zwischendurch lese ich gerne mal ein sogenanntes Frauenbuch. Diese Bücher sind ideal zum Entspannen, außerdem kann ich es danach meiner weiblichen Kundschaft empfehlen.«

Das leuchtete Leni ein. »Ich finde es gut, wenn Buchhändler die Romane kennen, die sie verkaufen. Das schafft gleich ein gewisses Vertrauen, nicht wahr?«

»Exakt. Momentan komme ich nur leider so gut wie gar nicht zum Lesen, da ich den ganzen Tag im Geschäft stehe.«

»Sind Sie denn ganz allein in Ihrem Buchladen?«, erkundigte Leni sich.

Seufzend bekannte er: »Normalerweise nicht. Es arbeitet noch eine Halbtagskraft mit mir hier, doch sie hat gerade Urlaub. Muss ja auch mal sein. Die beiden anderen Mitarbeiter haben im letzten Herbst aufgehört. Leider.« Er seufzte und faltete die Hände auf dem Ladentisch. »Eine Mitarbeiterin ist zu ihrem Freund nach Leipzig gezogen, die andere hat im Oktober ein Studium angefangen. Beide waren gut in ihrem Job, haben leidenschaftlich gerne gelesen und waren immer zuverlässig. Aber natürlich verstehe ich es, wenn sich persönliche Änderungen ergeben und man neue Wege gehen möchte. Trotzdem ist es ein großer Verlust für das Geschäft und auch für unsere Stammkundschaft.« Er senkte den Blick.

»Für mich hört es sich so an, als hätten Ihre ehemaligen Mitarbeiterinnen Bücher geliebt und diese Liebe an Ihre Kunden weitergegeben. Das tun Sie ja auch«, bemühte Leni sich, ihn aufzuheitern.

»Das haben sie auf jeden Fall. Noch mal solche Leute für den Laden zu finden, das ist vermutlich wie die Suche nach der berühmten Nadel im Heuhaufen. In Hamburg ist es eventuell leichter, passendes Personal zu finden … aber hier in St. Peter-Ording?« Er zuckte mit den Schultern. »Das wäre wie ein Sechser im Lotto.«

»Vielleicht finden Sie ja doch gleichwertigen Ersatz für Ihre ehemaligen Mitarbeiterinnen.« Leni erzählte ihm von ihrer Arbeit in der Stadtbibliothek und auch, wie sie an den Job gekommen war. »Für mich ist es der absolute Traumjob. Den ganzen Tag mit Büchern zu arbeiten, das bedeutet für mich pures Glück. Eigentlich fehlt nur das Meer. Dann wäre alles vollkommen.« Sie lachte. »Und ich bin mit Sicherheit nicht die Einzige, die das so sieht. Sie werden bestimmt jemanden finden.«

»Wieso eigentlich nicht Sie?«, fragte er. »Sie können gern sofort bei mir anfangen, wenn Sie einen Job mit Büchern in unmittelbarer Meernähe haben möchten!«

Leni nickte freundlich. »Vielen Dank für das Angebot. Das klingt wirklich äußerst verlockend. Hätte ich nicht meinen aktuellen Job, würde ich sofort zusagen«, antwortete sie aufrichtig. Sie legte einen Geldschein auf die Theke.

»Wie dem auch sei.« Er schob den Roman in eine Papiertüte und kassierte. »Mein Angebot steht. Vielleicht überlegen Sie es sich ja noch anders. Das Meer kann man von hier aus zwar nicht sehen, aber zumindest riechen. Im Pausenraum hätte ich für meine Mitarbeiter auch noch einen Kaffeeautomaten anzubieten, mit dem sie köstliche Kaffeekreationen zaubern können.«

»Das klingt wunderbar.« Leni bedankte sich lachend ein letztes Mal bei ihm und versprach, sich das Angebot zumindest durch den Kopf gehen zu lassen.

Als sie auf dem Rückweg nach St. Peter-Dorf war, ließ die Vorstellung sie gar nicht mehr los. Wenn sie sich ausmalte, als Buchhändlerin in St. Peter-Ording zu leben, sah sie es in schönsten Farben vor sich. Sie stellte sich vor, im Sommer mit nackten Füßen in der Brandung zu stehen und im Winter dick eingemummelt mit einem heißen Getränk in einem Café an der Seebrücke.

Mit Oma Elga könnte sie dann problemlos eine WG gründen, davon würden sie beide profitieren. Sie wäre nicht mehr allein, ihre Mutter hätte mehr Ruhe – und Kristan könnte ebenfalls bei seiner Oma einziehen.

Sie musste wieder lachen. Eine blühende Fantasie hatte sie jedenfalls. Daran bestand nicht der geringste Zweifel. Beim letzten Mal war sie nicht einmal auf die Idee gekommen, dass ihre Träume wie Seifenblasen zerplatzen könnten. Das wusste sie inzwischen allerdings besser.

Kapitel 8

Das kuschelige Badetuch fühlte sich gut auf ihrer Haut an. Es roch nach Erinnerungen an eine glückliche Kindheit voller Geborgenheit. Leni freute sich darüber, dass Oma Elga nie das bewährte Waschmittel wechselte.

Lächelnd band sie sich ein kleineres Handtuch wie einen Turban um den Kopf. Zuvor hatte sie sich ein Bad mit ätherischen Ölen gegönnt. Sie hatte eine Mischung aus Lavendel- und Melissenöl in das heiße Wasser getropft und danach zwanzig Minuten darin entspannt.

Es war später geworden, als sie erwartet hatte. Denn Kristan hatte sich am späten Nachmittag noch gemeldet und sein Kommen »in ungefähr zwei Stunden« angekündigt. Außerdem hatte er eine »Planänderung« angedeutet, zu der er nichts weiter hatte verraten wollen.

Leni ließ ihm seinen Spaß und fragte nicht weiter nach. Sie hatte zwar keine Kleidung für besondere Anlässe dabei, bloß Jeans und ein paar Oberteile, aber schön geföhnte Haare und ein dezentes Make-up konnten auch etwas hermachen.

Sie blickte in den Spiegel über dem Waschtisch und streckte sich wie früher übermütig selbst eine Zunge raus. Ja, sie wollte hübsch aussehen, wenn sie den Abend mit

Kristan verbrachte. Und ja, ihr war nicht egal, was er über sie dachte. Außerdem sollte er sich ruhig ein bisschen darüber ärgern, dass er sie damals ohne jede weitere Erklärung abserviert hatte.

Sie nahm das Handtuch vom Kopf und kämmte sich das Haar mit ihrem grobzackigen Kamm durch. Was immer seine Planänderung zu bedeuten hatte, sie wollte ihn an diesem Abend endlich fragen, was damals der Grund für sein unerwartetes Abtauchen gewesen war. Ihr wurde bewusst, wie sehr sie nach wie vor auf eine Erklärung hoffte. Seltsam, wie mit einem Mal alles wieder da war, nach so langer Zeit und nach ihrer Beziehung mit Armin. Leni erinnerte sich daran, dass sie damals den Schmerz verdrängt hatte, bis sie irgendwann geglaubt hatte, über der Sache zu stehen. Doch die nötige Klärung stand nach wie vor aus.

Leni schaltete den Föhn ein. An diesem Abend wollte sie endlich Antworten auf ihre Fragen bekommen. Und dabei wollte sie so gut aussehen wie möglich.

Als es endlich an der Haustür klingelte, sprang Leni vom Küchenstuhl auf und räumte den Tee in die Spüle, bevor sie zur Haustür ging. Oma Elga war zum Jahresabschlussessen ihrer Senioren-Turngruppe aufgebrochen und noch nicht wieder zurück.

Ihr Herz klopfte etwas schneller, als sie die Tür aufzog. »Hey!«

»Selber hey!«, konterte Kristan und grinste schief. Er

trug seinen Winterparka und hatte sich einen karierten Schal umgewickelt. »Bist du startklar?«

»Fast. Komm rein.« Sie griff nach ihren warmen Stiefeln und setzte sich auf die zweite Stufe der Treppe, um sie anzuziehen. »Ich hoffe, ich bin für deine Planänderung passend angezogen. Meine Tanzschuhe habe ich leider nicht dabei.« Sie zwinkerte ihm zu.

Im nächsten Moment nahm Leni ihre dicke Kapuzenjacke von der Garderobe und schlüpfte hinein.

Kristan kratzte sich am Kopf, sodass seine Mütze über dem dunklen Haar verrutschte. »Das trifft sich gut. Ich habe meine nämlich auch nicht mit.«

»Gehe ich recht in der Annahme, dass du mir nicht verraten wirst, was du vorhast?«

Sie verließen das Haus, und Leni schloss die Tür ab.

»Ich verrate nur so viel: Den *Olsdorfer Krug* werden wir heute nicht beehren.«

Auf dem Weg zu seinem Auto verdrehte Leni die Augen. »Darauf bin ich auch schon allein gekommen. War nicht sonderlich schwierig, das zu erraten.«

Er entriegelte die Autotüren. »Du bist eben clever.«

Nachdem sie in den Kombi eingestiegen war, warf sie Kristan einen koketten Blick zu. »Und ich bin gespannt, ob deine Planänderung mit dem *Olsdorfer Krug* mithalten kann. Dort gibt es nämlich den besten Pannfisch.«

»Das kann sie. Keine Sorge. Da bin ich mir sicher.« Zuversichtlich lächelnd startete er den Motor.

Sie fuhren eine gute halbe Stunde über die B202, bis sie das Holländerstädtchen Friedrichstadt erreichten.

»Willkommen in Klein-Amsterdam«, sagte Kristan, als sie neben einer Gracht entlangfuhren, auf deren anderer Seite pittoreske Giebelhäuser emporragten.

»Wow!« Leni schaute durch das Beifahrerfenster. »Wie hübsch die Grachten sind. Es sieht wirklich aus, als wären wir in Holland.«

Kristan parkte schließlich vor einem kleinen Restaurant und öffnete Leni kurz darauf zuvorkommend die Tür. Nachdem sie ausgestiegen war, bot er ihr seinen Arm an.

»Galant, der Herr«, kommentierte sie seine höfliche Geste mit einem Augenzwinkern. Tatsächlich fand sie sein Verhalten absolut umwerfend. Sie konnte sich nicht daran erinnern, dass Armin sie jemals in ein Lokal oder sonst wohin geleitet hatte. Rückblickend musste sie ihre Beziehung wohl fast unromantisch nennen. Während andere Paare einmal im Monat bei einer Flasche Wein und Kerzenschein saßen, hatte Armin für sie höchstens mal zwei Flaschen Bier oder Limo aus dem Kühlschrank geholt und den Fernseher eingeschaltet. Nicht dass sie sich daran sonderlich gestört hätte, doch nun merkte sie, welche Wirkung Kristans charmantes Auftreten auf sie hatte. Falls er sie damit beeindrucken wollte, funktionierte es.

Er hatte für sie einen Tisch am Fenster reserviert. Das Lokal war gut besucht, aber nicht überfüllt. Auf den Tischen standen edle Kandelaber und passende Salz- und Pfeffermühlen. Von ihrem Platz aus blickten sie auf den kleinen Kanal und konnten die Stille genießen.

»Im Sommer kann man hier sehr schön draußen essen, gleich neben der Gracht, und Boote beobachten«, sagte Kristan.

»Der nächste Sommer kommt bestimmt«, meinte Leni lächelnd. Ihr gefiel das stilvolle Ambiente. Es war weder zu schlicht noch zu schick.

Die Bedienung brachte Ihnen die Speisekarten. Sie bestellten zunächst die Getränke, und Leni musste lachen, weil sie sich unabhängig voneinander beide für eine Apfelschorle entschieden. Alkoholische Getränke schieden aus, da Kristan fahren musste, und Leni verzichtete aus Solidarität auf das Glas Weißwein, das sie sonst gern zu Fischgerichten trank.

»Fast wie früher«, bemerkte sie. »Apfelschorle haben wir damals doch auch am liebsten getrunken. Und du hast von deiner Oma immer einen Extraspritzer Zitrone in die Schorle bekommen.«

Er nickte. »Stimmt! Manche Dinge ändern sich nicht.«

»Scheint so.« Sie vertiefte sich in die Lektüre der Speisekarte, die aus mehreren klein bedruckten Seiten bestand.

»Weißt du schon, was du nimmst?«, fragte er nach einer Weile, ohne seinerseits die Karte zuzuklappen.

»Ich suche verzweifelt den Pannfisch«, gab sie neckisch zurück.

»Der schwimmt vermutlich irgendwo in der Olsdorfer Straße in St. Peter-Dorf umher. Aber wie wäre es stattdessen mit Scholle?«, schlug er amüsiert vor.

Sie blickte in seine glänzenden grünen Augen und spitzte die Lippen. »Klingt nicht schlecht. Wo steht das denn?«

»Hier.« Er streckte den Arm aus und tippte auf ihre Speisekarte.

Leni betrachtete seine starke Hand, die feinen Härchen auf seinen Fingern, und nickte. »Du hast mich überzeugt.«

»Dann also zweimal Scholle.« Er klappte seine Karte zu und bestellte wenig später bei dem Kellner, der an ihren Tisch trat.

»Bist du schon mal hier gewesen?«, erkundigte Kristan sich, als der Kellner ihnen die Karten abgenommen hatte.

»Nein, natürlich nicht. Aber ich habe mal gehört, dass das Essen wirklich sehr gut sein soll. Meine Eltern haben sich mal darüber unterhalten. Wahrscheinlich sind sie schon hier gewesen, ist in jedem Fall lange her.«

Schon wurden ihnen die Getränke und ein paar Schälchen mit Räucherlachs, warmen Brotstücken und Tomaten- und Schafkäse-Dips serviert.

»Das ist ja fast wie beim Italiener.« Leni nahm ein Stück Brot und probierte den Tomaten-Dip.

»Antipasti auf Nordfriesisch«, stimmte Kristan zu. »Der Lachs sieht gut aus.«

»In jedem Fall ist es gemütlich hier, und das Essen scheint lecker zu sein.« Ihr fiel wieder ein, welche Frage sie an diesem Abend klären wollte. Sie räusperte sich und trank einen Schluck Apfelschorle. »Bleibst du jetzt eigentlich eine Weile in St. Peter, oder musst du bald wieder zurück nach Hamburg?«

Seine Augen wirkten dunkler als noch vor einigen Augenblicken. »Für die nächsten Tage nicht. Mein Opa wird am 4. Januar beerdigt, und so lange möchte ich bei Oma Ine bleiben. Eventuell hänge ich noch ein paar Tage dran.«

»Ach, am 4. ist die Beerdigung? Davon hat mir meine Oma gar nichts erzählt«, wunderte Leni sich.

»Das Datum steht ja erst seit heute fest. Wahrscheinlich weiß deine Oma noch nichts davon.« Er legte die Hände auf den Tisch und faltete sie. »Meine Eltern müssen morgen noch mal zurück nach Hamburg, einige Dinge erledigen, um dann länger in St. Peter zu bleiben. Da ist es gut, wenn meine Oma zwischenzeitlich nicht allein ist, auch wenn sie natürlich deine Oma hat. Ich habe bis Mitte Januar meinen Resturlaub genommen. Vorher wird es eh ruhig sein in der Redaktion. Das passt.« Er griff nach seiner Gabel und spießte ein Stück Lachs auf.

»Ich treffe mich morgen Mittag übrigens mit Beeke. Wir haben uns ja auch ewig nicht gesehen und wollen mal wieder ausgiebig quatschen.« Sie nahm sich ebenfalls ein Stück Lachs. Er war köstlich.

Kristan nickte. »Das war auch der Grund, weswegen ich dich eingeladen habe. Zwischen Renovierung und Beerdigungsvorbereitungen ist es schwierig, sich ausführlich zu unterhalten. Wir haben doch jahrelang nichts voneinander gehört.«

»An mir hat es nicht gelegen«, platzte sie heraus und nutzte damit seine Steilvorlage.

Er legte sich eine Hand auf die Brust. »Das war ein Volltreffer in die Magengrube.«

»Ich sage nur die Wahrheit«, bekannte Leni leise und spürte, dass der Moment der Wahrheit endlich gekommen war.

»Hm. Ich bekenne mich schuldig.« Kristan strich sich durchs Haar und verzog reumütig den Mund. »Heute würde mir das nicht noch einmal passieren, da kannst du sicher sein.«

»Was war denn Grund dafür, dass du dich nicht mehr gemeldet hast?«, fragte sie geradeheraus.

Aus seinen dunkelgrünen Augen sah er sie an. »Schusseligkeit.«

»Wie das?«

Da der Kellner ihnen nun das Essen servierte, unterbrachen sie das Gespräch und widmeten sich zunächst ihren Gerichten.

»Guten Appetit. Es riecht ziemlich lecker.« Kristan legte sich eine Serviette auf den Schoß.

»Wer soll das denn alles essen?« Leni blickte auf die üppige Portion auf ihrem Teller.

»Du kannst dir das, was übrig bleibt, bestimmt einpacken lassen.«

»Mal sehen.« Sie schnitt mit Messer und Gabel ein Stück Fisch ab und ließ es sich auf der Zunge zergehen. »Wirklich köstlich«, erklärte Leni seufzend.

»Anders als im *Olsdorfer Krug*, aber mindestens genauso gut«, stimmte Kristan ihr zu.

Leni nickte und tupfte sich mit einer Serviette die Mundwinkel ab. So großartig die Speisen waren, sie wollte endlich die Antwort auf die Frage, die ihr als Siebzehnjährige so viel Kummer bereitet hatten. »Also, wie das?«

»Wie was?« Verständnislos sah er sie an.

»Stichwort Schusseligkeit«, erinnerte sie ihn.

»Ja, es war sogar ein Fall von extremer Schusseligkeit. Es war so … Ich hatte damals eine Antwort an dich geschrieben, aber vergessen, den Brief abzuschicken.«

»Du hättest ihn ja auch später abschicken oder einen neuen Brief schreiben können«, gab Leni zu bedenken.

Er schüttelte den Kopf. »Der besagte Brief lag über fünf Wochen in einem Fach meiner Sportasche. Ich bin damals aus allen Wolken gefallen, als ich ihn dann irgendwann entdeckt habe. Ich war fest davon ausgegangen, dass du ihn längst bekommen hattest.« Er fuhr sich abermals mit der Hand durchs Haar.

»Das wäre vielleicht ja sogar noch ein Grund gewesen, sich bei mir zu melden«, entgegnete sie. »Das Telefon war damals schon erfunden. Und selbst wenn du Anfang 2000 noch kein Handy hattest, du hättest auf dem Festnetz anrufen können.« Leni erinnerte sich an Kristans damalige ablehnende Haltung, was Mobilfunkgeräte anbelangte. Ein Internetzugang war zu jener Zeit für sie beide Zukunftsmusik gewesen. Und so waren sie dazu übergegangen, sich Briefe zu schreiben und ab und an zu telefonieren. Ihre Freunde hatten es genauso gemacht.

»Ich hatte ein extrem schlechtes Gewissen. Außerdem wollte ich keinen Streit mit dir«, gab er zu.

»Na, hör mal!« Leni legte die Gabel geräuschvoll auf dem Teller ab. »Dann hast du dich lieber gar nicht gemeldet, als vielleicht ein etwas unangenehmes Gespräch zu führen?« Sie schaute ihn entgeistert an.

Zerknirscht zuckte er die Schultern. »So war das damals wohl.«

Leni konnte nur den Kopf schütteln. »Und ich dachte die ganze Zeit, ich hätte vielleicht etwas falsch gemacht. Oder du hättest dich in eine andere verliebt!«

»Nein«, widersprach er energisch. »Wahrscheinlich habe ich insgeheim gehofft, dass du anrufst und wir die Situation klären können. Immerhin warst du die Vernünftige von uns.«

Sie zog die Augenbrauen zusammen. »Eine ziemlich bequeme Theorie, findest du nicht auch?«

»Was soll ich sagen? So war es damals. Und du hast dich ja auch nicht bei mir gemeldet … Ich dachte, es käme dir damals vielleicht gelegen … Tut mir wirklich leid, Leni. Nimmst du dieses Abendessen als Friedensangebot an?«, fragte er versöhnlich.

Leni griff wieder nach der Gabel und konnte seinem charmanten Lächeln nicht widerstehen. »Dieses Essen ist wirklich gut; und ein bisschen Wiedergutmachung habe ich mir redlich verdient.«

»Das hast du, und ich entschuldige mich auch in aller Form bei dir. Ich war ein Idiot.« Er sah sie fest an und rührte sich nicht.

»Du hast es vermasselt, Kris«, stellte sie fest und aß ein weiteres Stück Scholle. »Egal ob die Geschichte mit dem Brief stimmt oder nicht.«

»Ich hatte befürchtet, dass du Zweifel an meiner Erklärung haben würdest.« Er lehnte sich zum Nachbarstuhl und nestelte an seiner Winterjacke herum, die er über die Rückenlehne gehängt hatte. »Deswegen habe ich den Beweis mitgebracht. Hier.« Er hielt ihr einen zerknitterten Umschlag entgegen.

Leni nahm das Kuvert und schaute es sich näher an. Der Briefumschlag war verschlossen und an den Kanten angestoßen. Sie erkannte Kristans Handschrift. Auf der Vorderseite stand ihre damalige Adresse, auf der Rückseite hatte er seine geschrieben. In der oberen rechten Ecke klebte eine 110-Pfennig-Briefmarke. »Unfassbar, dass du den Brief so lange aufgehoben hast. Ich meine, warum hast du das getan?« Sie legte das Kuvert neben ihren Teller.

Kristan hob die Schultern und sah sie aus dunklen Augen an. »Vermutlich weil ich geglaubt habe, ihn irgendwann noch mal zu brauchen.«

»Und was steht drin?«, wollte sie wissen.

»Das musst du schon selbst lesen.«

Lächelnd legte sie eine Hand auf den Brief, bevor sie wieder ihr Besteck hob. »Später. Das Essen wird sonst kalt.«

In Kristans Kombi fuhren sie über die dunkle Landstraße. Im Radio liefen Hits aus den Achtzigerjahren.

Auf der Höhe von Garding drehte Leni ihren Kopf zu Kristan und betrachtete sein Profil. »Ich dachte, die Bedienung komplimentiert uns irgendwann aus dem Lokal.«

Sie hatten den Abend voll ausgekostet. Nach der Scholle hatten sie Milchreis mit Zimt bestellt und danach irgendwann die Zeit vergessen. Es hatte so viel zu erzählen gegeben. Leni hatte den Abend überaus genossen. Jeder Bissen des Essens war ein besonderes Geschmackserlebnis gewesen, und Kristans Blicke schmeichelten ihr, weil er keinen Hehl daraus machte, dass er sie für eine tolle Frau hielt. Er hatte um die Rechnung gebeten, als bereits die leise Hintergrundmusik ausgeschaltet worden war. Offensichtlich hatte er so viel Zeit wie möglich mit ihr verbringen wollen. Und ihr war es genauso gegangen.

»Das hätte sie bestimmt auch getan, wenn wir noch länger geblieben wären.« Er nahm kurz den Blick von der Fahrbahn und schenkte ihr ein Lächeln.

Leni nickte und musste grinsen. »Ich habe übrigens alle Briefe von dir damals verbrannt.«

»Autsch!« Er verzog das Gesicht. »Das habe ich wahrscheinlich nicht anders verdient.«

Wie weitreichend die Folgen einer so kleinen Handlung sein konnten. Leni seufzte schwer. »In dem Fall nicht. Ich frage mich, was passiert wäre, wenn du den Brief doch abgeschickt hättest.«

»Gute Frage. Vielleicht hätten wir geheiratet und einen Haufen Kinder bekommen.« Seine Stimme klang etwas tiefer als vorhin.

Leni versetzte die Bemerkung einen Stich, denn sie wäre gern längst Mutter geworden. Dann beschloss sie, es mit Humor zu nehmen. »Dann würdest du keinen Kombi, sondern einen Bus fahren«, bemerkte sie.

»Schon möglich.« Er räusperte sich. »Und außerdem wäre mir bestimmt das Drama mit meiner Ex-Freundin letzten Sommer erspart geblieben.«

»Oh, das klingt nicht gut.« Leni spürte Unruhe in sich aufkommen. Über seinen Beziehungsstatus hatten sie bisher nicht gesprochen.

»War es auch nicht«, antwortete er trocken. »Wir haben uns während des Korfu-Urlaubs extrem gestritten. So sehr, dass sie früher zurück nach Deutschland geflogen ist.«

»Oje. Ich hoffe, ihr konntet später wenigstens die Friedenspfeife zusammen rauchen.«

»Keine Chance. Wir haben noch ein paar Nachrichten hin- und hergeschrieben, und das war's dann. Seit dem Sommer bin ich Single.«

»Warum soll es dir auch besser gehen als mir?« Leni ertappte sich dabei, dass sie Erleichterung verspürte, ließ es sich jedoch nicht anmerken. »Meine letzte Beziehungskatastrophe werde ich nie im Leben vergessen.« Nachdem er sich ihr so weit geöffnet hatte, vertraute sie ihm nun alle Details über den Hausbrand an. Nachdem sie sich ausgesprochen hatte, seufzte sie schwer und ließ die Schultern sinken.

»Gegen dein Drama kann meins natürlich nicht anstinken. Was ist schon ein vorzeitiger Rückflug gegen ein abgefackeltes Haus?«, kommentierte Kristan.

»Peanuts.« Leni machte eine schwungvolle Handbewegung.

»Aber um ehrlich zu sein, bin ich froh, dass es so gekommen ist. Denn sonst wären wir heute nicht zusammen hier«, fügte Kristan augenzwinkernd hinzu, und ihr wurde sofort warm ums Herz.

Leni musste lachen. »Wenigstens bist du ehrlich!«

Viel zu schnell war die Fahrt zu Ende, und Kristan hielt vor dem Haus seiner Großmutter in der Deichstraße.

Er schaute zu dem Gebäude. »Hinter den Wohnzimmerfenstern ist noch Licht. Meine Oma guckt bestimmt noch einen Krimi.«

Leni sah zum Haus ihrer Großmutter, wo sich ihnen ein ähnlicher Anblick bot. »Meine bestimmt auch. Wobei sie lieber alte Spielfilme auf den dritten Programmen schaut. Von Krimis bekommt sie schlechte Träume.«

»Ich werde Oma Ine wahrscheinlich gleich ein bisschen Gesellschaft beim Fernsehgucken leisten. Müde bin ich nämlich überhaupt nicht«, bemerkte Kristan, machte jedoch keinerlei Anstalten, aus dem Wagen zu steigen.

»Geht mir ähnlich. Aber ich werde mich gleich in mein Zimmer zurückziehen. Ich muss nämlich noch einen Brief lesen, bevor ich ins Bett gehe.« Sie lächelte ihn an und verspürte mit einem Mal den Wunsch, ihm noch näher zu sein als ohnehin schon.

»Ich hoffe, du kannst mir danach vergeben«, sagte Kristan mit einem ernsten Gesichtsausdruck.

»Das habe ich doch schon.« Unwillkürlich griff sie nach seiner Hand.

Er hielt ihre Hand fest und beugte sich ein wenig zu ihr herüber. Dabei schaute er ihr tief in die Augen. »Glaub mir, ich habe mich noch Jahre später darüber geärgert, dass ich so idiotisch gehandelt habe.«

»Du warst ja auch erst siebzehn. Und Jungs stecken in dem Alter mitten in der Pubertät. Du kannst ja nichts dafür, dass Mädchen immer schon weiter sind«, erwiderte sie leichthin.

»Dem ist wohl nichts mehr hinzuzufügen.«

Er lächelte sein bezauberndes schiefes Lächeln, das Leni so vertraut war, und doch entdeckte sie es gerade neu. Sie betrachtete ihn und genoss es, wagte jedoch nicht, einen Schritt weiterzugehen. Sie brauchte ein wenig Zeit, um mit der erwachsenen Version ihres einstigen Kinderfreunds und später ihrer ersten großen Liebe zurechtzukommen.

»Mir hat der Abend mit dir sehr gefallen«, fuhr er fort, drückte ihre Hand und strich sanft mit dem Daumen über ihre Haut.

»Mir auch. Das Essen war grandios.« Sie wiegte den Kopf leicht hin und her. »Fast so gut wie im *Olsdorfer Krug*.«

»Vielleicht hast du ja Lust, nächstes Mal mit mir dorthin zu gehen.«

»Das könnte durchaus möglich sein.« Leni entzog ihm lächelnd ihre Hand und löste den Gurt. »Soll ich Beeke morgen von dir grüßen?«

»Unbedingt! Vielleicht machen wir ja auch mal wieder was zu dritt, so wie früher.«

»Ich werde es ihr ausrichten. Danke nochmals für den schönen Abend.« Bevor sie ausstieg, folgte sie einem Impuls, beugte sie sich vor und gab ihm zart einen Kuss auf die Wange. »Gute Nacht, Kris.«

Kapitel 9

»Na, du Schlafmütze!« Oma Elga saß gut gelaunt am Küchentisch und schälte Kartoffeln. Die Schalen sammelte sie auf einem Stück Zeitungspapier, das sie neben eine Wasserschale gelegt hatte. Im Radio verlas ein Sprecher die aktuellen Nachrichten.

»Guten Morgen.« Leni gähnte hinter vorgehaltener Hand und setzte sich zu ihrer Großmutter an den Tisch.

»Ist wohl gestern später geworden«, stellte diese lächelnd fest.

»Hm, ja. Ich bin gegen halb zwölf wieder da gewesen. Aber da hast du wohl schon geschlafen.« Sie gähnte noch einmal.

Ihre Großmutter nickte. »Vor der Flimmerkiste. Ich weiß, das passiert mir ständig.«

Leni lächelte. »Wie Mama. Sie schläft auch immer beim Fernsehen ein. Sogar wenn ein Krimi läuft.«

»Dann kann der Krimi nicht besonders spannend sein. Ich döse nur weg, wenn ich mich langweile«, erklärte ihre Großmutter lachend. »Übrigens – deine Mutter hat vorhin angerufen, als du noch geschlafen hast.«

»Oh! Was sagt sie denn? Geht es ihr und Papa inzwischen besser?«

Sie nickte bedeutungsvoll. »Laut deiner Mutter fühlen sie sich wesentlich besser und haben keine gravierenden Erkältungssymptome mehr.«

»Gott sei Dank! Dann kommen sie bestimmt bald nach St. Peter!«

Oma Elga lächelte wieder. »Sogar sehr bald. Sie haben ihr Kommen für heute Nachmittag angekündigt. Frischer Kaffee ist übrigens noch in der Thermoskanne«, fügte sie hinzu und wies mit dem Kartoffelschälmesser zur Arbeitsplatte.

»Prima!« Leni nahm sich eine Tasse aus dem Küchenschrank und schenkte Kaffee ein. »Jetzt verstehe ich, warum du um halb elf schon Kartoffeln schälst.«

»Wenn deine Eltern kommen, muss ich schließlich was Ordentliches zu essen vorbereitet haben. Die Autofahrt hierher ist lang.«

Leni konnte da nur zustimmen. Sie gab etwas Milch in den Kaffee und sah sich dann neugierig um. »Was gibt es denn?«

»Kartoffelpuffer, dazu grünen Salat und Räucherlachs«, erwiderte ihre Großmutter. »Das isst dein Vater doch so gerne.«

»Räucherlachs gab es gestern auch bei uns als Vorspeise. Der war vorzüglich.«

Oma Elga legte eine geschälte Kartoffel zu den anderen in die Wasserschale und blickte von der Arbeit auf. »War euer Abend denn schön?«

Leni setzte sich auf dem Stuhl gegenüber ihrer Großmutter. »Ja, es war wirklich ganz toll. Wir waren in einem

Restaurant in Friedrichstadt, das direkt neben einer Wasserstraße liegt. Man schaut auf den Kanal und genießt dort sehr gutes Essen, ich kann es wirklich empfehlen.«

»Hört sich nach einem schönen Abend an.« Ihre Großmutter hielt im Schälen inne. »Kannst du dich eigentlich noch daran erinnern, dass du als Mädchen Kristan heiraten wolltest?«, fragte sie unvermittelt.

Leni verschluckte sich fast an ihrem Kaffee, dann lachte sie. »Das ist aber schon sehr lange her. Ich muss wohl acht oder neun gewesen sein!«

»Du hast es damals jedem erzählt. Sogar der Postbote wusste von deinen Plänen.«

»Welches kleine Mädchen möchte nicht irgendwann mal seinen besten Freund heiraten?« Leni stand auf, um die Butterdose und Marmelade aus dem Kühlschrank zu holen. Sie war froh, dass Oma Elga ihr Gesicht nicht sehen konnte. Sicher hatte sie keine Ahnung, wie sehr sie ins Schwarze getroffen hatte.

»Vermutlich einige. Und ihr wart ja eine Zeit lang auch gut befreundet. Sehr gut sogar. Da dachten dein Opa und ich schon, dass du dein Vorhaben irgendwann in die Tat umsetzen würdest. Kristan ist aber auch ein sehr netter Mann. Er hat sich kaum verändert. Findest du nicht?«

Leni spürte den neugierigen Blick ihrer Großmutter, als sie sich eine Scheibe Brot auf den Teller legte und sie mit Butter bestrich. »Na ja, ein paar graue Haare hat er zwischenzeitlich bekommen«, sagte sie leichthin. »Ansonsten ist er noch genauso ein Kindskopf wie früher.«

Sie wandte sich um und biss vom Brot ab. »Ich treffe mich übrigens nachher mit Beeke.«

»Wie schön. Als Kinder habt ihr immer gut zusammen gespielt. Ihre Oma hat mir vor einiger Zeit erzählt, dass Beeke als Ärztin in der Strandklinik arbeitet.«

»Das stimmt.«

»Und einen Sohn hat sie.«

»Ja, er heißt Bruno.«

»Wann seid ihr denn verabredet?«, wollte ihre Großmutter wissen.

»Erst mittags. Wir treffen uns am Reiterhof. Wie früher.« Leni setzte sich wieder zu ihr.

»Meinst du, du könntest vorher noch das Gästezimmer für deine Eltern vorbereiten? Das wäre eine große Hilfe. Das Bettenbeziehen strengt mich in letzter Zeit mehr an.« Sie knüllte das Zeitungspapier um die Kartoffelschalen zusammen.

»Natürlich, Oma! Bettenbeziehen ist ein Klacks für mich. Ich mache mich gleich nach dem Frühstück an die Arbeit.« Sie lächelte Oma Elga an und biss erneut in ihr Marmeladenbrot.

Gedankenverloren zog Leni den Reißverschluss des geblümten Bezugs zu und legte das Kissen aufs Bett. Danach nahm sie den Überzug des Oberbetts in die Hände. Im Haus ihrer Großmutter waren alle Schlafmöglichkeiten mit dem Kopfteil nach Norden ausgerichtet. Oma Elga war davon überzeugt, dass es den gesunden Schlaf förderte, und fühlte sich dadurch bestätigt, dass noch nie jemand unter ihrem Dach über Schlafprobleme geklagt hatte. Leni wusste von ihrem Opa zwar, dass er durchaus manchmal schlecht geschlafen hatte, aber sie beide hatten es in stiller Übereinkunft ihrer Großmutter verschwiegen.

Leni lächelte. Obwohl er keinen besonderen Wert auf eine bestimmte Ausrichtung seines Betts gelegt hatte, hatte er Oma Elgas Marotten nie infrage gestellt. Bei dem Gedanken an ihn wurde sie wehmütig. Mit einer Hand strich sie den Bezug glatt und setzte sich dann an den äußersten Rand des Betts.

In der vergangenen Nacht hatte sie unzählige Male Kristans Brief gelesen. Objektiv betrachtet war der Inhalt nicht sonderlich spektakulär. Ein siebzehnjähriger Teenager schrieb seiner Freundin, was er seit ihrem letzten Brief getrieben hatte. Er hatte den Brief damit beendet, wie sehr er sie vermisste und dass er hoffte, sie in den nächsten Schulferien bald wiederzusehen. Er hatte es kaum erwarten können.

Im Grunde genommen war es noch nicht einmal ein glühender Liebesbrief gewesen, und doch hatte er Lenis Gefühlswelt total auf den Kopf gestellt. Kristans Brief fühlte sich wie eine Art Zeitkapsel an. Beim Lesen hatte sie sich wieder wie ihr siebzehnjähriges Ich gefühlt, und sie durchlebte die Gefühle von damals erneut.

Neben längst vergangen geglaubten Emotionen hatten seine Zeilen in Leni viele Fragen aufgeworfen. Was wäre geschehen, wenn Kristan den Brief abgeschickt oder zumindest sich später bei ihr gemeldet hätte, nachdem er den Umschlag in seiner Sporttasche wiedergefunden hatte? Was wäre gewesen, wenn sie nicht so unsicher gewesen wäre und sich bei ihm gemeldet hätte? Warum hatte sie überhaupt geglaubt, er könne eine andere haben? Vor jener Funkstille hatte sie sich über seine Treue nie Gedanken gemacht.

Leni musste einsehen, dass sie mindestens genauso sehr am Ende der Beziehung beteiligt war wie er. Sie hatte die ganze Verantwortung für ihre junge Liebe auf seine Schultern geladen. Die einzige Entschuldigung, die sie heute dafür fand, waren ihr junges Alter und die mangelnde Erfahrung.

Wenn sie jetzt an Armin dachte … An den Mann, der sein Leben nun in der Schweiz verbringen wollte, den sie bis vor Kurzem hatte heiraten wollen. Ja, sie hatte es so sehr gewollt. Es war verrückt, doch heute fühlte sie eine gewisse Distanz, wenn sie an ihn dachte. Fast so wie bei einem Freund, dem man zwar verbunden war, den man aber schon lange nicht mehr gesehen hatte.

Ob Kinder am Ende besser erkennen, wer wirklich zu ihnen passt? Leni seufzte tief. Mit Kristan war alles so unvergleichlich vertraut. Und jetzt, da sie wusste, dass der damalige Grund für ihren Kontaktabbruch die Vergesslichkeit eines 17-Jährigen war, konnte sie ihm leicht verzeihen.

Er hatte sich zwar äußerlich verändert, war erwachsener geworden und auch männlicher, aber sein Charakter schien sich nicht geändert zu haben. Sie mochte so vieles an ihm.

Besonders sein Mitgefühl. Dass er in dieser schweren Zeit an der Seite seiner Oma stand und sie nach Kräften unterstützte, rührte sie sehr. Und er hatte noch denselben Humor wie früher, er lachte über ihre Scherze.

Sie mochte sein lockiges dunkelbraunes Haar. Als Mädchen hatte sie gerne an den Strähnen gezogen und jedes Mal gelacht, wenn sein Haar sich kurz darauf wieder gelockt hatte. Sein jungenhaftes Lachen bezauberte sie noch genauso wie damals.

Leni vergrub den Kopf in den Händen und seufzte abermals schwer. Selbst wenn es sich anfühlte, als könnte sie jetzt mit ihm einen Neuanfang wagen – sie machte sich nichts vor. Denn natürlich hatten sie in den vergangenen Jahren unterschiedliche Erfahrungen gesammelt, sich sicherlich auch weiterentwickelt und waren jeder für sich bestimmt eigener geworden.

Wie hatten sie sich nur jemals aus den Augen verlieren können?

Beeke lehnte bereits am Gatter, als Leni auf den Weg zum Reiterhof einbog. Sie winkte ihr schon von Weitem zu.

»Da bist du ja!« Beeke umarmte Leni herzlich, als sie bei ihr angekommen war. Sie trug eine dicke Mütze und einen noch dickeren dunkelblauen Steppmantel, der ihr bis zu den Waden reichte.

»Toll, dass es geklappt hat. Es ist fast wie früher.« Leni strahlte ihre Kinderfreundin an.

»Wenn jetzt auch noch meine Falten verschwinden, dann hätte ich nichts dagegen.« Beeke lachte. »Wollen wir spazieren gehen?«

»Von mir aus gern«, stimmte Leni zu. »Ich habe diesen Wind und die Weite total vermisst.« Sie atmete tief ein und blickte vom Deich auf die Salzwiesen, wo sich Frost auf den Strandhafer gelegt hatte.

Sie schlenderten in nördliche Richtung und erzählten einander, wie es ihnen in den letzten Jahren ergangen war.

»Zu Brunos Vater habe ich nur noch über meinen Anwalt Kontakt«, erzählte Beeke. »Manchmal wünschte ich sogar, ich hätte ihn nie kennengelernt. Aber dann hätte ich ja auch Bruno nicht.«

Leni sah Beeke von der Seite an. Ihr fielen die Falten zwischen ihren Augen auf, die sie früher tatsächlich nicht gehabt hatte. Schließlich traute sie sich zu fragen: »Hat er was Schlimmes getan?«

Ihre Freundin nickte und wirkte bekümmert. »Könnte man so sagen. Als Bruno auf die Welt gekommen ist, war zuerst alles gut. Doch das änderte sich schnell. Er war immer weniger zu Hause, schob seine Arbeit vor und kam irgendwann gar nicht mehr heim. Als ich ihn zur Rede gestellt habe, meinte er nur, dass er nicht für eine Familie gemacht sei.«

»Puh! Das ist hart. Auch für Bruno.«

»Ja, das hätte Sebastian auch früher einfallen können, wenn du mich fragst. Glücklicherweise war Bruno noch ganz klein, als wir uns getrennt haben. Er kann sich an seinen Vater überhaupt nicht erinnern. Trotzdem ist er ein fröhlicher Junge. Jeder kann ihn leiden. Und er liebt seine Oma und seinen Opa über alles.«

»Er ist wirklich ein sehr süßes Kind. Ein richtiger Sonnenschein! So ein Kind muss man einfach mögen. Und wer weiß, vielleicht bekommt er ja irgendwann einen anderen Vater?«, merkte Leni an.

»Bloß nicht!« Beeke machte eine entschiedene Handbewegung. »Mit Männern habe ich abgeschlossen, da bin ich ein für alle Mal kuriert. Ich bin froh, wenn die Scheidung endlich durch ist.«

Leni musste lachen. »Das könnte glatt von mir kommen.«

»Wirklich?« Beeke zog überrascht die Augenbrauen hoch. »Hast du etwa auch geheiratet?«

»Nicht wirklich, aber ich hatte es tatsächlich vor.« Leni erzählte von Armin und wie es dazu gekommen war, dass am Ende sein Haus in Flammen gestanden hatte. Der Wind pfiff regelrecht über den Deich. Leni spürte, wie ihre Haut vor Kälte spannte. Es waren mehr Wolken am Himmel als noch am Tag davor. Zu den weißen hatten sich auch graue gesellt. Ihr Marsch wurde von stetigem Möwenschreien begleitet. Vereinzelt kamen ihnen andere Spaziergänger mit Hunden oder Kindern oder Radfahrer entgegen, die sich von den frostigen Temperaturen nicht abschrecken ließen.

Zielstrebig gingen sie weiter, bis in der Ferne die ersten Hotels von St. Peter-Bad zu sehen waren. »Und deswegen bin ich in St. Peter-Ording gelandet«, schloss sie schließlich ihren Bericht.

»Das tut mir wirklich sehr leid.« Beeke schüttelte den Kopf. »Was für eine verrückte Geschichte. Und wie geht es jetzt weiter?«

Leni bleib stehen und schob ihre Hände noch ein Stück tiefer in ihre Jackentasche. »Tja, ich denke, dass es überhaupt nicht weitergehen wird.« Sie blickte einer Möwe nach, die vom Festland Richtung Meer flog. »Armin ist in der Schweiz, ich bin hier. Er möchte dort bei seinem Bruder in der Firma einsteigen.«

Beeke zog sich die Mütze tiefer über die blonden Locken. »Und was willst du?«

Leni zuckte die Achseln. »Ich weiß es nicht.«

Sie setzte ihren Weg fort, Beeke hielt mit ihr Schritt. »Ich wäre erleichtert, wenn ich meine Schuldgefühle loswerden könnte. Durch meine dämliche Unachtsamkeit ist nicht nur mein ganzes Hab und Gut verbrannt, sondern eben auch Armins. Und er hatte das Haus geerbt, nicht ich. Eine Fee, die alles ungeschehen machen könnte, wäre wirklich nicht schlecht. Oder wenigstens eine Versicherung, die für den Schaden aufkommen würde.«

»Oh ja, so eine Fee könnte ich auch gut gebrauchen.« Beeke zog sich die Ärmel ihres Mantels tiefer über die Hände. »Aber mal was ganz anderes: Bist du an Silvester noch in St. Peter?«

Leni nickte. »Ja, das ist der Plan.«

Beeke blieb stehen und legte ihr eine Hand auf den Oberarm. »Hey, toll! Ich bin mit ein paar Leuten verabredet. Wir wollen auf der Strandpromenade ins neue Jahr feiern. Hast du Lust mitzukommen?«

Geschmeichelt lächelte Leni, doch sie wiegelte ab: »Mal sehen. Ich bin mit meiner Familie am Silvesterabend bei Frau Bötte eingeladen. Kristans Opa ist vor ein paar Tagen gestorben. Er mochte Silvester so gerne. Deswegen möchte seine Oma groß feiern, um ihn so zu würdigen, verstehst du?«

»Oh, das tut mir leid zu hören. Ich mochte Herrn Bötte sehr.« Beeke fasste sich an die Stirn. »Moment mal! Ist Kristan etwa auch in St. Peter?«

»Ist er. Wir waren gestern zusammen essen, und davor hat er mir beim Möbelrücken und Streichen von Oma Elgas Wohnzimmer geholfen.«

»Und das erzählst du mir erst jetzt?« Beeke stemmte die Hände in die Hüften. »Also wirklich, Leni!«

»Ich musste dir doch erst einmal von meiner Katastrophe berichten«, erwiderte sie beschwichtigend.

»Jaja.« Beeke winkte ab. »Essen wart ihr also.«

Leni lächelte und zog Beeke weiter. »Ja, in Friedrichstadt. Und du brauchst gar nicht so zu grinsen.«

Ihre Freundin hakte sich bei ihr unter. »Weißt du, ich muss gerade an meine Prophezeiung denken, die ich als Teenager gemacht habe, dass Kristan und du mal heiraten werdet.«

Leni verdrehte die Augen, konnte das Grinsen jedoch nicht unterdrücken. »Jetzt fängst du schon an wie Oma Elga!«

»Jaja. Alte Liebe rostet nicht, sagt man doch so schön.« Sie hob einen Zeigefinger. »Und versuch gar nicht erst, es zu leugnen. Ich sehe es dir an der Nasenspitze an.«

»Und ich sehe deiner an, dass du tüchtig durchgefroren bist. Denn sie ist krabbenrot.«

Beeke nickte. »Na gut, dann lass uns einen Zahn zulegen und irgendwo eine Tote Tante trinken. Und dann erzählst du mir alles von Kristan.« Sie zwinkerte ihr zu; und ehe Leni protestieren konnte, zog sie sie nun ihrerseits weiter den Deich entlang.

Kapitel 10

Die Wolkendecke hatte sich weiter zugezogen und ließ nur noch vereinzelt Sonnenstrahlen durch.

Kristan blickte gen Himmel und schnupperte. »Es riecht irgendwie nach Schnee.«

»Ich rieche nichts.« Mit kräftigen Bewegungen kehrte Leni loses Laub auf der Wiese zusammen. Neben ihr stand eine hüfthohe Plastiktonne, in der sie die Blätter sammeln wollte, daneben lagen die gelben Arbeitshandschuhe, die ihre Großmutter ihr geliehen hatte. »Ich rieche nur Wiese und Blätter.«

»Du hast eben nicht so eine feine Nase wie ich«, neckte er sie.

»Oder keine so große Einbildungskraft«, konterte Leni. »Beeke hat mich übrigens vorhin gefragt, ob ich morgen Abend zur Silvesterparty auf der Promenade komme.«

»Und was hast du gesagt?« Kristan stützte sich mit beiden Händen auf der anderen Zaunseite ab und schaute sie gespannt an.

Leni hielt beim Kehren inne und blies sich eine Haarsträhne aus dem Gesicht. Ihr gefielen Kristans anerkennender Blick und sein verschmitztes Lächeln. »Noch gar nichts. Wir sind doch schon bei deiner Oma eingeladen.«

»Ach ja.« Er winkte ab. »Wir müssen allerdings nicht den ganzen Abend bleiben. Theoretisch könnten wir nach dem Essen nach St. Peter-Bad aufbrechen.«

Leni zog die Augenbrauen hoch. »Wir?«

»Na klar.« Kristan grinste. »Beeke möchte mich doch bestimmt auch wiedersehen.«

Lachend schüttele sie den Kopf. »Gut, dass du nicht eingebildet bist.«

»Nicht wahr?« Sein Grinsen wurde breiter.

Eine Böe fegte durch den Garten und trieb das Laub wieder auseinander.

»Mist! Jetzt darf ich noch mal von vorne anfangen«, sagte Leni im vorwurfsvollen Ton. »Dieser dumme Wind!«

»Sowas kommt an der Nordsee mal vor. Warte, ich helfe dir.« Ohne ihre Antwort abzuwarten, sprang er behände über den Gartenzaun und streckte die Hand nach dem Rechen aus. »Gib mal her!«

»Wenn du meinst, dass du es besser kannst.« Leni drückte ihm das Gartengerät in die Hand und nickte ihm herausfordernd zu.

Kristan ließ sich nicht bitten, sondern kehrte das Laub mit energischen Bewegungen wieder zum Haufen zusammen. »Also, was ist jetzt?«, fragte er, als er fertig war. »Sagst du Beeke Bescheid, dass wir zur Party kommen?«

»Kann ich machen.« Amüsiert zückte sie ihr Handy und schrieb ihrer Freundin eine Nachricht, in der sie ihr und Kristans Kommen ankündigte. Danach zog sie das Paar Handschuhe über, das im Gras lag, und begann die Blätter von dem Häufchen in die Tonne zu werfen.

»Du hättest den Brief abschicken sollen«, sagte sie unvermittelt mitten in der Bewegung.

Kristan stützte sich auf den Rechenstiel, schien einen Augenblick nachzudenken und nickte dann. »Hätte, hätte, Fahrradkette.«

»Was wohl gewesen wäre, wenn wir damals schon Handys gehabt oder E-Mails geschrieben hätten?«, überlegte Leni laut.

Kristan zuckte mit den Schultern und holte aus, um weiteres Laub zusammenzukehren. »Vermutlich hätten wir weiter Kontakt gehabt, weil wir uns leichter Nachrichten hätten schicken können. Und vielleicht hätte ich auch in den nächsten Ferien nicht vergeblich auf dich gewartet.«

»Du warst hier?«, fragte sie entgeistert.

»In den Sommerferien und auch in den Herbst- und Winterferien. Nur danach nicht mehr.«

»Aber wieso?« Fassungslos sah sie ihn an und ließ die Hände sinken, nachdem sie einen neuen Blätterhaufen in die Tonne geworfen hatte.

»Weil ich darauf gehofft hatte, dass wir uns so wieder über den Weg laufen würden. Es wäre dann gewesen wie immer. Außerdem hätte ich so deine mögliche Reaktion abgewendet … Ich wollte wohl nicht erleben, dass du mir nicht zurückschreibst oder am Telefon nicht mit mir sprichst.«

Leni stemmte die Hände in die Hüften. »Das hast du nicht wirklich gedacht! Oder etwa doch?«

»Ich weiß, es klingt feige und irgendwie wahnsinnig verquer, aber für mich war es die sicherste Art und Weise, keine Abfuhr von dir zu bekommen. Wenn ich dich persönlich getroffen hätte, wärst du vielleicht vor mir weggelaufen. Aber dann hätte ich dich schon eingeholt und irgendwie bequatscht, bis du mir verziehen hättest.«

Leni seufzte schwer. »Und da sagt man immer, wir Frauen wären kompliziert.«

Kristan zwinkerte ihr zu. »Ich möchte zu meiner Verteidigung anmerken, dass ich damals mitten in der Pubertät gesteckt habe und die Hormone meine Gedanken vernebelt haben.«

Leni musste lachen. »Das lasse ich gelten.«

Er tat so, als müsste er sich mit dem Handrücken Schweiß von der Stirn wischen. »Puh! Da habe ich ja gerade noch mal Glück gehabt.«

Nachdem sie das letzte Laub in die Tonne fallen gelassen hatte, zog sie die Handschuhe aus. »Hätte ich gewusst, dass du in den Ferien hier warst, wäre ich bestimmt auch gekommen. Aber das ist mir gar nicht in den Sinn gekommen. Ich dachte, du hättest mich vergessen. In meiner Vorstellung warst du irgendwo im Süden am Meer oder in den Alpen zum Skifahren.«

»Nicht wirklich. Du hast dir mein Leben interessanter vorgestellt, als es war«, gab er zu.

»Ich hätte herkommen sollen …«

»Dann hätte ich alles darangesetzt, meine Schusseligkeit wiedergutzumachen. Wirklich alles! Doch als du nicht mehr in St. Peter aufgetaucht bist, war für mich klar, dass ich es gehörig vermasselt hatte, warum auch immer. Ohne dich wollte ich jedenfalls auch nicht in St. Peter sein.«

»Ach, Kristan … Vielleicht hätten meine Großeltern mir sogar einen Tipp gegeben, aber ich hatte ihnen unmissverständlich klargemacht, dass ich nichts mehr über dich hören wollte.«

»Weil du auf mich sauer warst«, fügte er verständnisvoll hinzu.

»Ziemlich sauer«, bestätigte sie leise. »Am liebsten hätte ich dich auf den Mond geschossen.«

»Leni?«, rief da jemand vom Haus.

Sie blickte zur Terrasse, sah ihre Mutter und winkte ihr zu. »Ich komme gleich!«, rief sie und wandte sich wieder Kristan zu. Sie standen keinen Meter voneinander entfernt. »Meine Eltern sind da.«

»Das sehe ich.« Er drückte ihr den Rechen in die Hand.

»Dann sehen wir uns morgen?«, fragte sie hoffnungsvoll.

»Sicher. Ich freue mich schon auf die Party an der Seebrücke und natürlich auch auf Beeke.«

»Prima! Danke fürs Helfen!« Ohne nachzudenken, berührte sie mit einer Hand seinen Oberarm, ließ sie dann jedoch wieder sinken, als ihr bewusst wurde, was sie tat.

»Kein Thema!« Er sprang wieder anscheinend mühelos über den Zaun zurück in den Nachbarsgarten. »Grüß deine Eltern mal lieb von mir.«

»Das mache ich.« Sie ging zum Haus.

Als Leni sich auf der Terrasse noch einmal umdrehte, begegnete sie Kristans eindringlichem Blick. Lächelnd hob er die Hand.

»Das Wohnzimmer hast du gut gestrichen«, lobte ihr Vater, nachdem er das Zimmer gründlich inspiziert hatte. »Hätte ich nicht besser hinbekommen.«

»Danke für die Blumen. Du warst eben ein guter Lehrer«, antwortete Leni stolz. »Ich habe vorher alles ordentlich mit Malerband abgeklebt und den Boden mit Zeitungspapier ausgelegt.«

»Das sehe ich. Da vorne hängt nämlich noch etwas Kreppband.« Ihr Vater deutete auf eine Stelle an der Leiste neben dem großen Wohnzimmerschrank. »Aber bei der Diele musst du mir nicht helfen. Die streiche ich allein.«

»Sicher? Fühlst du dich denn körperlich schon wieder fit genug?«, fragte Leni besorgt.

Amüsiert zog ihr Vater die Augenbrauen hoch. »Ha! Sonst wäre ich nicht hier.«

»Meinst du wirklich, dass du dich nicht noch etwas schonen solltest?« Die Männer in seinem Alter konnten durchaus von ihrem Körper überrascht werden, und ihr Vater war keine sechzig mehr.

Unnachgiebig schüttelte er den Kopf. »Hör mir auf mit Schonung. Mir geht es blendend, und ich freue mich darauf, mich endlich wieder körperlich betätigen zu können. Ich habe lange genug auf dem Sofa rumgegammelt.«

Leni gab sich geschlagen. »Also gut. Die Farbeimer und die restlichen Utensilien stehen alle im Keller vor Opa Freders Werkbank.«

»Ich gehe gleich mal nachsehen, ob ausreichend Farbe da ist.«

Während ihr Vater zur Kellertreppe ging, wandte Leni

sich in Richtung Küche, wo ihre Mutter mit Oma Elga am Tisch saß. Vor ihnen standen zwei Tassen, aus denen noch der Tee dampfte.

»Willst du auch einen Tee mit uns trinken?«, fragte ihre Großmutter und wollte schon aufstehen.

Leni bedeutete ihr, sitzen zu bleiben, und nahm ebenfalls Platz. »Danke, aber im Moment nicht. Papa hat das Wohnzimmer und die Diele begutachtet. Jetzt überprüft er, ob genug Farbe da ist. Ich habe meine Hilfe angeboten, aber er will die Diele unbedingt alleine streichen.«

»Lass ihn mal. Das schafft er schon.« Ihre Mutter trank einen Schluck. »Und falls nicht, kannst du ihm ja immer noch unter die Arme greifen.«

»Das stimmt. Hauptsache, es wird alles fertig, bevor wir abreisen«, meinte Leni, auch wenn sie gar nicht daran denken wollte, St. Peter-Ording demnächst wieder zu verlassen. Dann müsste sie auch schauen, wie es mit ihr weitergehen sollte. Mit Armin würde sie sich keine gemeinsame Wohnung mehr suchen, so viel hatte sie inzwischen verstanden. Aber sonst?

»Wir wohnen viel zu weit voneinander entfernt«, sagte ihre Mutter in sorgenvollem Ton.

»Jetzt guck mich doch nicht so mitleidig an, Barbara!« Oma Elga strich sich eine graue Haarsträhne hinters Ohr und schüttelte missbilligend den Kopf.

Ihre Tochter blieb hart. »Du bist hier ganz allein, Mutti. Wenn dir was passiert, dann guckst du in die Röhre!«

»Ach, papperlapapp!« Oma Elga winkte ab. »Davon will ich nichts hören.«

»Aber es ist doch so«, beharrte Lenis Mutter. »Stürzt du unglücklich, dann kriegt keiner was mit – und vielleicht schaffst du es aus eigener Kraft nicht mal bis zum Telefon, um Hilfe zu holen.«

»Jetzt mal den Teufel nicht an die Wand!«, widersprach Oma Elga. »Außerdem bin ich hier überhaupt nicht allein, ich habe viele Freunde und Bekannte.« Sie stützte die Hände in die Hüften und stand auf. »Und falls du es vergessen hast, Mädchen, ich bin ich aktives Mitglied im Turnverein. Einen Purzelbaum, Radschlagen oder eine Kerze beherrsche ich noch genauso gut wie mit sechzig. Hört man euch so zu, könnte man glatt denken, ich wäre eine alte und gebrechliche Frau«, wischte sie alle Bedenken beiseite. »So schnell haut mich nichts um.«

Seufzend rieb sich Lenis Mutter die flatternden Wimpern. »Ist ja gut, Mutti. Ich mache mir doch nur Sorgen um dich. Mir wäre es eben am liebsten, wenn du in unserer Nachbarschaft wohnen würdest«, fügte sie kleinlaut hinzu.

Oma Elga schaute auf die Wanduhr. »Ach, schon so spät! Wir müssen heute unbedingt noch zum Floristikladen und einen Kranz für Delfs Beerdigung in Auftrag geben«, wechselte sie das Thema.

»Das machen wir gleich«, entschied Lenis Mutter und beeilte sich, ihren Tee auszutrinken. »Ach, es ist alles so traurig. Wie geht es denn Frau Bötte? Und Ulrike?«

Leni fiel erst jetzt wieder ein, dass ihre Mutter früher eng mit Kristans Mutter befreundet gewesen war. Sie hatte Delf Bötte lange gekannt, und sein Tod ließ sie natürlich nicht kalt.

»Wie soll es Ulrike schon gehen? Ihr Vater ist gestorben«, sagte Oma Elga knapp und stellte die Kanne in die Spüle. Anschließend nahm sie einen Zettel von der kleinen Pinnwand, die neben dem Kühlschrank hing. »Leni, ich habe einen Einkaufszettel geschrieben. Könntest du heute noch die Zutaten für die Silvesterlocken besorgen und bitte auch alles andere, was ich hier aufgeschrieben habe? Das wäre sehr nett von dir.«

Leni nahm den Zettel an sich und las. »Natürlich, besorge ich alles.« Sie lächelte ihre Großmutter liebevoll an.

Ihr war der schwermütige Zug um ihren Mund nicht entgangen, als die Sprache auf Kristans Mutter gekommen war. Oma Elga war eine starke Frau, die stets nach vorn blickte. Leni hatte sie nie verzagt erlebt. Wie es wirklich in ihr aussah, das wusste wohl nur sie allein.

Während Oma Elga mit ihren Eltern beim Floristen den Kranz in Auftrag gaben, erledigte Leni die versprochenen Besorgungen im größten Supermarkt des Orts. In kurzer Zeit hatte sie alles eingekauft, stellte dann aber fest, dass sie vergessen hatte, einen Haustürschlüssel mitzunehmen. Sie war sicher, dass ihre Familie noch mehr Zeit im Blumenladen brauchte. Um nicht allein vor Oma Elgas Haustür in der Kälte zu stehen, nutzte sie die Zeit und machte einen Abstecher nach St. Peter-Bad, um ein weiteres Mal über die Seebrücke zu spazieren.

Leni mochte die Seebrücke sehr, besonders den Ausblick

über die mit Wasserläufen durchzogenen Salzwiesen. Ihre Schritte tönten auf dem Holzsteg, während ihr der Wind entgegenschlug. Es schien an diesem Tag noch kälter zu sein als am vergangenen. Ob Kristan am Ende recht behielt und es tatsächlich noch schneien würde?

Kristan … Sie konnte nicht aufhören, an ihn zu denken und darüber zu grübeln, was aus ihnen geworden wäre, wenn sie trotz Funkstille die Ferien weiterhin bei ihren Großeltern verbracht und ihn viel früher wiedergesehen hätte.

Mitten auf der Brücke blieb sie stehen und lehnte sich gegen das Geländer. Unter sich sah sie einen Priel, der zugefroren war. Ein untrügliches Zeichen, dass es wirklich kälter geworden war.

Sie setzte ihren Weg fort und suchte wenig später in einem Holzhäuschen Schutz, das auf der Brücke errichtet worden war. Darin war es fast windstill, und Leni hatte das Gefühl, ihre Gedanken an diesem Ort besser ordnen zu können. Sie erinnerte sich: Nachdem sie nichts mehr von Kristan gehört hatte, hatte sie um keinen Preis die nächsten Ferien bei ihren Großeltern verbringen wollen. Sie hatte vehement behauptet, dass sie die Nordsee viel zu öde finde und lieber an Jugendreisen teilnehme. Manchmal, wenn keine Reise anstand, hatte sie sogar vorgeschoben, für die Schule lernen zu müssen, um einen guten Abischnitt zu bekommen.

Ihre Eltern hatten sie gewähren lassen, ohne lästige Fragen zu stellen. Obwohl sie sicherlich geahnt hatten, dass Kristan der wahre Grund für ihre plötzliche Ablehnung

St. Peter-Ording gegenüber gewesen war. Und wenn Leni ganz ehrlich war, hatte sie sehr wohl gewusst, dass sie ihm möglicherweise vor Ort begegnen würde.

All die Jahre hatte sie es sich nicht eingestanden. Nun fragte sie sich, ob sie nicht mindestens genauso viel Schuld daran traf, dass es mit Kristan nicht weitergegangen war. Im Grunde genommen hatte sie sämtliche Möglichkeiten sabotiert, um mit ihm in Kontakt zu treten. Sicher hatte auch bei ihr die Angst vor Ablehnung eine Rolle gespielt – ebenso wie bei Kristan.

Die Erkenntnis erschütterte und verwirrte sie gleichermaßen.

Um sich auf andere Gedanken zu bringen, beschloss Leni, im Ortszentrum durch einige Boutiquen zu bummeln. Sie wollte sich ein paar neue Kleidungsstücke kaufen. Denn inzwischen hatte sie die drei Kombinationen, die sie nur noch besaß, so oft getragen, dass sie sich nach ein wenig Abwechslung sehnte.

Bei *Mode Richter* wurde sie schließlich fündig. Die neue Jeans und der fliederfarbene Rollkragenpullover passten perfekt. Leni freute sich, da sie damit ihr Silvester-Outfit hatte.

Die Tragetasche voller Einkäufe, spazierte sie weiter und störte sich nicht mehr an der Kälte.

Kristan … Sie fühlte sich zu ihm hingezogen, aber … Was war nun mit Armin? Konnte sie durch die unverhoffte

Begegnung mit Kristan tatsächlich die gemeinsame Zeit mit Armin so schnell ad acta legen und all ihre Gefühle für ihn ausradieren? Sie hatte sich mit Armin so viel vorstellen können, und damit war es zumindest ihr sehr ernst gewesen.

Für immer, hatte sie gedacht, wenn er sie geküsst hatte. Lenkte sie sich mit dem Aufwärmen der alten Gefühle für Kristan womöglich einfach bloß vom Scheitern ihrer großen Liebe ab?

Vor einem Sportgeschäft blieb sie stehen, schaute in die Auslage und entdeckte ein Paar Laufschuhe. Sie musste unbedingt Klarheit über ihr Gefühlsleben bekommen. Vielleicht war es eine gute Idee, die sportlichen Vorsätze nicht nur zu fassen, sondern sie auch endlich in die Tat umzusetzen. Sie kannte einige Leute, die joggten, um den Kopf freizubekommen oder regelmäßig Probleme während eines 15-Kilometer-Laufs lösten.

Entschlossen drückte Leni die Ladentür auf.

Am Nachmittag erreichte eine weitere Kaltfront St. Peter-Ording. Mit einem Mal tanzten vereinzelt Schneeflocken vor Oma Elgas Küchenfenster hin und her. Kristan behielt also doch recht. Leni lächelte.

Ihr Vater hatte sich gleich nach dem Ausflug zum Blumenladen in die Renovierungsarbeiten in der Diele vertieft. Kleine Schränke wurden abgerückt, ein Spiegel von der Wand genommen und die Garderobe abgeschraubt.

»Und du bist dir wirklich sicher, dass ich nicht mithelfen soll?«, fragte Leni vorsichtshalber noch einmal nach.

»Vollkommen sicher. Geht ihr zwei ruhig spazieren.« Er deutete auf sie und ihre Mutter. »Ich schaffe das schon ohne euch!«

»Im Falle eines Falles ich bin ja auch noch da«, mischte sich Oma Elga ein, woraufhin Lenis Mutter unbemerkt die Augen verdrehte. »Zusammen mit Freder habe ich früher das ganze Haus tapeziert und gestrichen.«

»Das ist aber schon eine Weile her«, gab Lenis Mutter zu bedenken.

»Na und?« Oma Elga hob die Schultern. »Streichen verlernt man doch nicht.«

»Dann viel Spaß. Wir vertreten uns mal die Beine«, sagte Leni, bevor ihre Mutter den Wortwechsel fortsetzen konnte.

Sie zogen sich die Winterjacken an und verließen gemeinsam das Haus. Nach wenigen Metern schlugen sie den Weg über den Südstrand ein. Aus den einzelnen Flocken war inzwischen leichter Schneefall geworden.

Leni hielt die geöffnete Handfläche nach oben. »Kristan hat vorhin gesagt, dass es nach Schnee riecht. Ich dachte, er spinnt.«

»Manche Menschen können Schnee tatsächlich riechen. Deine Oma gehört übrigens auch zu diesen Leuten. Sie hat früher genau gewusst, wie das Wetter wird.« Ihre Mutter hakte sich bei ihr unter.

Leni verzog den Mund. »Das Talent habe ich nicht.«

Ihre Mutter schüttelte den Kopf. »Tröste dich, ich auch nicht.«

»Wohin willst du eigentlich?«, fragte Leni, als sie auf dem Deich angekommen waren. »Durch die Salzwiesen bis zum Strand?«

»Nein.« Sie zog eine Mütze aus der Jackentasche und setzte sie auf. »Zum Böhler Leuchtturm! Ich war so lange nicht mehr dort. Früher haben Ulrike und ich dort oft gesessen und uns unterhalten.«

Schweigend spazierten sie den Deich eine Weile in südlicher Richtung entlang und beobachteten die Schneeflocken, die wie kleine Wattestückchen vom Himmel schwebten.

»So viel, wie ich in den letzten Tagen in St. Peter gelaufen bin, habe ich mich bestimmt das ganze Jahr zu Hause nicht bewegt«, stellte Leni fest.

»Ich weiß, was du meinst. Fußmärsche auf dem Deich machen ja auch viel mehr Spaß als das eilige Hetzen über die Gehwege in der Stadt. Ah, und die salzige Luft ist Balsam für meine Gesundheit. Herrlich!«, bekannte ihre Mutter und atmete tief ein. »Deinen Vater dafür zu begeistern ist wirklich schwierig. Er werkelt lieber vor sich hin, als ausgiebige Spaziergänge zu machen.«

»Oma Elga wird es freuen. Bestimmt ist alles rechtzeitig fertig, bevor die neuen Möbel kommen.«

»Wie macht sich denn deine Oma so?«, erkundigte sich ihre Mutter.

Leni sah sie von der Seite an. »Du willst wissen, ob sie tatterig ist?«

Ihre Mutter blieb stehen, wandte sich ihr zu und nickte ernst. »Leni, ich mache mir wirklich große Sorgen. Deine

Oma ist keine fünfzig mehr, und sie hat altersbedingt einige gesundheitliche Baustellen, die man nicht auf die leichte Schulter nehmen sollte. Schau dir nur an, wie klein sie durch ihre Osteoporose geworden ist.«

»Das ist mir auch aufgefallen«, stimmte Leni zu.

»Es ist tatsächlich nicht auszudenken, wenn sie stürzt und sich etwas bricht. Wer soll ihr dann helfen? Es ist doch niemand da.«

»Noch sind wir ja da«, versuchte Leni ihre Mutter zu beruhigen.

Inzwischen hatten sie den Böhler Leuchtturm erreicht. Ihre Mutter setzte sich auf die Bank, die um den Ziegelturm verlief. »Ja, noch. Aber das ist ja keine Dauerlösung. Wir reisen wieder ab, und sie ist dann jedes Mal wieder auf sich gestellt. Uns muss eine andere Möglichkeit einfallen.«

Leni nahm neben ihr Platz. »Ich könnte ja nach St. Peter-Ording ziehen und mich um Oma Elga kümmern«, schlug sie in scherzhaftem Ton vor. »Seit Armins Haus abgebrannt ist, habe ich eh keine feste Bleibe.«

Nachdem sie den Gedanken laut ausgesprochen hatte, merkte sie, wie viel Wahrheit in ihren Worten steckte, es war kein unbekümmertes Daherreden. Tief in sich verspürte sie tatsächlich den Wunsch, in St. Peter-Ording zu leben. Daran hatte sie auch schon gedacht, bevor sie Kristan hier wieder begegnet war.

Ihre Mutter lachte. »Das war ja als kleines Mädchen schon dein Lieblingsthema. Ich kann mich noch gut daran erinnern, wie du mir und Papa damals nach jeden Ferien ständig damit in den Ohren gelegen hast, dass wir doch endlich zu Oma und Opa nach St. Peter ziehen sollen.« Sie atmete wieder tief ein und ließ den Blick über die Salzwiesen gleiten. »Aber wer hätte es dir verdenken können? Dieser Ort ist ein kleines Paradies.«

Sie machte eine ausschweifende Armbewegung. »Wäre ich an ihrer Stelle, würde ich mich höchstwahrscheinlich auch weigern, St. Peter zu verlassen, um in die Stadt zu ziehen. Hier ist ihre Heimat, und hier ist sie glücklich. Das müssen wir wohl oder übel akzeptieren, auch wenn ich mir schreckliche Sorgen um deine Oma mache.«

»Ja, irgendwie kann ich sie mir auch nicht woanders vorstellen. Sie gehört nach St. Peter-Ording«, stimmte Leni nachdenklich zu.

Auf einmal schien alles glasklar für sie zu sein. In ihrer Liebe zu diesem Ort war sie ihrer Oma womöglich gar nicht so unähnlich. Auch sie war in St. Peter-Ording schon immer bedingungslos glücklich gewesen und hatte sich am richtigen Ort gefühlt. So etwas hatte sie nirgendwo anders verspürt. In St. Peter-Ording war sie im Einklang mit den Gezeiten, spürte eine tiefe familiäre Verwurzelung und tatsächlich auch inneren Frieden. »Und vielleicht ich ja auch?«, fügte sie leiser hinzu.

»Es würde mich jedenfalls beruhigen, wenn ich wüsste, dass du ein Auge auf Oma hättest.« Ihre Mutter stand unvermittelt auf, zog die Nase kraus und schaute in den Himmel. »Lass uns mal lieber zurückgehen. Der Schneefall wird stärker.«

Kapitel 11

Der Wind rauschte in ihren Ohren. Er zog an ihren Haaren und vielleicht auch an manchem Gedanken, den sie endlich freilassen wollte.

Über die Nase hatte sie einen Schal gezogen, um Lunge und Schleimhäute durch die tiefen Temperaturen nicht zusätzlich zu reizen. Ein breites Strickstirnband wärmte ihre Ohren und ihre Stirn. Ihre Hände steckten in winddichten Handschuhen.

Sie lief in gleichmäßigem Tempo, den Blick nach vorn gerichtet. Zügig, doch nur so schnell, dass sie nicht außer Atem geriet. Gleich nachdem sie aufgestanden war, hatte sie sich die neue Joggingkleidung angezogen und war losgelaufen. Das Frühstück musste warten, denn mit vollem Bauch lief es sich nicht sonderlich gut.

Leni joggte auf dem Deich entlang und genoss den Blick über die wunderbare Weite. Sie sog die Natur, die sie umgab, förmlich mit allen Sinnen in sich auf. Der Himmel hatte sich aufgeklart, die Sonne schien wieder. Von Schnee war nichts mehr zu sehen, er war schnell wieder geschmolzen. Nur vereinzelt zogen Wölkchen am Himmel vorüber.

Von Weitem erkannte sie das Dach der Hütte von *GOSCH* bereits. Als sie auf der Höhe des Fischrestaurants war, lief sie daran vorbei. Ihr Ziel lag noch etwa einen Kilometer weiter entfernt.

Das Gespräch mit ihrer Mutter ließ sie nicht mehr los. Sie hatten das Thema nicht weiter vertieft, sondern über ihren verstorbenen Großvater und auch über Delf Bötte gesprochen.

Leni lief an Kiefern vorbei und durch ein Wäldchen. Dort begegnete sie nur einer Frau mit ihrem Hund. Ansonsten war der Ort menschenleer. Außer dem Geräusch ihres Atems und dem ihrer Schritte war nur der Wind in den Bäumen zu hören.

Bald tauchte die höchste Düne der Landschaft in ihrem Blickfeld auf. Leni lief darauf zu und dann die Stufen hoch zur Aussichtsplattform Maleens Knoll. Oben angekommen, stützte sie die Hände auf die Oberschenkel und verschnaufte eine Weile, bis sich ihr Herzschlag wieder normalisiert hatte. Dann trat sie ans Geländer und ließ den Blick über die weite Küstenlandschaft schweifen. Wie oft hatte sie hier schon gestanden? Fünfzigmal? Vielleicht auch hundertmal? Mit Beeke und Kristan.

Als Kinder hatten sie der Sonne fasziniert dabei zugeschaut, wie sie abends augenscheinlich im Meer versank. Opa Freder und Herr Bötte waren mit ihnen zu allerhand Plätzen gegangen und hatten zu jedem einzelnen immer passende Geschichten parat. Die Sage von Maleen, nach der die Düne benannt worden war, hatte Leni schon immer schaurig gefunden – aber auch irgendwie romantisch. Als Mädchen hatte sie sich vorgestellt, wie sie jeden Tag auf der Düne Ausschau nach Kristan hielt, weil er zur See gefahren war. Sie hatte sich ausgemalt, wie sie abends für ihn ein Licht aufgestellt hätte. In ihrer Vorstellung war er irgendwann wieder aufgetaucht und glücklich gewesen, dass sie ihr Versprechen gehalten und auf ihn gewartet hatte. Es war ihre persönliche Version der Sage mit Happy End. Sie musste lächeln.

Als Nächstes kamen ihr tränenreiche Abschiede von ihren Großeltern in den Sinn, wenn die Ferien vorbei waren und sie wieder zurück nach Hause fahren musste. Dabei hatte sie sich immer schon bei Oma Elga und Opa Freder wie zu Hause gefühlt – mit der Gewissheit, dass Kristan im Nachbarhaus war und Beeke auch nicht weit entfernt wohnte.

Bis zu diesem Zeitpunkt hatte sie ihren damaligen Gefühlen keine große Bedeutung beigemessen. Es waren kindliche Empfindungen gewesen, nichts Außergewöhnliches. Doch langsam verstand Leni, was sie in jenen längst vergangenen Tagen wirklich gefühlt hatte.

Sie schloss die Augen und drehte ihr Gesicht den warmen Sonnenstrahlen entgegen. Der Wind strich leicht über ihre Haut, sie konnte das Meer riechen. Sie öffnete die Augen wieder. Ein Gedanke ließ sie innehalten. Was würde sie tun, wenn Armin sich meldete, um ihnen doch eine zweite Chance zu geben? Wenn er sie fragte, ob sie mit ihm zusammen in die Schweiz gehen wolle? Die Vorstellung ließ sie innerlich nicht jubeln. Stattdessen empfand sie eher Unmut und Zögern.

Die Schweiz war sicherlich ein wunderbares Land. Nicht ohne Grund war es ein Sehnsuchtsziel für so viele. Doch nicht für sie. Hätte sie die Wahl, würde sie lieber an der Küste bleiben. Hier fühlte sie sich richtig. Hier konnte sie sie selbst sein. Sie gehörte nach St. Peter-Ording. Das war schon immer so gewesen, es war ihr nur noch nie so klar gewesen.

Leni zog sich die Schuhe aus und streifte das Stirnband ab. Ihre Thermojacke hängte sie zusammen mit dem Schal an die Garderobe. Aus der Küche hörte sie die Stimme eines Radiomoderators dringen.

Sie folgte der Stimme und sah ihre Großmutter werkeln. »Oh, bist du wieder fleißig?«

»Wer rastet, der rostet«, antwortete Oma Elga lächelnd. Sie hatte mal wieder einmal allerhand Kräuter, Hölzer, Blüten und Harze auf dem großen Küchentisch ausgebreitet. »Ich habe schon auf dich gewartet.«

»Ja?« Neugierig trat sie neben sie. »Wo sind denn Mama und Papa?«

»Auf der Flucht«, antwortete Oma Elga knapp.

Stirnrunzelnd hakte Leni nach: »Vor wem oder was flüchten sie denn?«

Lachend zwinkerte ihre Großmutter ihr zu. »Vor mir! Als ich ihnen von meinem Plan erzählt habe, das Haus zu räuchern, hatten sie es auf einmal ziemlich eilig. Einen Ausflug nach Husum machen sie.«

Leni zuckte mit den Schultern. »Mama und Papa haben für diesen Brauch nichts übrig.«

»Ja, deine Mutter meint sogar, sie bekommt von den Räuchermischungen Atemnot. Das hat sie schon als kleines Mädchen immer gesagt und ist dann zusammen mit Opa Freder ausgebüxt.«

»Kein schlechter Vorwand zum Ausbüxen.« Leni lächelte. »Für sie ist das halt ein bisschen zu viel Hokuspokus.«

Sanft tätschelte Oma Elga ihr den Oberarm. »Du bist anscheinend die Einzige in unserer Familie, die den alten Traditionen die gebührende Wertschätzung entgegenbringt.«

»Mag sein.« Sie betrachtete die Zutaten der Räuchermischung näher. »Hab ich wohl von dir.«

»Natürlich hast du das«, war sich ihre Großmutter sicher. »Deiner Mutter waren die Rauhnächte schon immer herzlich egal. Dabei hat Rilke schon gesagt, dass der Winter die Zeit ist, in der wir unseren inneren Garten bestellen.«

»Ich mag Rilke.« Leni nahm eine Blüte in die Hand und roch daran. »Ist das Lindenblüte?«

»Exakt.« Oma Elga nickte und hob einen Zeigefinger. »Als kleines Mädchen wusstest du alle Zutaten für die letzte Räucherung im Jahr auswendig. Das weiß ich so genau, weil du mich einmal darauf aufmerksam gemacht hast, dass eine Zutat gefehlt hat.«

»Schon komisch, ich hatte das völlig vergessen. Aber du hast recht, damals konnte ich das.« Leni überlegte kurz. »Ich erinnere mich heute nur noch an Birke, Tonkabohne, Linaloeholz und Styrax. Der Rest fällt mir nicht mehr ein.«

»Dazu noch Labdanum, Sandara, Damiana und Guggul«, ergänzte Oma Elga.

»Ach ja, stimmt!« Leni schüttelte den Kopf.

»Ich musste die Räucherung ja jahrelang ohne dich durchführen. Komm, es ist an der Zeit, deine Erinnerungen wieder aufzufrischen«, sagte Oma Elga in feierlichem Ton. »Lass uns gemeinsam das alte Jahr verabschieden und das Haus vom Ballast der letzten Monate befreien. So wie früher!«

»Und jedem Raum Wärme, Licht und Harmonie schenken«, fügte Leni mit einem Lächeln hinzu. Sie war bereit und spürte beim Gedanken daran, wie sich dadurch auch ihre eigene Stimmung aufhellte.

Zunächst füllten sie zwei kleine Räuchergefäße mit der Räuchermischung für den letzten Tag im Jahr. Nachdem der Inhalt schön rauchte, schritten sie mit den Gefäßen im Uhrzeigersinn durch das alte Reetdachhaus, um den Rauch zu verbreiten. Raum für Raum. Dabei öffneten sie jede Schublade und jede Schranktür, sodass der Duft überall hingelangen konnte. Nachdem sie das Wohnzimmer ausgiebig geräuchert hatten, fühlte sich Leni schon herrlich entspannt. Eine besinnliche, ja fast schon feierliche Stimmung breitete sich in ihr aus, die sie in dieser Form vor vielen Jahren zum letzten Mal wahrgenommen hatte. Ihr wurde ganz leicht ums Herz. Sie atmete tief ein, ließ die Schultern sinken und fühlte sich erfüllt von tiefer Dankbarkeit und Demut.

Sie liebte diese alten Rituale und Bräuche. Schon als kleines Mädchen hatte sie mit großer Begeisterung mit Oma Elga »gezaubert«. Dabei hatte sie stets eine magische Stimmung gespürt, die keinen Zweifel darüber hatte aufkommen lassen, dass es wirklich Zauber gab.

Wie hatte sie dies nur für so lange Zeit vergessen können?

»Ich glaube, dieses Jahr brauche ich mehr Zettel als im letzten!«

Oma Elga verzog den Mund und griff nach einem neuen Stück Papier. Neben ihr auf dem Tisch lagen bereits fünf zusammengefaltete beschriebene Blätter.

»Ja, auch wenn mir der Vergleich fehlt, glaube ich ebenfalls, dass ich mehr brauche«, stimmte Leni ihr zu. »In den letzten Monaten ist ziemlich viel Mist zusammengekommen.«

Nachdem sie die Räucherung abgeschlossen hatten, saßen sie nun am großen Küchentisch und schrieben auf, was sie loslassen und nicht mit ins neue Jahr nehmen wollten.

»Aber nichts davon laut aussprechen«, erinnerte ihre Großmutter sie und hob mahnend den Zeigefinger. »Sonst bleibt der Mist an dir kleben.«

»Kein Wort kommt über meine Lippen«, schwor Leni und lächelte. »Wahrscheinlich kannst du dir eh denken, was ich aufschreibe.« Sie faltete einen Zettel zusammen und seufzte. »Ich wäre schon dankbar, wenn das neue Jahr nur halb so katastrophal werden würde wie das aktuelle.«

»Meistens haben die größten Katastrophen doch auch etwas Gutes, wenn man lange genug darüber nachdenkt«, gab ihre Großmutter zu bedenken und legte kurz ihre warme Hand auf Lenis.

Leni blickte in die gütigen Augen ihrer Großmutter und fühlte sich gleich geborgen. »Hm. Hätte ich nicht das Haus meines Ex-Freunds abgefackelt, würde ich jetzt nicht hier mit dir zusammensitzen.«

»Na, siehst du! Wo Schatten ist, ist auch Licht. Und umgekehrt gilt das natürlich auch.«

Leni faltete den nächsten Zettel und zählte zum Schluss die kleinen Papiere. »Ich habe sechs Stück.«

»Acht«, bekannte ihre Großmutter ihrerseits. »Bestimmt komme ich noch auf zwölf. Für jeden Monat eins. Mindestens.«

Nachdem sie die Zettel ordentlich übereinandergelegt hatte, rückte Leni mit dem Stuhl näher an den Tisch. »Dann überlege ich auch noch mal. Wahrscheinlich habe ich die Hälfte verdrängt, weil die letzten Wochen so verrückt gewesen sind.«

Als ihr nichts mehr einfiel, hatte Leni sieben Notizen, Oma Elga wie erwartet zwölf.

Feierlich traten sie vor den Kachelofen im Wohnzimmer.

»Bist du bereit?«

Leni nickte und sah zu, wie ihre Großmutter ihre Zettel zwischen die bereits aufgetürmten Holzscheite legte. »Schön rein damit, damit sich auch alles Unerwünschte in Wohlgefallen auflösen kann.«

Leni tat es ihr gleich und schob die Papiere tief in eine Lücke zwischen den Holzscheiten. Vielleicht hätte sie auch noch mehr kleine Zettelchen beschreiben können. Aber ihre Formulierungen waren dafür ausführlicher geraten als die ihrer Großmutter. All die negativen Gedanken und Gefühle wollte sie endlich loswerden. Besonders ihre Schuldgefühle gegenüber Armin hoffte sie, so zu überwinden.

»Willst du?« Oma Elga hielt ihr die Streichholzschachtel entgegen.

»Oh ja!«, sagte Leni mit entschlossenem Blick. Sie entnahm der Schachtel ein langes Kaminstreichholz und rieb damit über die angeraute Fläche an der Seite. Eine Flamme flackerte auf. Leni beugte sich vor und entzündete damit die Kaminanzünder. Nachdem sie Feuer gefangen hatten, schloss sie die Feuerraumtür.

Oma Elga nickte ihr zu, griff nach ihrer Hand und drückte sie. »Möge das kommende Jahr für uns alle ein schöner Neubeginn sein. Ein Jahr voller magischer Momente. Zwölf Monate, in dem die Geister uns wohlgesonnen sind und Unglück von uns fernhalten.«

Leni lächelte sie an und ließ die Worte auf sich wirken. Während die Zettel im Ofen zu Ruß zerfielen, blickte sie wie gebannt ins Feuer. Lange standen sie so schweigend da. Zutiefst ergriffen von dem Augenblick, verabschiedete Leni sich von aller Schwere der vergangenen Zeit und spürte, wie ihr Herz leichter wurde. Sie wollte ein neues Jahr voller Glück und Liebe. Sie wollte Wunder erleben und im Regen tanzen. Sie war bereit für einen Neubeginn, bereit loszulassen und für das große Abenteuer, das Leben hieß.

»Und wir haben sogar eine Hose gefunden, die deinem Vater passt.« Stolz zog Lenis Mutter eine Jeans aus der Einkaufstasche. »Nicht zu weit und nicht zu eng. Das hat Seltenheitswert. Bei den meisten Schnitten weiß ich ja nicht, wer das tragen soll.«

Lenis Vater zwinkerte ihr zu und zuckte mit den Achseln. »Seit die Jeansfirma mein Lieblingsmodell eingestampft hat, habe ich nichts Gescheites mehr gefunden. Wir haben schon überlegt, Stoff zu kaufen und die Hose nachschneidern zu lassen.«

»Dann hat sich die Fahrt nach Husum doch gelohnt.« Leni warf einen Blick auf das Modelabel der Hose. »Die Marke gibt es in jedem Kaufhaus. Damit dürfte dein Hosenproblem vorläufig gelöst sein.« In diesem Moment spürte sie das Vibrieren ihres Handys in ihrer Gesäßtasche und zog es heraus. Beeke rief an.

»So!«, rief ihre Großmutter in diesem Moment und klatschte in die Hände. »Die Küche brauche ich jetzt, um die Silvesterlocken zu backen. Ihr könnt euch ja in die warme Wohnstube setzen.«

»Ach was. Ich helfe dir natürlich«, widersprach Lenis Mutter und steckte die Hose sofort zurück in die Tasche.

»Und ich mache mich mal im Bad nützlich. Der Wasserhahn in der Wanne tropft nämlich«, erklärte ihr Vater und wandte sich ab.

»Und was ist mit dir?«

Leni fing den Blick ihrer Mutter auf und wies entschuldigend auf ihr Handy. »Beeke will bestimmt über die Party heute Abend sprechen. Ich rede kurz mit ihr und komme dann zum Helfen.«

Während ihre Mutter und Großmutter in der Küche

werkelten und ihr Vater mit Opa Freders Werkzeugkasten im Bad verschwand, ging Leni in ihr Dachzimmer, um Beeke zurückzurufen. »Hi, Beeke. Ich konnte gerade nicht sofort rangehen, entschuldige bitte«, sagte sie, nachdem sich ihre Freundin gemeldet hatte. »Bist du im Auto?«

»Ja, genau. Deswegen rufe ich auch an. Ich weiß nicht genau, wann ich heute Abend auf der Party sein werde. Bruno ist vorhin gegen eine Tür gelaufen und hat seitdem Kopfschmerzen. Wir sind auf dem Weg ins Krankenhaus.«

Mitfühlend rief Leni: »Oje! Hoffentlich ist es nichts Schlimmes!«

»Bestimmt nicht.« Beeke klang gelassen. »Aber Vorsicht ist besser als Nachsicht.«

»Willst du denn dann überhaupt heute Abend zur Party kommen? Ich meine, wenn es deinem Sohn schlecht geht?«

»Aber ja. Bruno freut sich schon riesig darauf, bei meinen Eltern alles mit Luftschlangen und Ballons zu schmücken. Bestimmt ist er heute Abend wieder fit.«

»Und es gibt Wunderkerzen. Und Popcorn!«, hörte Leni eine Kinderstimme im Hintergrund rufen.

»Ja, die gibt es auch«, antwortete Beeke ihrem Sohn.

Leni lachte. »Schwer krank hört er sich wirklich nicht an.«

»Nein. Er möchte auch gar nicht ins Krankenhaus. Wahrscheinlich ist es nur eine harmlose Beule, trotzdem war er kurz benommen, deshalb muss jemand draufschauen«, sagte Beeke. »Ich wollte nur Bescheid sagen, dass es bei mir später werden kann. Keine Ahnung, wie lange wir im Krankenhaus warten müssen. Du wirst wohl eine Weile auf meine Gesellschaft verzichten müssen. Aber Kristan ist ja da, oder?«

Leni verdrehte die Augen. »Ich kann dein Grinsen durch das Telefon hören.«

»Das bildest du dir bloß ein.« Beeke lachte.

»Na gut. Ich drücke Bruno die Daumen, dass es nur eine kleine Beule ist. Melde dich doch später noch mal.«

»Das werde ich. Bis nachher!«

»Bis dann!« Leni beendete das Gespräch.

Sie wollte das Smartphone gerade weglegen, da schrieb sie doch noch kurz eine Nachricht an Kristan.

Beeke hat sich gerade bei mir gemeldet. Sie kommt später zur Party. Ihr Sohn ist gegen eine Tür gelaufen.

Seine Antwort folgte prompt.

Autsch! Ist mir als Kind auch öfters passiert. Meine Eltern wollten mir deswegen damals eine Brille verpassen.

Leni durchforstete ihr Gedächtnis, konnte sich aber nicht daran erinnern, Kristan je mit Sehhilfe gesehen zu haben.

Ich kenne dich nur ohne Brille.

Hatte ja auch nie eine. Ich bin übrigens auch noch unterwegs.

Wo bist du denn?

Mein Navi sagt, dass ich im Elbtunnel im Stau stehe.

Hatte er ihr erzählt, dass er noch einmal nach Hamburg fahren wollte? Leni wunderte sich.

Oha! Das kann dauern, bis du da durch bist. Wolltest du nicht eigentlich in St. Peter bleiben?

Wollte ich, ja. Heute früh ist mir dann aufgefallen, dass ich keine passenden Klamotten für die Beerdigung dabeihabe. Deswegen bin ich zu meiner Wohnung und habe einen dunklen Anzug und eine Krawatte geholt. Und jetzt stehe ich mit halb Hamburg im Stau.

Ich drücke dir die Daumen, dass du bald freie Fahrt hast!

Zum Ausbüxen mit dir werde ich rechtzeitig da sein. Versprochen!

Leni antwortete mit einem Smiley und ließ das Handy sinken. Seit dem Abendessen in Friedrichstadt und ihrem kurzen Abschiedskuss hatten sie keine Gelegenheit mehr gehabt, ungestört zusammen zu sein. Das Gespräch im Garten zählte nur halb, weil sie von ihrer Mutter unterbrochen worden waren. Aber heute Abend würden sie vielleicht einen ungestörten Moment haben.

Mit einem Lächeln auf den Lippen verließ sie das Zimmer und stieg die Treppe ins Erdgeschoss hinab. Dabei hörte sie die Stimmen ihrer Oma und ihrer Eltern. Vor der Küche blieb Leni stehen und lauschte einfach still dem Klang der vertrauten Stimmen. Es war schön, dass sie alle zusammen waren. Zum großen Glück fehlte nur Opa Freder. Doch ihn trug sie ohnehin tief in ihrem Herzen.

»Es schmeckt, als hätten Freder und Delf zusammen am Herd gestanden.« Oma Elga tauchte ihren Löffel wieder in die Suppe.

Ine Bötte fasste sich mit einer Hand ans Herz. »Dass du das sagst!« Ihre Augen schimmerten verdächtig. »Das Rezept habe ich in einer alten Zigarrenkiste entdeckt. Ein paar alte Münzen und Rabattmarken lagen auch darin. Ich hätte die Kiste fast nicht bemerkt, dann ist sie mir aus unerklärlichen Gründen vor die Füße gefallen. Da war Delf gerade mal ein paar Stunden tot.« Sie blinzelte und senkte den Blick.

Oma Elga nickte. »So was kenne ich.«

»Das war ein Zeichen von ihm, Mutti.« Ulrike griff nach der Hand ihrer Mutter.

Lenis Eltern waren sichtlich ergriffen, und auch Kristans Vater wirkte emotional berührt, als sie alle vom Essen aufsahen und stumm Blicke wechselten. Jeder hatte einen Teller dampfender Suppe vor sich. In der Mitte des Tischs stand ein Korb mit frischem Brot und eine Butterdose.

»Und der Punsch hat auch die gewohnten Umdrehungen«, unterbrach Kristan die rührselige Stimmung und erntete erleichterte Lacher.

Leni warf ihm einen dankbaren Blick zu.

»Das freut deinen Opa bestimmt, wenn er es hören sollte.« Ine Bötte blickte hoch zur Zimmerdecke. »Und unseren früheren Wellensittich Hansi. Der durfte nämlich immer vorkosten, als er noch gelebt hat.«

»Jetzt verstehe ich auch, warum der gute Hansi stolze zwölf Jahre alt geworden ist.« Kristan schaute aufmerksam in sein Glas, bevor er es hob und in die Runde prostete. »Der Alkohol hat den kleinen Kerl konserviert.«

Wieder hatte er die Lacher auf seiner Seite.

»Schlau war der kleine Piepmatz noch dazu. Er war ein richtiges Sprachtalent, kannte all unsere Namen und wusste auch, wann er Guten Morgen, Guten Tag oder Gute Nacht sagen musste«, erinnerte sich seine Mutter und aß einen Löffel Suppe.

»Am liebsten hat er den ganzen Tag auf Delfs Schulter gehockt und ihm bei seinen Bastelarbeiten zugeschaut«, erzählte Ine Bötte. »Hansi war schon ein besonderer Vogel.«

»Deswegen hat er so gut zu Opa gepasst«, schlussfolgerte Kristan und trank sein Glas leer. »Möchte noch jemand Punsch?«

Er erhob sich und schaute in die Runde. »Du, Papa?«

»Ist gleich neun durch. Da darf man schon ein Gläschen heben.« Er nickte seinem Sohn lächelnd zu.

»Ich hätte auch gern eins«, meldete sich Lenis Vater.

»Kommt sofort.«

»Warte, ich helfe dir.« Leni legte ihre Serviette neben den Teller und stand auf.

Als die Küchentür hinter ihnen geschlossen war, atmete Leni auf. »Was war ich froh, als du die trübsinnige Stimmung durchbrochen hast. Ich dachte schon, gleich kullern die ersten Tränen.«

»Ja, ging mir auch so.« Kristan griff nach einem Glas und füllte mit einer Kelle etwas Punsch hinein. »Bei meiner Oma und bei meiner Mutter hat nicht mehr viel gefehlt. Dann wäre die Stimmung dahin gewesen.«

Leni seufzte. »Wer könnte es ihnen verdenken? Es sind erst ein paar Tage vergangen, seit … Du weißt schon.« Leni reichte ihm ein weiteres Glas.

»Ja, stimmt. Trotzdem hätte mein Opa es nicht gut gefunden, wenn sich alle heulend in den Armen gelegen hätten. Silvester war immer sein Abend. Der Abend des Jahres, darauf hat er sich jedes Mal ganz besonders gefreut. Das schönste Geschenk, was wir ihm machen können, ist, wenn wir heute extrem viel Spaß haben.« Kristan hob sein Glas. »Und damit sollten wir gleich beginnen.«

»Also gut.« Leni nahm sich eins der gefüllten Gläser. »Worauf trinken wir? Auf deinen Opa?«

»Natürlich. Auf Opa Delf und das womöglich tollste Silvester seit mindestens dreiundzwanzig Jahren.«

»Nur womöglich?«, fragte Leni gespielt entsetzt.

Er hob den Zeigefinger. »Ich korrigiere mich. Das auf jeden Fall genialste und hypergalaktisch einmaligste Silvester seit mindestens dreiundzwanzig Jahren.«

»Mindestens!«

»Und iss dich nicht ganz satt an der Suppe. Ich habe nachher noch eine Überraschung«, kündigte er geheimnisvoll an.

»Hast du etwa gekocht?«, fragte Leni keck.

Prompt rollte er mit den Augen und lachte. »Das würde ich dir nie antun.«

Als sie miteinander anstießen, blickte er ihr einige Sekunden länger in die Augen, als üblich gewesen wäre. Und auch sie wandte den Blick nicht ab. Leni spürte die Wärme des Alkohols in ihrem Bauch und schob das Prickeln, das ihr durch den Körper rieselte, darauf.

Kapitel 12

Es war kurz nach 22 Uhr, als das Taxi am Maleens Knoll hielt. Der Fahrer blickte über seine Schulter in den Fahrgastraum. »Das macht 15,60.«

»Hier, stimmt so.« Kristan drückte ihm 30 Euro in die Hand. »Dafür, dass Sie sich die Silvesternacht um die Ohren schlagen«, fügte er hinzu.

»Mit Schmerzensgeld-Zulage«, entgegnete der Fahrer lachend. »Das nehme ich gerne an. Vielen Dank!«

»Ihnen einen guten Rutsch und eine angenehme Schicht«, wünschte Leni und öffnete die Autotür.

Sie hielt ihr Handy in der Hand und tippte eine Nachricht. »Beeke macht sich gleich auch auf den Weg. Sie musste fast vier Stunden warten, bis sie mit Bruno endlich bei einem Arzt gelandet ist. Sie meint, wir sollen uns vor *GOSCH* treffen.«

»Das passt gut, da wollte ich sowieso mit dir hin.« Kristan hielt eine Thermoskanne in der Hand, in die seine Oma heißen Silvesterpunsch gefüllt hatte, damit ihnen auf der Promenade nicht kalt wurde.

»Ach ja?«, fragte Leni.

Seine Augen glänzten dunkel, als er nickte. »Stichwort Silvestersuppe.«

»Dann schreibe ich Beeke, dass wir gleich da sind. Was immer du auch wieder ausgeheckt hast.«

»Sie kann sich ja auch melden, wenn sie auf der Promenade angekommen ist.«

Nachdem Leni die Nachricht an Beeke verschickt hatte, steckte sie das Handy zurück in ihre Jackentasche und schaute den Weg zur Promenade hoch. »Es sind ganz schön viele Leute unterwegs.«

Wie selbstverständlich zog Kristan Leni mit sich. »Komm! Denen schließen wir uns jetzt an!«

»Mit dem größten Vergnügen!« Leni war froh über die vertraute Geste und genoss es, den sanften Druck seiner starken Hand zu spüren.

Auf der Erlebnispromenade fand ein bunter Bühnenzauber statt. Etliche Büdchen boten verschiedene kulinarische Genüsse an, Stände mit heißen sowie kalten Getränken säumten den Weg bis zur Seebrücke. Leni wurde bewusst, dass die allgemeine Vorfreude auf den besonderen Moment auf sie übersprang. Auf der Bühne legte ein DJ Silvesterklassiker auf. Über den Promenadenplatz schallte gerade der Hit *1999* von Prince.

Als sie vor dem Fischrestaurant ankamen, zeigte Leni auf einen Aushang, auf dem eine All-inclusive-Silvesterparty mit Essen à la carte, Mitternachtssnack und Live-Musik angekündigt wurde. »Das war's dann wohl mit *GOSCH*. Heute Abend ist hier geschlossene Gesellschaft. Schade!«

»Das ist gar nicht schade, denn …« Grinsend zog er etwas aus einer Jackentasche. »… ich habe noch drei Tickets für uns ergattert.«

»Das ist ja großartig!« Leni griff begeistert nach einer der Eintrittskarten. »Und warum schleppst du dann die Thermoskanne deiner Oma mit dir rum?«

Seine Augen funkelten amüsiert. »Zum einen als Tarnung für meine Überraschung, damit du keinen Verdacht schöpfst. Und zum anderen, damit ich um Mitternacht standesgemäß auf Opa Delf anstoßen kann. Das geht schließlich nur mit seinem Silvesterpunsch.« Er zuckte die Schultern.

Leni konnte nicht anders, als sein charmantes Lächeln zu erwidern. »Verstehe. Die Überraschung ist dir auf jeden Fall gelungen!«

»Dann lass uns reingehen.« Er legte ihr die Hand auf den Oberarm. »Oder willst du draußen warten, bis Beeke kommt?«

»Nicht unbedingt.« Leni zog die Nase kraus. »Ist doch ein bisschen kühl und windig hier. Außerdem habe ich wirklich kaum etwas von der Suppe gegessen, und das Mittagessen ist auch ausgefallen …«

»Dann nichts wie rein ins Getümmel. Nach Ihnen, Madam.« Kristan hielt die Tür für sie auf und deutete eine Verbeugung an.

Das Restaurant war brechend voll mit Gästen, die sich dicht an dicht drängten. Auf einer kleinen Bühne spielte eine Band den Oldie *Living Next Door to Alice* von Smokie, davor tanzten Männer und Frauen. Die Leute sangen und klatschten ausgelassen. Kristan zeigte einem Mitarbeiter des Restaurants ihre Tickets, woraufhin sie zu ihrem reservierten Tisch geführt wurden. Der Kellner reichte ihnen die Speisekarten mit der Übersicht über die Silvestergerichte.

»Das ist ein richtig guter Platz!«, rief Leni über die Musik hinweg, nachdem sie sich gesetzt hatten. »Von hier aus habe ich den Eingang im Blick und kann sehen, wenn Beeke kommt.«

»Dann ist das dreiblättrige Kleeblatt endlich wieder vereint.« Kristan zwinkerte ihr zu und widmete sich dann der Speisekarte. »Wer hätte das gedacht. Nach all den Jahren!«

Eine gute Viertelstunde später entdeckte Leni ihre Freundin vor dem Restaurant. Kristan eilte sofort zum Eingang, wo er Beeke ein Ticket in die Hand drückte. Lächelnd beobachtete Leni, wie sie sich begrüßten und dann durch die Menschenmenge in ihre Richtung schoben. Bei einem Grüppchen blieben sie unvermittelt stehen. Plötzlich strahlte Kristan über das ganze Gesicht und begrüßte überschwänglich einen Mann, den Leni nicht erkannte. Kurz darauf umarmte der Fremde auch Beeke.

Leni wartete darauf, dass sie zu ihr kamen, doch beide blieben dort stehen und unterhielten sich. Schließlich stand sie auf und gesellte sich zu ihnen. Sie tippte Kristan an den Arm und warf ihm einen vorwurfsvollen Blick zu, obwohl sie dabei lächelte. »Habt ihr mich etwa vergessen?«

Auf die Kritik reagierte er lediglich, indem er kurz die Augenbrauen hochzog. Dann legte er ihr den Arm um die Schultern. »Leni, kannst du dich noch an meinen Strandsegelkumpel Paul erinnern?« Er deutete auf den Mann, mit dem er sich unterhalten hatte.

Leni war kurz peinlich berührt, fing sich jedoch schnell. »Aber ja, natürlich! Mensch, Paul, ich hätte dich auf den ersten Blick nicht erkannt!« Sie schüttelte ihm die Hand.

»Die Haare sind weniger geworden, der Bart dafür länger«, scherzte Paul. »Aber du hast dich kaum verändert, Leni! Genau wie Beeke.«

»Und du bist so charmant wie eh und je.« Leni lachte Paul und Beeke an und erntete breites Grinsen.

»Ich bemühe mich.«

»Nicht zu fassen, sich nach so langer Zeit hier zufällig zu treffen. Warst du damals nicht am Nordseeinternat?«

Er nickte. »Allerdings. Und nach dem Abitur habe ich meinen Zivildienst in der Strandklinik gemacht. Danach war ich ein paar Jahre zum Studieren weg, bin schließlich aber wieder hergezogen. Woanders ist das mit dem Strandsegeln nicht so einfach.« Er zwinkerte ihr zu und kratzte sich am Bart.

»Dass wir uns vorher nicht über den Weg gelaufen sind. Schließlich bin ich auch schon eine Weile wieder hier«, merkte Beeke an und betrachtete Paul freundlich.

»Unser Wiedersehen müssen wir definitiv feiern«, verkündete Kristan fröhlich. »Was haltet ihr von einer Runde Prickelwasser?«

»Für mich lieber ein Aperol Spritz«, bat Beeke.

»Für mich auch«, stimmte Leni zu.

»Ich nehme ein Bier. Sekt bekommt meinem Magen nicht so gut.« Paul strich sich über den Bauch und verzog kurz das Gesicht.

»Also, zwei Aperol Spritz und zwei Bier«, fasste Kristan zusammen. »Paul, kommst du mit und hilfst mir beim Tragen?«

Im nächsten Moment waren die beiden Männer bereits in der Menge verschwunden.

»Wie geht es denn überhaupt Bruno?«, erkundigte Leni sich besorgt und betrachtete ihre Freundin.

Beeke antwortete nicht, sondern blickte Kristan und Paul hinterher, die nun am Tresen angekommen waren.

»Erde an Beeke! Ich habe dich etwas gefragt!« Leni fuchtelte mit der Hand vor Beekes Augen herum.

Ihre Freundin blinzelte und schob sich eine Haarsträhne hinters Ohr. »Ach, entschuldige bitte. Ich war gerade mit meinen Gedanken ganz woanders.«

»Das habe ich gemerkt«, stellte Leni fest und grinste sie an. »Du scheinst dich ja richtig zu freuen, Paul wiederzutreffen.«

»Paul *und* Kristan«, betonte Beeke. »Sah Paul früher eigentlich schon so gut aus?« Sie blickte erneut zur Theke, wo die Männer auf die Getränke warteten.

Leni musste grinsen. »Ich dachte, du hast der Männerwelt abgeschworen?«

»Habe ich ja auch. Aber Paul ist doch Paul, den kennen wir ewig. Er ist ja nicht wie andere Männer«, erklärte Beeke und zwinkerte ihr zu.

»Na dann.« Leni musste schmunzeln.

»Was hast du mich vorhin gefragt?«, hakte Beeke nun nach.

»Ich wollte wissen, wie es Bruno geht.«

Sofort wurde ihre Miene weicher. »So weit ganz gut. Er hat glücklicherweise keine Gehirnerschütterung.«

»Gott sei Dank!«

»Aber dafür hat er eine sehr schmerzhafte Beule, die keiner anfassen darf«, fuhr sie fort. »Der Arzt hatte es nicht leicht beim Untersuchen und musste einige Tricks anwenden, bevor mein Sohn ihm erlaubt hat, sich die Stelle anzusehen.«

»So schnell wird Bruno bestimmt gegen keine Tür mehr laufen«, vermutete Leni.

Beeke strich sich abermals eine Haarsträhne hinters Ohr. »Ich hoffe es! Er ist ziemlich unerschrocken, und schmerzhafte Erlebnisse vergisst er meistens schnell.«

Als Kristan und Paul mit den Getränken zurückkehrten, stießen sie zu viert auf das unverhoffte Wiedersehen an, nahmen an ihrem Tisch Platz und bestellten etwas zu essen.

Während um sie herum gefeiert und getanzt wurde, beobachtete Leni die Mienen ihrer alten Freunde. Sie waren alle älter geworden, und doch stimmte die Chemie zwischen ihnen wie früher. Leni genoss die fröhliche Zeit und fühlte sich wie damals als unbeschwerter Teenager. Ihr altes Leben mit Armin schien Lichtjahre entfernt zu sein.

Um kurz vor Mitternacht zog es alle Gäste nach draußen. Kristan nahm seine Thermoskanne mit Opa Delfs Silvesterpunsch mit. Zuvor hatte er sich im Restaurant Tassen ausgeliehen.

Gemeinsam mit weiteren Freunden von Paul gingen sie auf den Promenadeplatz, von wo aus das große Höhenfeuerwerk am besten zu beobachten war. Dort entdeckte Beeke auch ihre Freunde, denen sie mitgeteilt hatte, dass sie unverhofft eine Einladung zur Silvesterparty im Fischrestaurant bekommen hatte. »Ich gehe mal eben rüber und sage Hallo. Wir sehen uns spätestens im neuen Jahr«, sagte sie heiter und verschwand im Getümmel.

»Wir wollen etwas näher an die Absperrung«, meinte Paul. »Dort kann man die Pyroshow noch besser sehen und filmen.«

»Sollen wir auch?«, fragte Kristan Leni, als er dicht neben ihr stand.

Sie nickte. »Von mir aus.«

Während sie sich durch die Menge einen Weg bahnten, mussten sie immer wieder stehen bleiben. Da Kristan vorausging, vergrößerte sich der Abstand zwischen ihnen, doch Leni machte sich keine Sorgen. Spätestens an der Absperrung würden sie sich wiedertreffen.

Drei Frauen, die mit dem Rücken zu ihr standen und gemeinsame Selfies machten, versperrten Leni den Weg. Sie wollte nicht unhöflich sein und beschloss deshalb, zu warten und die Szene zu beobachten. Die drei ließen sich Zeit, lichteten sich von allen möglichen Seiten mehrmals ab, machten Kussmünder und amüsierten sich prächtig. Derweil wurde die Musik von der Bühne immer lauter. Dann verkündete der DJ mit einem Mal durchs Mikrofon, dass nur noch fünf Minuten bis Mitternacht blieben.

Lenis Finger fühlten sich eisig an. Sie hatte keine Handschuhe dabei, deswegen vergrub sie sie in ihren Jackentaschen. Dabei bemerkte sie ihr Smartphone, es vibrierte zweimal hintereinander. Leni lächelte. Es waren jedes Jahr dieselben, die um kurz vor Mitternacht bereits Neujahrsgrüße schickten. Karla befürchtete immer, dass pünktlich um 24 Uhr sämtliche Handynetze zusammenbrachen. Die andere Nachricht kam meist von ihren Eltern.

Die Frauen vor ihr waren immer noch nicht fertig. Deswegen nahm Leni das Handy aus der Tasche, um auf Karlas Nachricht zu antworten.

Überrascht klickte sie auf das Video, das sie erhalten hatte. Schneebedeckte Berge und Pisten erschienen auf dem Display, die das Sonnenlicht reflektierten. Ihr Blick ging hoch zum Profilbild und dem Namen des Absenders. Armin!

Leni schaute wieder auf das Video, wo nun jemand die eigene rasante Abfahrt filmte. Als die Fahrt im Tal stoppte, kam Armins Gesicht in die Kamera. Er schob lachend die Snowboardbrille nach oben und sagte etwas, was Leni aufgrund der lauten Musik um sie herum nicht verstand. Ihre Aufmerksamkeit galt deshalb ganz seiner Gestik und Mimik.

Ihm schien es gut zu gehen. Er strahlte regelrecht, war unübersehbar ganz in seinem Element. Unter dem Video entdeckte sie dann seine Nachricht.

Hi, Leni!
Ich wollte mich wenigstens noch einmal in diesem so verkorksten Jahr bei dir melden. Na ja, vielleicht muss manchmal erst was ganz Schlimmes passieren, damit es danach umso besser weitergeht.
Alles Gute fürs neue Jahr!
Armin

Endlich waren die Frauen mit dem Fotografieren fertig. Leni blieb dennoch stehen und las Armins Nachricht ein zweites Mal.

Besonders den vorletzten Satz fand sie bemerkenswert. Anscheinend hatte Armin ihr verziehen! Damit hatte sie nicht mehr gerechnet. Denn wer konnte schon jemandem vergeben, der aus purer Schusseligkeit seine vier Wände in Brand gesteckt und damit eine Lebensgrundlage zerstört hatte?

Noch mehr erstaunten Leni jedoch die nächsten Worte, die sie sofort unterschrieben hätte. Aus der absoluten Katastrophe hatte sich eine völlig neue Perspektive ergeben, und ungeahnte Möglichkeiten hatten sich aufgetan. Leni musste zugeben, dass sie auch schon daran gedacht hatte, was alles niemals geschehen wäre, hätte sie die brennende Kerze am Adventskranz nicht vergessen.

Sie hätte Kristan nicht wiedergetroffen und wohl nie erfahren, was der wahre Grund für ihren Kontaktabbruch damals gewesen war. Der Gedanke war ihr bisher allerdings sehr egoistisch erschienen, schließlich hatte sie Armin unermesslichen Schaden zugefügt. Und er schien nun etwas Positives daran zu finden.

Vielleicht würde doch noch alles wieder gut werden.

Leni schaute genau in dem Moment vom Handy auf, als der DJ zum Countdown der letzten 60 Sekunden des Jahres ansetzte. Geschickt manövrierte sie sich an den Grüppchen vor ihr vorbei und erreichte schließlich die Absperrung.

»Wir dachten schon, du bist verschüttgegangen«, empfing Kristan sie und wirkte froh, sie zu sehen.

»Mir standen bloß ein paar Leute im Weg.«

»Hier. Für gleich.« Mit ruhiger Hand drückte er ihr eine Tasse Punsch in die Hand.

Paul hielt ebenfalls eine gefüllte Tasse in Händen und lächelte in die Runde. »Jetzt fehlt nur noch Beeke.«

»Zehn, neun, acht …«, zählte die Menschenmenge.

»Sie wird schon wieder auftauchen!«, rief Leni.

Kristan nickte.

»Vier, drei, zwei …«

Mit einem lauten Knall schossen Raketen in die Luft und überzogen den schwarzen Himmel mit spektakulären Leuchtgebilden. Ein Raunen ging durch die Menschenmenge, und Leni ließ sich von der feierlichen Stimmung davontragen.

»Frohes neues Jahr.« Kristan hielt ihr seine Tasse entgegen.

»Frohes neues Jahr. Auf deinen Opa!« Sie stieß mit ihm an und trank einen Schluck Silvesterpunsch.

»Alles Gute fürs neue Jahr!« Schon umarmte Paul sie.

»Dir auch!« Lächelnd erwiderte sie seine Umarmung.

»Und wer drückt mich?«, fragte Kristan zerknirscht, lachte dabei aber.

»Komm her!« Leni breitete ihre Arme aus.

Kristan presste sie sanft an sich. »Auf das beste Jahr seit mindestens 23 Jahren.«

»Mindestens«, stimmte sie zu und berührte dabei beinah sein Ohr.

Als sie in sein Gesicht blickte, strahlte er regelrecht. Sie fühlte, wie ihr Herz schneller schlug, während er mit den

Fingern seitlich über ihr Gesicht strich. Über ihnen knallte ein Farbgewitter, das von der Komposition *Los Toreadores* aus der Oper *Carmen* begleitet wurde.

»Das habe ich mir die letzten 23 Silvester gewünscht. Mindestens.« Er legte seine Hand in ihren Nacken.

Leni holte Luft, um etwas zu erwidern. Sie mussten doch noch einmal über alles reden, bevor sie … Doch ein Blick in seine Augen genügte, und das Gespräch erübrigte sich. Es gab nur noch Kristan und sie.

»Ich habe 23 Jahre versucht, dich zu vergessen«, fuhr er fort. »Mindestens.«

Leni blieb keine Zeit zu antworten. Schon spürte sie seine warmen Lippen auf ihren und genoss das Knistern, das seine Berührung in ihr auslöste. Sie wollte ihre Gefühle für Kristan nicht mehr zurückhalten. Es fühlte sich so richtig an. Es war, als käme sie nach einer langen Reise endlich wieder nach Hause.

Kapitel 13

Ihre Hand kribbelte. Leni schlug die Augen auf und schloss sie gleich wieder. Das Tageslicht blendete sie wie direktes Scheinwerferlicht. Außerdem spürte sie einen dumpfen Kopfschmerz, der sie an die Silvesterparty erinnerte.

Vorsichtig öffnete sie die Augen abermals, dieses Mal nur halb. Ihr Blick glitt zu ihrer Hand, in der sie ihr Telefon hielt, das sie auf Vibrationsalarm gestellt hatte. Es blinkte. Vermutlich hatte sie weitere Neujahrsgrüße bekommen.

Glücklich lächelnd dachte sie an den vergangenen Abend zurück. Spät war es geworden. Nach dem Feuerwerk hatte Beeke sich wieder zu ihnen gesellt. Dann waren sie in eine Hotelbar gegangen und hatten Cocktails getrunken. Leni konnte sich nicht daran erinnern, wer ihre Getränke bezahlt hatte, war sich aber sicher, dass sie es nicht gewesen war. Was sie dagegen noch sehr genau wusste: Kristan hatte sie zum Haus ihrer Großmutter gebracht und sie zum Abschied geküsst. Wieder geküsst! Bei der Erinnerung lächelte sie selig und schloss die Augen, um die Gefühle heraufzubeschwören, die sie bei Kristans Berührung überkommen hatten.

Wieder vibrierte ihr Handy. Seufzend zog sie es ans Gesicht und schaute auf das Display. Beeke rief an.

»Guten Morgen, Beeke«, grüßte sie schläfrig, nachdem sie auf das grüne Symbol zum Gesprächannehmen getippt hatte.

Ihre Freundin lachte. »Guten Morgen? Hast du mal auf die Uhr geguckt? Es ist schon Mittag, früher Nachmittag könnte man fast sagen.«

»So spät schon?« Langsam richtete Leni sich auf und fasste sich an den schmerzenden Hinterkopf. »Ich fürchte, meine innere Uhr ist durch die Silvesterparty etwas aus dem Takt geraten.«

»Du hörst dich nicht wirklich fit an«, stellte Beeke amüsiert fest.

»Nein, ich habe ein bisschen Kopfschmerzen.«

Schallend lachte ihre Freundin auf. »Kein Wunder! Die hätte ich auch, wenn ich so viel durcheinandergetrunken hätte wie du.«

»Hab ich das?«

»Hast du!«

»Ich weiß das gar nicht mehr so genau«, gab Leni zu.

»Wie dem auch sei. Ich wollte dich fragen, ob du schon gegessen, also gefrühstückt hast.«

»Nein, sorry. Ich liege noch im Bett.« Leni rieb sich die Augen und kreuzte die Beine.

Beeke lachte wieder. »Ich weiß, wo man gut brunchen kann. Hast du Lust?«

»Lust schon, aber hast du denn frei?«

»Ich habe fünf Tage Resturlaub genommen. Und Bruno ist bis heute Abend bei meinen Eltern. Also, was ist?«

Die Idee gefiel ihr durchaus. »Von mir aus gerne.«

»Gut, ich hole dich in einer Stunde ab.«

»Dann mache ich mich mal schnell fertig. Bis gleich!«

Nachdem sie das Telefonat beendet hatte, las Leni trotzdem zuerst die eingegangenen Nachrichten und beantwortete sie. Für einen Moment wurde ihr heiß und kalt, als sie sah, dass sie Armin letzte Nacht tatsächlich zurückgeschrieben hatte.

Erleichtert stellte sie dann fest, dass sie ihm lediglich ein kurzes Video vom gestrigen Feuerwerk geschickt hatte. Schnell schrieb sie nun noch ein paar unverfängliche Neujahrsgrüße, damit es nicht zu merkwürdig aussah.

Von Kristan war keine Nachricht dabei. Leni schüttelte amüsiert den Kopf. Sie wusste, dass er schon immer ein Langschläfer gewesen war. Bestimmt lag er ebenfalls noch im Bett.

Nachdem sie sich gewaschen und angezogen hatte, warf Leni einen Blick aus dem Fenster. Ein ordentlicher Sturm war aufgezogen. Der Wind fegte durch Oma Elgas Garten und verlangte den Ästen in den Baumkronen einiges ab. Hätten die Bäume nicht längst ihre Blätter abgeworfen, hätten die Naturgewalten sie ihnen jetzt genommen und sie durch die Luft gewirbelt.

Leni atmete tief durch und griff zu einem Schal, den sie über eine Stuhllehne gehängt hatte. Kurz darauf lief sie die Treppe hinunter ins Erdgeschoss.

Als sie die gemütliche Küche betrat, zeigte die Wanduhr

bereits Viertel nach eins. Ihre Eltern und Oma Elga saßen am Küchentisch. Keiner von ihnen schien ihr Erscheinen zu registrieren.

»Guten Morgen und ein frohes neues Jahr allerseits!«, rief sie deshalb betont heiter.

Ihre Großmutter blickte auf. »Für dich auch, Leni«, antwortete sie mit ungewöhnlich ernster Miene.

Ihre Eltern wirkten genauso angespannt, rangen sich aber ein Lächeln ab.

Leni setzte sich zu ihnen. »Was ist denn hier los? Ihr guckt ja, als wäre jemand gestorben.« Sofort bereute sie die Anmerkung, doch die anderen schienen von der Taktlosigkeit keinerlei Notiz zu nehmen.

»Deine Mutter will mich von wildfremden Menschen kontrollieren lassen«, platzte es vorwurfsvoll aus Oma Elga heraus.

»Ach, Mutti! Jetzt dramatisiere es doch nicht so. Es wäre lediglich eine Hilfe für dich.«

»Ich will so eine Hilfe nicht, und das weißt du ganz genau!« Oma Elga verschränkte die Arme vor dem Oberkörper.

»Was für eine Hilfe denn?«, hakte Leni nach. »Eine Putzfrau?«

»Wir wollen für Oma einen Pflegedienst beauftragen, der einmal am Tag nach dem Rechten sieht«, schaltete sich Lenis Vater ein und hob so die Augenbrauen, wie er es sonst tat, wenn er einen Zeitungskommentar las, den er nicht teilte.

»Ja, genau! *Ihr* wollt das!« Oma Elga schlug mit der Faust auf den Küchentisch.

Beschwichtigend hob Lenis Mutter die Hände. »Reg dich nicht auf, Mutti. Es ist ja alles nur zum Besten für dich. Und noch ist nichts entschieden.«

»Ich werde niemanden von denen in mein Haus lassen«, schwor ihre Großmutter mit erhobenem Zeigefinder. »Und damit ist das Thema für mich erledigt.« Schwungvoll schob sie den Stuhl zurück und ging resolut in die Diele.

Leni und ihre Mutter wechselten nur einen kurzen Blick, bevor sie ihr folgten.

»Wo willst du denn jetzt hin?«, fragte Lenis Mutter argwöhnisch.

Oma Elga hatte bereits ihren Wintermantel angezogen und setzte sich eine Wollmütze auf. »Ich bin mit Ine zum Neujahrssingen in der St. Peter-Kirche verabredet, wenn ihr gestattet.« Damit band sie sich noch einen Schal um und verließ ohne ein weiteres Wort das Haus.

»Puh! Oma ist ziemlich sauer«, sagte Leni, nachdem die Tür geräuschvoll ins Schloss gefallen war.

»Dabei will ich ihr doch nur helfen«, antwortete ihre Mutter verzweifelt und ließ die Hände sinken. »Ich will doch nur, dass sie nicht ganz allein auf sich gestellt ist. Sie soll sich nicht mehr so abmühen in ihrem Alter.«

Leni warf ihrer Mutter ein schwaches Lächeln zu. »Ich weiß, du meinst es gut, aber Oma ist alles andere als überzeugt.«

Unglücklich seufzte ihre Mutter auf. »Ein Streit mit ihr ist wirklich das Letzte, was ich möchte.«

Lenis Vater betrat die Diele und kam zu ihnen. »Das ist dann ja wohl gründlich danebengegangen.«

Leni legte ihrer Mutter eine Hand auf die Schulter. »Mach dir keine Sorgen, Mutti. Oma wird sich bestimmt wieder beruhigen. Außerdem bleibe ich ja noch eine Weile in St. Peter-Ording. So lange ich hier bin, behalte ich sie im Auge und kann ihr auch helfen. Versprochen!«

»Na ja.« Ihre Mutter zuckte mit den Achseln, wirkte jedoch tatsächlich ein wenig beruhigt. »Vielleicht findet sich in den nächsten Tagen doch noch eine andere Lösung. Mir wäre wirklich wohler, wenn ich wüsste, dass regelmäßig jemand nach ihr schaut.«

»Wer weiß, eventuell sieht Oma es noch ein, dass etwas Hilfe nicht schadet.«

Ihr Vater lachte. »Sprechen wir von derselben Frau? Soweit ich mich erinnere, hat sie bisher immer ihren Kopf durchgesetzt.«

»Wir werden sehen, wie sich die Dinge entwickeln.« Lenis Mutter rang sich ein Lächeln ab und strich Leni fürsorglich über die Wange. »Du hast doch bestimmt Hunger. Soll ich dir ein Rührei zum Frühstück machen?«

Leni tat es leid, dass sie ablehnen musste. »Nein danke. Ich bin mit Beeke zum Brunch verabredet. Sie kommt mich gleich abholen.«

»Ach, wie schön. Es ist gut, wenn man Freundschaften pflegt. Ich wollte mich später auch mit Ulrike treffen. Wir müssen mal wieder ausgiebig quasseln.«

»Ich glaube, da ist Beeke schon.« Aus dem Augenwinkel nahm Leni eine Bewegung draußen wahr, blickte durch das kleine Fenster neben der Tür und sah, wie ihre Freundin aus einem Auto stieg.

Eilig nahm sie ihre Jacke von der Garderobe und schlüpfte schnell in ihre warmen Stiefel. »Bis später! Und macht euch keine allzu großen Sorgen um Oma. Ich werde mal Beeke um Rat fragen. Als Ärztin hat sie vielleicht eine Idee.«

Leni trank den letzten Schluck ihrer heißen Schokolade und stellte die Porzellantasse mit dem Schriftzug *St. Peter-Ordinger Pott* auf den Tisch. Sie waren in einem Hotelrestaurant in der Nähe der Seebrücke zum Brunch eingekehrt. »Jedenfalls hängt nun der Haussegen gründlich schief. Oma war richtig wütend. So kenne ich sie gar nicht.«

Beeke aß einen Bissen Rollmops, bevor sie antwortete. »Nun, ich kann die Reaktion deiner Großmutter verstehen.«

Erstaunt sah Leni ihre Freundin an. »Wirklich?«

Beeke lächelte. »Schau mal, sie war die ganze Zeit über selbstständig, hat ihren Haushalt geführt, sich um sich allein gekümmert, war in der Gemeinde aktiv … Alles war so weit in Ordnung. Und dann kommt plötzlich deine Mutter mit der Idee, einen Pflegedienst zu beauftragen, um die Ecke.«

»Weil sie Angst hat«, erklärte Leni.

»Eben. Weil *sie* Angst hat. Nicht weil es wirklich akuten Handlungsbedarf gibt. Deine Oma hat ihr Leben im Griff, wie wollt ihr da verkaufen, dass sie Hilfe braucht?«

»Hm.« Leni lehnte sich zurück und verschränkte die Arme vor der Brust. »Oma Elga ist nicht mehr die Jüngste, das zumindest ist ihr schon bewusst. Ich weiß auch nicht, ob ich an ihrer Stelle noch den ganzen Haushalt allein führen könnte.«

»Du bist aber nicht sie.« Beeke faltete die Hände auf dem Tisch. »Ich gebe dir mal ein Beispiel, damit du verstehst, was ich meine. Als ich noch in der Münchner Klinik gearbeitet habe, ist mal ein pensionierter Lehrer als Patient zu mir gekommen. Er war nicht nur körperlich angeschlagen, sondern auch geistig nicht mehr topfit. Ich habe damals mit seiner Frau gesprochen und sie zur Gesundheit ihres Mannes befragt.«

Sie strich sich eine Haarsträhne aus dem Gesicht. »Er war Sportlehrer und hat vor seiner Pensionierung sämtliche sportlichen Aktivitäten des Gymnasiums geplant und koordiniert. Darunter fielen AGs, Sportfeste und auch Skifreizeiten. Nachmittags war er oft zum Tennis verabredet, hat im Garten gearbeitet oder ist laufen gegangen. Seine Tage waren voller Termine.«

»Er scheint sehr aktiv gewesen zu sein.«

Beeke nickte. »Auf jeden Fall. Laut seiner Frau hat er immer etwas um die Ohren haben müssen und selbst im Urlaub sein Programm durchgezogen. Doch das änderte sich schlagartig mit der Pensionierung. Plötzlich gab es keine Termine mehr – jedenfalls nicht in der Fülle wie zuvor. Er wurde mit der Zeit vergesslicher und auch gereizter, konnte sich oft Alltägliches nicht mehr merken.«

Sie legte das Besteck auf ihrem Teller ab. »Irgendwann stand er mit vollem Einkaufswagen auf dem Parkplatz eines Supermarkts und konnte sein Auto nicht mehr finden.

Mit zunehmender Vergesslichkeit kamen auch körperliche Einschränkungen hinzu. Starke Bandscheibenvorfälle und ein Meniskusschaden. Die Frau meines Patienten war sicher, dass ihr Mann den Ruhestand nicht verkraftet hatte. Sie machte das plötzliche Ende seiner beruflichen Laufbahn für seinen körperlichen und geistigen Verfall verantwortlich. Und tatsächlich war er dann täglich auf ihre und fremde Hilfe angewiesen.«

Leni runzelte die Stirn. »Du meinst, das könnte auch bei Oma Elga so kommen?«

Beeke nickte ernst. »Als Ärztin ist es meine vorrangige Aufgabe, die Selbstständigkeit meiner Patienten zu erhalten, beziehungsweise sie so weit es geht wieder herzustellen. Dabei spielt natürlich auch die Psyche eine große Rolle. Fühlt sich ein Patient nutzlos, hilflos oder nicht gebraucht, wirkt sich das oft auf den gesamten gesundheitlichen Zustand aus.«

»Oma Elgas Motto war schon immer: Wer rastet, der rostet«, murmelte Leni.

»Damit hat sie recht«, stimmte Beeke zu. »Deswegen würde ich euch raten, deine Oma so selbstständig leben zu lassen, wie es geht. Sollte sie wirklich eines Tages Hilfe benötigen, wird sie sich bestimmt bei euch melden. Und versucht bis dahin, nicht den Teufel an die Wand zu malen. Das Alter allein ist nicht der Hauptindikator dafür, ob jemand seinen Alltag allein regeln kann. Da spielt die persönliche Zufriedenheit eine weitaus größere Rolle, als man gemeinhin annimmt.«

»Klingt einleuchtend«, erwiderte Leni nachdenklich und schlug ein Bein über das andere.

»Wahrscheinlich haben deine Eltern sie mit ihren Plänen komplett überrumpelt. Und mal ehrlich, die Aussicht, dass man plötzlich Fremde braucht, die einem helfen sollen, ist auch nicht sonderlich erbaulich. Das ist höchstens noch ein weiterer Faktor, der die Situation manchmal sogar verschlimmbessern kann.«

»Verstehe.« Leni stocherte mit der Gabel in ihrem Rührei. »Schade, dass meine Mutter das gerade nicht gehört hat.«

»Ich kann jederzeit mit ihr reden«, bot Beeke an und widmete sich einem weiteren Rollmops. »Oft können Familienangehörige die ärztliche Sicht besser annehmen.«

Dankbar lächelte Leni ihre Freundin an. »Ich werde meiner Mutter ausrichten, dass sie sich mal bei dir melden soll … Oh, entschuldige bitte, da will jemand etwas von mir.« Sie griff nach ihrem Handy neben dem Teller, da das Display zu leuchten begonnen hatte.

»Kein Problem. Ich muss sowieso kurz mal meine Nase pudern.« Beeke stand auf und verschwand im hinteren Teil des Restaurants, wo sich die WCs befanden.

Leni öffnete die Nachricht auf ihrem Mobiltelefon und musste grinsen. Kristan hatte einen Chat geöffnet, in dem sie sofort mit ihm Nachrichten auszutauschen begann.

Kris: Moin!

L: Moin! Auch schon wach?

Kris: Gerade eben. Was machst du?

L: Bin brunchen. Mit Beeke.

Kris: Schade!

L: Wieso schade?

Kris: Ich wollte dich fragen, ob du dich mit mir treffen willst.

L: Warum nicht? Später dann?

Kris: Wann?

L: In zwei Stunden? Was hast du denn vor?

Kris: Ich hab Lust auf einen Standspaziergang. Du auch?

L: Bei dem Wetter?

Kris: Wieso? Ist doch bloß ein büsch'n Wind. Also, bis in zwei Stunden am alten Treffpunkt 😊*?*

L: Bis dann!

»Was grinst du denn so?«, fragte Beeke, als sie wieder an ihren Tisch trat.

»Kristan hat mir geschrieben. Er möchte mit mir einen Strandspaziergang machen.«

Beeke schmunzelte wissend und setzte sich wieder. »Ich wusste doch, dass da wieder was geht bei euch!«

Leni zuckte mit den Schultern. »Vielleicht. Er hat mich gestern jedenfalls geküsst.«

»Was? Und das erzählst du mir erst jetzt?«, fragte Beeke vorwurfsvoll und griff zu ihrem Glas Sekt.

Leni kam sich fast wieder wie ein Teenager vor, als sie erzählte: »Zweimal sogar. Einmal um Mitternacht und dann wieder, als wir vor Oma Elgas Haustür standen.«

Beeke verschluckte sich fast und räusperte sich, nachdem sie das Glas abgestellt hatte. »Nicht zu fassen!«

Leni nickte nur stumm.

»Ach, doch nicht deswegen! Ich meine, dass ich es erst jetzt, quasi nebenbei, erfahre, ist nicht zu fassen.«

»Ich habe es dir ja erzählt. Aber die Sache mit Oma war für mich erst mal wichtiger«, erklärte Leni entschuldigend.

»Na dann.« Beeke hob wieder ihre Sektflöte. »Darauf sollten wir anstoßen. Ich freue mich jedenfalls für euch.«

Leni verdrehte die Augen, griff aber dennoch zu ihrem Glas Orangensaft. »Noch ist nichts spruchreif …«

Beeke ließ sich nicht beirren, sondern erklärte feierlich: »Auf dich und Kristan. Was lange währt, wird endlich gut.«

Lachend schüttelte Leni den Kopf, als sie Beeke zuprostete.

Kapitel 14

Lachen empfing sie, als sie die Tür aufschloss. Leni entledigte sich zuerst ihres Schals und hängte eilig ihre warme Jacke an den Haken. Sie horchte. Die vergnügten Stimmen kamen aus dem Wohnzimmer, wo Oma Elga und ihre Eltern offenbar am Esstisch saßen.

Nachdem sie den Raum betreten hatte, sah sie in der Tischmitte Fotoalben, eine kleine Blechkiste stand direkt vor ihrer Großmutter.

Oma Elga nahm ein Foto aus der Kiste und zeigte es ihrer Tochter. »Das war der Geburtstag, an dem du das gelbe Fahrrad bekommen hast. Weißt du noch?«

Lächelnd griff Lenis Mutter nach dem Foto. »Wie könnte ich das jemals vergessen?«

»Es musste unbedingt gelb sein, weil kein anderes Kind in St. Peter-Ording ein gelbes Fahrrad besaß und du es nicht verwechseln wolltest«, erinnerte Oma Elga sich.

Lenis Mutter betrachtete die Aufnahme und nickte. »Die meisten Mädchen hatten rote Räder und die Jungs blaue. Bis auf Ole Mertens, er hatte ein grünes Fahrrad.«

»Du wolltest schon immer jemand Besonderes sein«, schlussfolgerte Lenis Vater schmunzelnd. »Mein Fahrrad war damals silbern. Das habe ich von einem Cousin geerbt.«

Leni schaute ihrer Großmutter über die Schulter und warf einen neugierigen Blick in die Fotokiste.

»Kennst du schon das gelbe Fahrrad deiner Mutter?«, fragte ihr Vater.

Leni ließ sich die Aufnahme reichen und legte den Kopf schräg, während sie das Bild betrachtete. »Aber klar doch! Das stand doch noch im Keller, als ich im Dreirad-Alter war.«

»Stimmt.« Oma Elga nickte. »Dass du dich daran noch erinnern kannst, ist erstaunlich, wenn man bedenkt, wie klein du warst. Opa Freder wollte das Rad unbedingt für dich aufbewahren, weil er meinte, dass es ein gutes Rad zum Üben sei. Aber als du dir dann ein rosa Fahrrad gewünscht hast, musste er eingesehen, dass es nichts werden würde mit seinen Plänen, und hat das gelbe schließlich auf einem Trödelmarkt für ein paar Mark verkauft.«

»Was man nicht alles erfährt.« Ihre Mutter lächelte. »Ich wollte Papa immer fragen, was aus meinem Rad geworden ist.«

Leni legte ihrer Mutter und Großmutter je eine Hand auf die Schultern. »Ihr scheint euch ja wieder vertragen zu haben. Das finde ich gut.«

Oma Elga versteifte sich merklich, als sie antwortete: »Vertragen schon. Allerdings möchte ich noch mal betonen, dass mir keine fremden Leute ins Haus kommen. Ich bin ja wohl weit davon entfernt, ein Pflegefall zu werden. Oder siehst du das anders, Lenchen?«

»Nein, das bist du nicht, Oma, und ich hoffe auch, dass du das niemals sein wirst!«, entgegnete Leni sofort.

»Wie war denn dein Brunch?«, fragte ihre Mutter.

»Lecker und vor allem reichlich.« Was Beeke ihr zu dem Thema Pflege gesagt hatte, wollte sie später erzählen.

»Ulrike und ich machen gleich einen Ausflug nach Tönning«, verkündete ihre Mutter und ließ das alte Foto zurück in die Kiste segeln. »Wir wollen spazieren gehen. Vielleicht setzen wir uns auch in ein Café.«

Oma Elga drückte den Deckel auf die Fotokiste. »Das wird ihr sicher guttun und sie von der bevorstehenden Beerdigung ablenken. Ine hat vorhin erwähnt, dass Ulrike seit Delfs Tod kaum etwas gegessen hat. Und nachts geistert sie durchs Haus und löst in der Küche Kreuzworträtsel, statt zu schlafen.«

Lenis Mutter seufzte. »Die arme Ulrike.«

»Kristans Mutter ist bestimmt froh, dass du ihr beistehst.« Leni ging auf die andere Seite des Tischs und legte die Hände auf die Stuhllehne.

»Und du stehst mir hoffentlich auch gleich bei.« Oma Elga warf Lenis Vater einen Blick zu, der keinen Widerspruch duldete. »Wir müssen noch die Schlafzimmerschränke ausräumen, wenn du morgen mit der Zerlegung der Möbel beginnen willst.«

»Das machen wir gleich«, sagte er und nickte. »Bestimmt sind wir schnell mit dem Ausräumen fertig.«

Lenis Mutter erhob sich und wandte sich an der Wohnzimmertür noch einmal um. »Viel Spaß dabei. Ich mache mich mal für meine Verabredung fertig.«

»Kann ich auch etwas tun?«, fragte Leni und ließ sich von dem Tatendrang um sie herum anstecken.

Oma Elga klatschte fröhlich in die Hände. »Im Keller stehen sechs leere Waschkörbe. Die könntest du schon mal hochholen, damit ich was habe, worin ich meine Kleidung legen kann.«

»Wird sofort erledigt.«

Leni ging in den Keller und stellte die Körbe ineinander, um sie leichter tragen zu können. Sie war froh, dass sich die Stimmung zu Hause so schnell gebessert hatte. Fürs Erste schien ihre Großmutter sich durchgesetzt zu haben. Es blieb nur abzuwarten, ob ihre Mutter das akzeptieren würde.

Die Wellen brachen mit Schaumkronen auf den Strand. Kräftiger Wind fegte mit starken Böen über die weite Sandbank und wirbelte die feinen Körner auf. Mit großem Abstand zur Wasserkante gingen Leni und Kristan zügig auf dem teils gefrorenen Sand, der unter ihren Schritten knirschte.

»Du bist ja krebsrot im Gesicht!«, rief Kristan ihr über den Wind zu.

»Wundert dich das?« Sie zog ihre Kapuze noch ein Stück tiefer ins Gesicht. »Der Wind ist eisig!«

»Aber das Wetter ist gesund. Es härtet ab.« Er drehte sich um, um nun rückwärts vor ihr herzugehen, und breitete die Arme aus. »Ich finde es einfach herrlich, wenn es ordentlich stürmt und die Wellen tosen. Da fühle ich mich gleich doppelt lebendig.«

»Einen Sturm hatten wir vorhin auch im Haus.« Leni machte einen großen Schritt, um nicht über ein Stück Treibholz zu stolpern. »Es sind richtig die Fetzen geflogen.«

»Na, da fängt das neue Jahr bei euch ja gut an. Was ist denn passiert?«

»Meine Mutter will unbedingt einen Pflegedienst für Oma engagieren. Sie meint, dass sie zu alt sei, um allein den Haushalt und alles drum herum zu managen. Außerdem hat sie Angst, dass es niemand mitbekommen würde, wenn Oma Elga stürzt oder so. Mein Vater steht natürlich auf der Seite meiner Mutter, einfach weil wir bei Osnabrück zu weit von St. Peter-Ording entfernt wohnen.«

Kristan ging konzentriert weiter rückwärts, warf aber einen Blick über die Schulter. »Ich kann deine Eltern gut verstehen. Du wirst es nicht glauben, aber meine Eltern haben mit meiner Oma ein ganz ähnliches Gespräch geführt. Sie will natürlich nichts davon wissen. Sämtliche Bedenken hat sie von sich gewiesen und uns einen Vogel gezeigt.«

Trotz des ernsten Themas musste Leni lachen. »Mit Oma Elga lief es ähnlich. Bestimmt haben sie sich längst abgesprochen und einander geschworen, dass kein Pflegedienst der Welt jemals ihre Häuser betritt.«

»Ganz sicher haben sie das.« Kristan bückte sich und hob eine Muschel auf, um sie Leni zu schenken. »Aber Opa Delfs plötzlicher Tod hat auch bei uns viele Fragen aufgeworfen. Oma Ines Situation hat sich einfach sehr geändert.«

»Das ist wohl normal. Sag mal, können wir uns irgendwo aufwärmen? Ich glaube, meine Haut ist inzwischen abgestorben. Ich spüre kaum noch was.« Leni fasste sich an die Wangen.

»Na klar. Mir wird auch langsam kalt«, meinte Kristan und griff nach ihrer Hand. »Lass uns zur Promenade laufen.«

Sie hasteten Richtung Seebrücke. Am Ende des Übergangs passierten sie das Kurkartenhäuschen und das aufgestellte Gitter mit den unzähligen Liebesschlössern.

»Wir können ins *Deichkind* gehen«, schlug Kristan vor.

»Von mir aus. Mit ist alles recht, Hauptsache, es ist warm und ich kann auftauen.« Leni rieb ihre Handflächen aneinander.

Entschuldigend lächelte Kristan sie an. »Mir kommt es heute auch kälter als gestern vor.«

Sobald sie das Restaurant betreten hatten, spürte Leni in der Wärme ihre Haut wieder und folgte Kristan dankbar an einen Tisch, von dem aus sie einen guten Blick auf die Promenade hatten. Sie bestellten zwei Grogs.

»Eigentlich wollte ich heute keinen Alkohol trinken«, sagte Leni und verdrehte die Augen. »So viel wie gestern habe ich in den letzten Jahren zusammen nicht getrunken. Heute früh hat mein Schädel ziemlich gebrummt.«

»Man muss auch mal fünfe gerade sein lassen«, fand Kristan und grinste schief. »Kannst du dich denn noch an alles von gestern Abend erinnern?«

»Nicht an alles. Aber an das Wichtigste.« Sie wärmte ihre Hände an der Flamme einer Kerze, die in der Mitte des Tischs stand.

Kristans Lächeln wurde breiter. »An das Wichtigste

also«, sagte er und sah sie eindringlich an. »Was ist das genau?«

Leni spürte eine leichte Hitze in sich aufsteigen. Es war nicht zu fassen! Sie kannte Kristan ihr ganzes Leben, doch er konnte sie trotzdem noch verlegen machen. Nun war also der Zeitpunkt gekommen, an dem sie über ihre Beziehung reden würden. »An alles, was mit dir zusammenhängt«, erwiderte sie aufrichtig und sah fest in seine grünen Augen.

Sein Lächeln war warm und offen. »Das finde ich sehr gut!«

In diesem Moment wurden ihnen die bestellten Grogs serviert.

Leni legte die Hände sofort um das Glas und schloss wohlig die Augen. »Ich taue langsam auf.«

»Du warst schon immer eine Frostbeule«, bemerkte Kristan neckend.

»Ach was! Das bildest du dir bloß ein!« Leni schüttelte den Kopf.

»Ich kann mich noch gut daran erinnern, dass du im Bett Socken trägst«, spielte er auf die gemeinsame Sommernacht an, in der sie sich Hals über Kopf ineinander verliebt hatten. »Ich wette, das hat sich bis heute nicht geändert.«

»Ich gebe es zu, die Socken sind geblieben.« Sie musste gegen ihren Willen grinsen. »Trotzdem ist das zwischen uns schon anders als früher, oder?«

»Liegt vielleicht daran, dass wir beide keine siebzehn mehr sind«, stellte Kristan sachlich fest.

»Inzwischen sind wir sogar volljährig«, scherzte Leni. »Wir dürfen alles, was wir damals heimlich gemacht haben. Alkohol trinken, nachts auf Partys bleiben, sogar Autofahren dürfen wir.«

»Halleluja!« Kristan trank einen Schluck Grog und sah sie ernst an. »Für mich ist etwas gleich geblieben: dass ich immer noch mit dir zusammen sein möchte.«

Leni musste lächeln. »Es ist schön, dass du das so direkt sagst.«

»Was sollte ich auch anderes sagen? Schon als kleiner Junge habe ich Opa Delf erzählt, dass ich dich einmal heiraten werde. Ich weiß noch, dass er die Idee damals wunderbar fand und darauf bestanden hat, als Erster zur Hochzeit eingeladen zu werden.«

Das Grogglas an den Lippen, fragte sie: »Du warst damals in mich verliebt?«

»Heimlich.« Kristan nickte. »Bis ich Opa Delf von meinen Heiratsplänen erzählt habe.«

»Das ist ja verrückt!« Sie trank einen Schluck und genoss die Wärme des Grogs im Magen.

»Ja? Wieso denn?«

»Ich habe das Gleiche zu meinen Großeltern gesagt! Wenn ich mal groß bin, dann heirate ich Kristan.« Leni lachte.

»Dann hatten wir dieselben Pläne.« Kristan wirkte keineswegs überrascht, sondern machte eher den Eindruck, sich aufrichtig zu freuen und bestätigt zu fühlen.

Leni fing sein glückliches Lächeln auf. »Scheint so.«

»Vielleicht können wir ja wieder mehr gemeinsame Zeit in St. Peter-Ording haben«, überlegte er laut. »So wie früher.«

»Du meinst in den Ferien?«

»Ja. Fast jedenfalls. Ferien haben wir ja nicht mehr … Und meine Urlaubstage füllen keinen ganzen Sommer aus. Aber ich überlege gerade, ob ich herziehe. Ich könnte die meiste Zeit im Homeoffice arbeiten und bei Bedarf in die Redaktion nach Hamburg pendeln.« Er zuckte die Schultern.

»Wow! Das klingt nach einem Plan. Hast du schon länger darüber nachgedacht?«

Seine grünen Augen glänzten dunkel. »Ehrlich gesagt, nein. Erst die letzten Tage haben mir bewusst gemacht, wie gern ich eigentlich in St. Peter-Ording bin. Als Kind waren meine schönsten Ferien immer hier. Eigentlich verrückt, aber das hatte ich völlig vergessen. Seit ich jetzt wieder hier bin, hat sich eine Art Zeitkapsel für mich geöffnet. Und ich will nichts überstürzen, es fühlt sich bloß so klar und richtig an.«

»Ich habe mir auch schon Gedanken darüber gemacht, ob ich nicht einfach nach St. Peter ziehen soll«, gab Leni zu. »Scheint, als hätten wir wie damals dieselbe Vision, ohne dass wir vorher darüber gesprochen hätten! Ich hatte allerdings die Idee, bei Oma Elga einzuziehen.«

Nachdenklich fuhr Kristan fort: »Für mich wäre es auch eine Möglichkeit, in Oma Ines Nähe zu sein. Ohne einen Pflegedienst zu bemühen oder ihr zu sehr auf der Pelle zu hängen. Ich könnte sie ein paarmal in der Woche besuchen, und alles wäre in Butter.«

»Das wäre in der Tat eine sehr gute Lösung. Auch für meine Oma. Ich bin sicher, dass sie sich darüber freuen würde, wenn ich in ihrer Nähe wohne und nicht alles in ihrem Haus durcheinanderbringe.«

Kristan griff nach ihrer Hand. »Stell dir mal vor, wie toll es wäre, wenn wir beide hier wohnen würden«, sagte er mit leuchtenden Augen.

Ihr Herz schlug schneller. »Ach, das wäre herrlich! Wie gerne würde ich hier leben und nicht nur zu Besuch sein. Jeden Tag das Meer sehen und riechen – schon allein das wäre ein Traum!«

»Und Träume sind zum Jagen da!« Kristan zwinkerte ihr zu, bevor er einen sanften Kuss auf ihren Handrücken drückte.

Kapitel 15

Die Treppe war zu eng. Leni trug eine verspiegelte Tür von Oma Elgas altem Kleiderschrank und überlegte, wie sie das Teil von der ersten Etage ins Erdgeschoss schaffen sollte.

Aus dem Schlafzimmer hörte sie ein Knirschen, kurz danach knackte es. Ihr Vater und sie waren schon den ganzen Vormittag damit beschäftigt, die Möbel in möglichst kleine Teile zu zerlegen, was sich teilweise als Herausforderung erwies, da die Einrichtung bereits in die Jahre gekommen war und teils aus einer Zeit stammte, in der vor allem höchst massive Schränke und Betten gefertigt worden waren.

Oma Elga und ihre Mutter waren nach dem Frühstück nach Friedrichstadt aufgebrochen. Ihre Großmutter hatte nach dem Ausräumen der Schränke beschlossen, dass es mal wieder an der Zeit für neue Garderobe war. Und da sie weder Führerschein noch Auto besaß, hatte sie die Gelegenheit genutzt, mit ihrer Tochter zu einer Einkaufstour aufzubrechen. Leni und ihrem Vater kam das nur recht. So hatten sie das Haus für sich und konnten ungestört arbeiten. Außerdem hoffte Leni, dass der gemeinsame Ausflug auch die letzten Unstimmigkeiten zwischen den beiden beseitigte. Sie hatten sich zwar nicht mehr offen gestritten, aber eine gewisse Distanz blieb spürbar.

Allzu gern hätte sie Kristan als Helfer für die Möbelaktion dazugeholt. Doch er hatte nach Hamburg fahren müssen, weil ein Kollege unverhofft erkrankt war und er für ihn einspringen musste. Was soll's, hatte Leni sich gedacht. *Selbst ist die Frau!*

Sie stellte die Tür hochkant auf, sodass sie die Kurve auf der Treppe mit dem sperrigen Teil in Händen nehmen konnte. An einer Stelle musste sie die Tür leicht kippen, damit der obere Teil nicht an der Wand entlangschrammte.

Wenig später wuchtete sie die Tür froh auf den Sperrmüllstapel am Bürgersteig. Der Müll sollte am nächsten Tag von der Abfallwirtschaftsgesellschaft Nordfriesland abgeholt werden. Bisher war einiges zusammengekommen. Einige Nachbarn hatten gefragt, ob sie etwas dazustellen durften, und einen alten Schreibtischstuhl und zwei Lattenroste hinausgetragen.

Leni blickte zum Haus der Böttes und musste an Kristan und ihr letztes Gespräch denken. Ein glückliches Seufzen entfuhr ihr. Sie konnte es kaum glauben. Sie hatten wirklich vor, es mit einer Beziehung zu probieren. Vorerst wollten sie ihr Liebesverhältnis nicht an die große Glocke hängen, sondern erst einmal zu zweit schauen, ob es funktionierte.

Sie waren sich schnell einig darüber gewesen, dass sie sich die nötige Zeit lassen wollten, um in Ruhe die erwachsene Version ihres Gegenübers kennenzulernen. Natürlich waren sie einander vertraut, und Leni hatte nicht den geringsten Zweifel daran, dass ihre Gefühle für eine stabile Beziehung reichten. Aber sie hatte keine Idee, wie sich ein gemeinsames Leben gestalten würde. Noch lagen ihre Wohnorte nicht gerade nah beieinander. Am Ende hatte Leni sich jedoch von Kristans unerschütterlichem Optimismus anstecken lassen und ihre leisen Zweifel über Bord geworfen.

Als sie ein Geräusch hinter sich hörte, drehte sie sich zum Haus um. Ein Fenster schwang auf, und ihr Vater streckte den Kopf heraus. Sein Gesicht war gerötet. »Für das Bett brauche ich eine Säge!«, rief er und wischte sich erschöpft über die Stirn. »Kannst du mir eine bringen?«

Leni legte den Kopf in den Nacken und rief, ohne zu zögern: »Kein Problem, Papa! Ich hole eine von Opa Freder aus dem Keller.«

Am späten Mittag hatten sie das Schlafzimmer vollständig ausgeräumt, und kurz darauf waren auch ihre Mutter und Oma Elga aus Friedrichstadt zurückgekehrt. Ihre Großmutter hatte sich einen neuen Mantel gegönnt, den sie nun stolz vorführte.

»Ist der nicht schick?«, fragte sie und drehte sich so, dass alle ihre neue Errungenschaft von jeder Seite begutachten konnten. »So einen beigen Steppmantel wollte ich schon immer haben. Und dann noch der warme Pelzbesatz am Kragen, einfach wunderbar! Ist übrigens nicht echt, dafür musste kein Tier sterben!«

Lenis Mutter nickte begeistert. »Der Mantel ist so flott, man könnte fast glauben, du wärest zwanzig Jahre jünger.«

»Steht dir wirklich gut«, pflichtete Leni bei. »Auch die Länge ist schön.«

»Bestimmt eine hochwertige Marke«, meinte ihr Vater mit Kennerblick.

»Wir haben zwanzig Prozent Preisnachlass bekommen«, erzählte Lenis Mutter.

»Aber nur weil ich gefeilscht habe«, ergänzte Oma Elga. Sie zeigte auf eine Stelle des Innenfutters. »Hier ist der Mantel nämlich nicht ganz sauber vernäht. Da zahle ich doch nicht den vollen Preis.«

»Und ihr seid fertig geworden? Vor dem Haus stapelt sich ja allerhand«, sagte Lenis Mutter.

»Aus dem Schlafzimmer ist alles raus. Ich bin dabei ganz schön ins Schwitzen gekommen. Massive Möbel sind ja gut und schön, aber das Bett musste ich komplett zersägen. Das war eine schweißtreibende Arbeit.«

»Hauptsache, du hast es geschafft.« Ihre Mutter legte ihm eine Hand auf die Schulter und lächelte ihn liebevoll an.

»Es ist wirklich praktisch, dass das Haus so viele Zimmer hat. Sonst müsste einer von uns jetzt auf der Couch schlafen«, merkte Leni an.

Oma Elga zog den Mantel wieder aus und hängte ihn behutsam über eine Stuhllehne. »So viele Räume sind es eigentlich nicht. Unser Schlafzimmer, das ehemalige Schlafzimmer deiner Urgroßeltern, das ehemalige Kinderzimmer deiner Mutter und oben das kleine Dachzimmer. Früher waren alle Räume belegt. Unter dem Dach haben wir den Besuch einquartiert. Und irgendwer aus der entfernteren Sippschaft war eigentlich immer da. Einen richtigen Urlaub konnten sich damals nur die wenigsten erlauben, wisst ihr. Da war es praktisch, wenn ein Teil der Familie an der Nordsee lebte und ein Haus hatte.«

»Ich beziehe dir gleich noch das Bett in dem anderen Schlafzimmer«, kündigte Lenis Mutter an.

»Dann koche ich in der Zwischenzeit mal einen starken Kaffee«, schlug Oma Elga vor. »Eine kleine Pause haben wir uns alle verdient.«

Leni hatte sich mit ihrer Tasse Kaffee in das Dachzimmer zurückgezogen. Auch wenn sie die gemütliche Familienrunde genoss, brauchte sie eine Weile für sich allein. In ihrem Kopf spukte hartnäckig der eine Gedanke: Wie schön es doch wäre, tatsächlich in St. Peter-Ording zu leben.

Sie spürte, dass sich der Wunsch in ihr langsam, aber stetig verfestigte und es wirklich mehr als eine fixe Idee war. Kristan und sie mussten ja nicht gleich zusammenziehen. Für den Anfang würde es ausreichen, wenn sie Wohnungen in der näheren Nachbarschaft hätten. Doch wovon sollte sie dann leben? Sie müsste ihren sicheren Job in der Bibliothek aufgeben. Und das würde ihr sehr schwerfallen. Schließlich hatte sie so lange auf diese Anstellung gehofft und war überglücklich gewesen, als es geklappt hatte.

Ihre Überlegungen führten sie in die Schweiz, zu Armin und dem Unglück, das zur Trennung geführt hatte. In Gedanken hatte sie sich bei ihm unzählige Male für die Unachtsamkeit entschuldigt und sich auch das schlechte Gewissen von der Seele geredet. Das war jedoch alles nur in ihrer Fantasie geschehen. Bisher hatte ihr die Gelegenheit gefehlt, richtig mit ihm zu sprechen. Den starken Drang, endlich reinen Tisch zu machen und ihn aufrichtig um Vergebung zu bitten, konnte sie nicht länger ignorieren. Eine Sprachnachricht wollte sie ihm jedoch nicht schicken, dabei würde sie vor Aufregung sonst die Hälfte vergessen. Anrufen wollte sie ihn auch nicht wieder. Denn womöglich würde Armin sie unterbrechen, und am Ende bliebe vieles ungesagt.

Nein, sie wollte es unbedingt richtig machen. Und das bedeutete, alles zu sagen und ihre Entschuldigung schriftlich zu verfassen – handschriftlich und in Briefform.

Da sie seine aktuelle Adresse nicht kannte, nahm sie sich vor, den Brief zu fotografieren, wenn er fertig war und ihm die Aufnahmen per WhatsApp zu senden. Armin sollte sehen, dass sie sich Mühe gegeben hatte und jedes Wort wirklich aus ihrem Herzen kam.

Entschlossen zog sie eine Schublade des kleinen Schreibtischs auf, der schräg zum Dachfenster stand. Nicht nur quietschte das Schiebefach beim Öffnen wie die Tür eines Spukschlosses, es herrschte darin auch ein völliges Chaos. Hier schien seit Jahren niemand mehr hineingesehen zu haben. Leni schüttelte den Kopf. Zwischen Stecknadeln, leeren Nähgarnrollen, Heftzwecken, längst ungültigen

Briefmarken und einem ausgetrockneten Klebestift fand sie alte Fotos.

Interessiert hielt sie ein paar ins Licht. Die Bilder waren bei einer Gartenparty aufgenommen worden. Sie erkannte ihre Großeltern, Eltern, Kristan und seine Familie. Versonnen lächelte sie.

Sie erinnerte sich noch genau an jenen Sommertag. Es war damals sehr heiß gewesen, sie musste ungefähr zehn Jahre alt gewesen sein. In diesen Ferien hatte sie besonders viele Mückenstiche davongetragen. Über den auf der Nasenspitze hatte sie sich besonders geärgert. Kristan hatte sie deswegen aufgezogen und gefragt, ob ihr ein Nasenhorn wachsen würde.

Opa Freder und Delf Bötte hatten abends den Grill angefeuert. Ihre Mutter und Oma Elga hatten gemeinsam in der Küche gearbeitet, mehrere Salate zubereitet und sogar eine Bowle angesetzt, von der Kristan und sie nicht hatten probieren dürfen. Während die Würstchen und Koteletts auf dem Grill brutzelten und aus einem Radio Gute-Laune-Musik drang, waren sie und Kristan immer wieder durch die Fontänen des Viereckregners gesprungen.

Leni spürte bei der Erinnerung wieder die unbändige kindliche Freude, hatte den Duft der nassen Wiese wieder in der Nase, der sich mit dem des Fleischs auf dem Grill vermischte, erinnerte sich an das Lachen ihrer und Kristans Familie und daran, dass sie in diesem Augenblick tief in sich die Gewissheit gefühlt hatte, dass alles, so wie es war, vollkommen war.

Emotional durchgerüttelt, legte sie die Fotos zurück in

die Schublade und wischte sich ein paar Tränen aus den Augenwinkeln. Dieses urige Haus schien voll mit Zeitkapseln zu sein, die sie Stück für Stück auf den Weg zurück zu sich selbst führten.

Leni atmete tief durch und sammelte sich.

Mit einem Ruck zog sie dann die Schublade weiter auf und fand schließlich einen Schreibblock und mehrere Stifte, von denen zwei noch funktionierten. Sie musste nicht lange nach passenden Formulierungen suchen. Die Worte an Armin sprudelten direkt aus ihrem Herz heraus.

Als sie den Brief beendet hatte, las sie ihn noch einmal in Ruhe und fotografierte ihn schließlich. Nachdem sie alles per Messenger an Armin geschickt hatte, verspürte Leni eine Welle der Erleichterung.

Nun war sie endlich bereit, sich selbst und auch Armin zu vergeben und ihren gemeinsamen Lebensabschnitt im Guten abzuschließen. Sie wünschte ihm nur das Beste, dass er sein großes Glück fand und sich der Hausbrand letztendlich als die beste Katastrophe seines Lebens herausstellte. So wie er es ebenfalls sah.

Am späten Nachmittag war Kristan aus Hamburg zurückgekehrt. Zuvor hatte Leni mit Beeke telefoniert und sich für den nächsten Tag mit ihr zu einem Yoga-Kurs verabredet.

»Lass uns doch ins Kino gehen. Ich war vor vielen Jahren das letzte Mal im *Nordlicht*«, hatte Kristan ihr am frühen Abend vorgeschlagen.

»Ich auch – und das war mit dir. Weißt du das nicht mehr?« Lächelnd hatte Leni ihn in die Seite geboxt.

»Jetzt, wo du es sagst … An den Film kann ich mich allerdings nicht mehr erinnern.« Er hatte ihr zugezwinkert und sie zu seinem Wagen geführt.

Jetzt waren sie fast allein in dem kleinen Vorführraum. Außer ihnen hatte es nur ein älteres Ehepaar in das kleine Kino verschlagen, was vermutlich daran lag, dass an diesem Abend ein alter Buck-Rogers-Film aus dem Jahr 1979 gezeigt wurde. Unter anderen Umständen wäre Leni wohl nie auf die Idee gekommen, sich den Science-Fiction-Klassiker anzusehen. Doch mit Kristan an ihrer Seite war das nebensächlich.

Nach dem Film setzten sie den gemeinsamen Abend in einem Steakhaus fort, das sich in unmittelbarer Nachbarschaft zum Kino befand. Draußen war es ungemütlich geworden. Stürmischer Wind und Regen zogen über den Küstenort.

Sie bestellten saftige Steaks vom Lavasteingrill, dazu gab es Folienkartoffeln und gemischten Salat.

»Das war ein ziemlich düsterer Film. Ende der Siebziger scheinen sich die Leute auf einen möglichen Weltuntergang vorbereitet zu haben«, merkte Leni an.

Kristan schüttelte lächelnd den Kopf. »Dank Buck Rogers und seinem Roboter Twiki ist ja noch mal alles gut gegangen.«

»Und dank der schönen Wilma«, fügte Leni lachend hinzu.

»Ich mag solche alten Schinken. Damals hatte die Produktion eines Films noch etwas Rohes, Künstlerisches.«

»Dieser Blick scheint mir zu fehlen«, gab sie zu. »Aber weißt du, was? So oft wie mit dir war ich in letzter Zeit mit niemandem essen.«

»Dito.« Kristan nickte und aß ein Stück Steak. »Mit mir wollte auch niemand essen gehen.«

»Oh, du Armer!«, zog sie ihn auf. »Ich habe heute übrigens alte Fotos von einer Gartenparty gefunden. Da waren wir beide ungefähr zehn. Erinnerst du dich daran? Wir sind durch den Rasensprenger gesprungen.«

Er nickte lächelnd. »Am Ende waren wir klitschnass. Und unsere Omas haben uns in Bademäntel gesteckt, damit wir uns in der Abendkühle nichts wegholten.«

Leni zog die Augenbrauen hoch. »Stimmt! Das hatte ich fast vergessen.«

»Bevor ich etwas vergesse, muss ich dir übrigens unbedingt Neuigkeiten berichten. Ich bin heute zufällig meinem Vorgesetzten über den Weg gelaufen. Eigentlich dachte ich, er hätte Urlaub, aber egal. Jedenfalls habe ich die Chance genutzt und ihm von meinen Umzugsplänen nach St. Peter-Ording erzählt.«

»Du legst aber gehörig vor«, sagte Leni erstaunt. Sie hatte Kristans Umzugsvorhaben zwar nicht angezweifelt, jedoch nicht damit gerechnet, dass er dies so zügig angehen würde.

»Warum auch nicht? Je eher ich die Dinge anstoße, desto schneller kann ich sie in die Tat umsetzen.« Er trank einen Schluck Wasser. »Spätestens im Sommer möchte ich St. Peteraner sein und nach Feierabend eine Runde surfen gehen.«

Leni lachte. »Klingt nach einem guten Plan. Was hat denn dein Chef gesagt?«

»Er hat alles abgesegnet. Zukünftig kann ich an drei Tagen in der Woche von zu Hause aus arbeiten. Ich musste nur versprechen, dass ich weiterhin bei unseren Meetings vor Ort bin.«

»Wow! Ich bin wirklich baff! Dann wird dein Wunsch wohl demnächst Realität.«

»Unbedingt«, freute Kristan sich. »Wer weiß, vielleicht finde ich eine Wohnung mit Terrasse oder Balkon. Dann kann ich während der Arbeit das Meer riechen. Und natürlich Oma Ine besuchen und somit meine Eltern beruhigen.«

»Was haben sie eigentlich dazu gesagt?«

Kristan winkte ab. »Bis jetzt noch nichts. Du bist die Erste, die es erfährt.«

Sie musste grinsen und aß mit Appetit weiter. »Ich fühle mich geehrt.«

»So wie ich meine Oma kenne, wird sie begeistert sein und mich nötigen, jeden Tag zu ihr zum Mittagessen zu kommen, damit ich was Anständiges im Magen habe. Du kennst sie ja.«

»So sind die Omas. Das würde meine nicht anders machen.«

»Gleich morgen werde ich mich in die aktuellen Immobilienangebote von St. Peter-Ording vertiefen. Es wäre doch gelacht, wenn ich nichts Passendes finden würde.« Kristan sprühte förmlich vor Tatendrang.

Leni hob ihr Wasserglas, um mit ihm anzustoßen. »Ich freue mich so für dich.«

»Sag lieber *uns*«, entgegnete er, nachdem sie angestoßen hatten.

»Wie meinst du das?« Sie blinzelte irritiert.

»Freue dich für uns. Denn wenn du es möchtest, wird meine Wohnung auch deine sein. Egal ob du mit mir einziehst oder zu Besuch kommst«, erklärte er wie selbstverständlich.

Leni fühlte, wie warmes Glück sie umfing, und konnte nicht anders, als zu lächeln. »Du bist wirklich verrückt, Kris.«

»Und ob! Verrückt nach dir!« Damit stand er auf und beugte sich über den Tisch, um sie zu küssen.

Während seine Lippen ihre berührten, wünschte Leni sich still, dass auch ihre Träume bald Wirklichkeit werden würden.

Kapitel 16

Leni hielt mit einer Hand ihre Kapuze und mit der anderen eine Tasche fest. Mit großen Schritten rannte sie auf den Hoteleingang zu. Dabei spritzte Regenwasser an ihren Beinen empor, was sie ignorierte, denn der Wind forderte ihre volle Aufmerksamkeit, der Regen schien von allen Seiten zu kommen. So stürmisch die Nacht verlaufen war, so ging es am Tag weiter.

Außer Atem drückte sie die Eingangstür des *StrandGut Resort* auf und schüttelte sich. »Nur schwimmen ist schöner!«

»Aber bitte bei wärmeren Temperaturen.« Beeke war ihr ins Hotel gefolgt und schüttelte sich ebenfalls. »Die Kälte und die Nässe gehen einem durch bis in die Knochen. Ach, was freue ich mich schon wieder auf warme Flipflop-Strandtage, wenn ich Sand zwischen den Zehen habe und die Sonne vom knallblauen Himmel strahlt.«

Leni strich sich das Regenwasser vom Gesicht. »Dafür bin ich auch eher zu haben als für die nasse Kälte.« Sie lachte. »Aber wollten wir nicht Achtsamkeit praktizieren?«

»Stimmt. Also, genießen wir das Schietwetter in vollen Zügen und lassen uns nicht von irgendwelchen Sommerfantasien ablenken.«

Gut gelaunt meldeten sie sich an der Rezeption. Kurz darauf zogen sie sich in der Damenumkleide ihre Sportsachen an.

»Hätte ich eher gewusst, dass du mich heute zum Yoga entführst, hätte ich mir noch eine dieser schicken bedruckten Trainingshosen und ein passendes Shirt besorgt.« Leni deutete auf ihre schlabbrige Jogginghose und das weite T-Shirt, das sie trug. »So musste ich improvisieren.«

»Ich weiß gar nicht, was du hast! Was du anhast, ist doch optimal«, befand Beeke. »Schön weit, und die Übungen machen wir eh ohne Sportschuhe.«

»Achtet man nicht aufs Styling, hast du wohl recht.« Leni hob die Arme und band sich das Haar zu einem Knoten zusammen. »Beim nächsten Mal habe ich auch so ein schönes Sport-Outfit wie du.«

»Machst du eigentlich öfter Yoga? Ich habe dich gar nicht danach gefragt«, fiel Beeke auf.

Leni warf sich ein Handtuch über die Schulter. »Öfter wäre übertrieben. Armin und ich waren in einem Fitnessstudio angemeldet, das auch Yogastunden anbietet. Ab und zu bin ich bei einem Kurs gewesen, aber nicht regelmäßig. Eigentlich war ich immer dann da, wenn ich Rückenschmerzen bekämpfen wollte. Meine Zipperlein sind danach entweder ganz oder zumindest teilweise besser. Deshalb verrenke ich mich beim Sonnengruß oder herabschauenden Hund, so gut es geht. Da hört es allerdings auch schon auf. Am besten kann ich wohl den Schneidersitz.«

»Na, wenigstens etwas!«

Sie lachten und gingen zu der kleinen Sporthalle, in der

das Yoga-Training stattfinden sollte. Nachdem sie den Kursraum betreten und ein paar Worte mit der Yogalehrerin gewechselt hatten, stellte Leni erleichtert fest, dass die anderen Teilnehmer alle genauso wenig Erfahrung zu haben schienen wie sie.

Ein älteres Ehepaar hatte Matten in der ersten Reihe vor der Trainerin belegt. Sie gehörten auch zur Jogginghosen-Fraktion und schienen sich so wohlzufühlen. Außer ihnen stellten sich drei weitere Frauen mittleren Alters auf, die auch eher bequem gekleidet waren. Das beruhigte Leni schließlich. Sie wollte sich voll und ganz auf das Training einlassen.

Die Yogalehrerin begrüßte alle Teilnehmer und stellte sich mit dem Namen Suvi vor. »Wahrscheinlich denkt ihr jetzt, was für ein komischer Name. So geht es nämlich den meisten, wenn sie ihn zum ersten Mal hören.« Sie lachte. »Kurz zur Erklärung: Meine Mutter kommt aus Finnland, dem Land, in dem auf fünf Einwohner drei Saunas kommen. Und während sie im Dampfbad bei 80 bis 100 Grad schwitzen, denken Finnen oft an den Sommer. Deswegen haben mich meine Eltern wohl Suvi genannt. Suvi ist das finnische Wort für Sommer.«

Leni warf Beeke einen vielsagenden Blick zu. Da war er wieder, der Sommer!

»Das Schöne am Yoga ist, dass jeder mitmachen kann. Man muss kein sportlicher Überflieger sein, um die Übungen ausführen zu können«, fuhr Suvi fort. »Yoga ist keine Frage des Alters oder der Kondition. Vielmehr kommt es auf die innere Einstellung an.«

Sie nickte freundlich in die Runde. »Sicher sind bestimmte Stellungen anstrengend, aber es geht beim Yoga vor allem darum, Meditationstechniken mit Asanas zu kombinieren und im Einklang mit sich selbst zu sein. Dabei baut ihr Stress ab, stärkt euer Herz-Kreislauf-System und werdet automatisch fitter. Die Hauptsache ist, dass ihr Spaß dabei habt. Respektiert eure eigenen Grenzen und genießt, was ihr tut.« Sie klatschte in die Hände. »Und damit fangen wir an.«

Leni war bei Weitem nicht so gelenkig wie Beeke – von Suvi mal ganz abgesehen, die sich scheinbar mühelos in alle Positionen begab. Einige Haltungen gelangen Leni mehr schlecht als recht. Bevor sie dem Impuls widerstand, sich zu mehr zu zwingen, rief sie sich Suvis Hinweis ins Gedächtnis: Yoga darf nicht wehtun!

Bewusst ließ Leni jeden Ehrgeiz fallen, konzentrierte sich verstärkt auf ihren Atem und kam zu ihrem Erstaunen gleich viel besser in die Dehnungen.

Nach einer Weile spürte sie eine angenehme innere Ruhe und konnte sogar bei den Übungen den Blick aus dem großen Panoramafenster des Kursraumes genießen. Sie schaute über Salzwiesen, die Seebrücke, Dünen und sogar bis zu den Pfahlbauten. Der Regen war abgeklungen, und ein paar zaghafte Sonnenstrahlen brachen durch die Wolkendecke. Herrlich!

Die ruhigen und bewussten Yoga-Übungen stärkten zunehmend ihre Körperwahrnehmung. Leni spürte, wie sich langsam Verspannungen an ihrer Halswirbelsäule und im unteren Lendenwirbelbereich lösten, und freute sich darüber. Sobald ihre Gedanken abzuschweifen begannen, fing sie sie wieder ein und blieb so die meiste Zeit im Hier und Jetzt. Irgendwann hatte sie das Gefühl, dass tatsächlich alles in ihr floss und jeglicher Stress von ihr abfiel.

Am Ende des Kurses fühlt sie sich so entspannt wie seit Langem nicht mehr, voll neuer Energie und als hätte jemand mit einem Besen durch ihre Gedankenwelt gefegt.

»Wow! Das war richtig toll«, sagte sie zu Beeke, als sie sich umgezogen hatten und die Umkleidekabine verließen.

»Lass mich raten. Du fühlst dich wie neugeboren?« Beeke warf ihr ein wissendes Lächeln zu.

»Könnte man so sagen. Komisch, so gut habe ich mich nach der Yogastunde im Fitnessstudio nie gefühlt. Vielleicht war ich damals zu sehr im Ehrgeiz gefangen und bin deswegen nicht in den Flow gekommen.«

»Könnte hinhauen. Trinken wir noch einen Ayurveda-Tee?« Beeke deutete in Richtung des Hotelrestaurants.

»Ein Tee wäre jetzt genau richtig!« Leni nickte.

Sie fanden ein ruhiges Plätzchen an einem Tisch mit einer gepolsterten Bank. Von hier aus konnten sie den Blick durch die Panoramafenster auskosten, durch die man auf den Promenadenplatz und bis zu den Pfahlbauten schaute.

Als Beeke mit einem Löffel den Teebeutel aus ihrer Glastasse fischte und ihn auf einem kleinen Teller ablegte, fragte sie interessiert: »Was macht eigentlich Kristan?«

Leni stellte ihre Tasse ab und sah ihre Freundin lächelnd an. »Der arbeitet an einem Artikel. Wahrscheinlich sitzt er am Esstisch seiner Oma und lässt sich während des Schreibens von ihr verwöhnen.«

»Ich dachte, das wäre dein Part.« Beeke rührte mit Unschuldsmiene in ihrem Tee.

»Was meinst du?«

»Na, das Verwöhnen.« Sie hob die Tasse und blies den aufsteigenden Dampf fort.

»Was du immer denkst.« Leni schüttelte den Kopf und trank vorsichtig.

»Ihr seid doch wieder zusammen?«

Leni wollte das Thema nicht vertiefen und entgegnete: »Bei dir hört sich das eher nach einer Feststellung als nach einer Frage an.«

»Hab ich nicht recht?«

Lenis Mundwinkel zuckten. Sie konnte ihrer Freundin doch nichts vormachen. »Vielleicht«, sagte sie vage. »Wir wollen nichts überstürzen, sondern in Ruhe unsere Gedanken und Gefühle neu ordnen.«

Beeke verdrehte die Augen. »Na ja, das klingt für mich eher nach einer Presseerklärung, aber nicht nach Kristan und dir. In Ruhe die Dinge ordnen und nichts überstürzen, das machen andere, ihr doch nicht.«

Unwillkürlich musste Leni an ihren Brief an Armin denken. Bisher hatte er noch nicht darauf reagiert. Sie kannte ihn und wusste, dass er die Dinge meistens eine Weile auf sich wirken ließ und abwog, bevor er aktiv wurde. »Hm. Ja, das war wohl eher das Mantra von Armin und mir …«

»Das mit Armin ist doch Schnee von gestern.« Beeke rutschte ungeduldig auf dem Stuhl hin und her. »Erzähl mir lieber, was wirklich los ist.«

»Kristan hat sich in den Kopf gesetzt, nach St. Peter-Ording zu ziehen. Er sucht sogar schon nach einer Wohnung, und sein Chef weiß auch Bescheid.« Sie schüttelte den Kopf. »Er bereitet alles vor und organisiert die Rahmenbedingungen, damit es bald konkret wird.«

Zufrieden nickte Beeke. »Das hört sich wiederum ganz nach Kristan an. Er hat doch noch nie lange gefackelt, wenn er eine Idee hatte, sondern ist gleich zur Tat geschritten.«

»Dafür bewundere ich ihn wirklich zutiefst. Für ihn gibt es anscheinend kaum Grenzen. Er entscheidet sich für eine Sache und sorgt dann dafür, dass er sein Vorhaben umsetzen kann.« Sie seufzte auf, ohne es zu wollen. »Bei ihm ist alles so einfach.«

»Auf dem Gebiet ist Kris ein Naturtalent. Und eben praktisch veranlagt. Warum sollte er sich auch mit Problemen beschäftigen, wenn sie nicht existieren?«, sagte Beeke halb im Scherz. »Aber ich kann ihn verstehen. Mir ist es damals ähnlich gegangen, als ich mich von meinem Mann getrennt habe.«

Leni hob den Blick von ihrem Tee. »Wie war das eigentlich damals?«

Beeke lehnte sich zurück. »Eigentlich ist die Geschichte recht kurz. Nachdem klar war, dass mein Mann und ich uns trennen, habe ich im Krankenhaus um die Auflösung meines Vertrags gebeten, was glücklicherweise kein Problem war, da eine Kollegin meine Stelle übernehmen konnte. Ein paar Tage später sind Bruno und ich schon mit dem Auto nach St. Peter gefahren. Zuerst haben wir bei meinen Eltern gewohnt. Den Arbeitsvertrag in der Klinik hatte ich sehr schnell, weil dringend Personal gesucht wurde. Ein paar Wochen später habe ich unsere Wohnung angemietet, ein echter Glücksfall. Ruhige Lage und dann noch mit Terrasse und Garten, ich konnte es zuerst gar nicht glauben.«

Leni hatte aufmerksam zugehört und inzwischen den Tee fast ausgetrunken. Warum tat sie sich ihrerseits mit der Entscheidung, nach St. Peter zu ziehen, so schwer? Eigentlich gab es keinen richtigen Grund. Sie wollte hier leben und wusste, dass Oma Elga sie jederzeit mit offenen Armen in ihr Haus aufnehmen würde. Eine Arbeit würde sie sicherlich auch schnell finden. Wie überall herrschte auch in St. Peter-Ording Fachkräftemangel. Und abgesehen davon wäre sie auch bereit, einen Job anzunehmen, für den sie nicht ausgebildet worden war. Hauptsache, die Arbeit bereitete ihr Freude und war sinnstiftend.

Nachdem sie ihren Tee ausgetrunken hatte, zahlte Beeke die Rechnung und brach auf, weil sie Bruno von ihren Eltern abholen musste. Sie bot an, Leni mit dem Auto zurück in den Ortsteil Dorf zu nehmen, doch sie lehnte dankend ab.

Leni wollte noch etwas Zeit für sich haben und vielleicht in der Buchhandlung nach neuer Lektüre schauen. Den Roman mit dem Katzencafé hatte sie längst ausgelesen.

Sie verabschiedete sich von Beeke, schlenderte eine Weile die Straße entlang, betrachtete das Wolkenspiel am Himmel und genoss die raue Luft um sich. Sie musste selbst lachen, als sie sich dabei ertappte, wie sie zielstrebig auf den Buchladen zusteuerte.

Als sie das Geschäft betrat, blickte Leni sich kurz um. Wo die Regale mit den Romanen waren, wusste sie, doch an diesem Tag stand ihr der Sinn nach etwas anderem. Auf der gegenüberliegenden Regalfläche fand sie, was sie suchte: die Sachbuch-Abteilung. Dort entdeckte sie eine kleine Auswahl an Büchern zum Thema Lebensführung und sogar eins, in dem es um Achtsamkeit ging. Genau ihr Thema!

Leni zögerte nicht lange, sondern ging mit dem Buch zur Kasse. Dieses Mal bediente dort eine junge Frau, die sie auf höchstens Mitte zwanzig schätzte.

Mit einem freundlichen Lächeln scannte sie den Strichcode und nannte den Betrag. »Das macht dann 16 Euro, bitte.«

Leni legte einen Zwanzigeuroschein auf den Tresen. »Entschuldigung, wenn ich so neugierig frage, aber ist der Geschäftsinhaber heute nicht da?«

»Leider nein. Herr Truels hat sich einen grippalen Infekt eingefangen.« Sie reichte ihr das Wechselgeld.

»Oje! Hoffentlich geht es ihm bald wieder besser.«

»Ach, bestimmt. Vielleicht ist er in ein paar Tagen schon wieder auf dem Damm.«

Leni bedankte sich und wandte sich nachdenklich zum Gehen.

»Ich geh schon!«, rief Leni, als es am Nachmittag an Oma Elgas Haustür klingelte.

Als sie öffnete, stand Kristan vor ihr. Ihr Herz schlug schneller. »Oh, hi!«

»Hi.« Er nahm ihre Hand und drückte sie und schenkte ihr das offenste Lächeln, das sie bisher an ihm gesehen hatte.

»Ich dachte, du musst arbeiten?« Von der Seite sah sie ihn an.

Er hob beide Schultern. »Der Artikel ist früher fertig geworden. Ich wollte dich fragen, ob du zum Strand mitkommst.«

Leni griff schon nach ihrer Jacke. »Warum nicht? Ein täglicher Spaziergang an der Waterkant kann nicht schaden.«

»Von wegen Spaziergang.« Er hob die andere Hand, in der er einen kleinen mit Wasser gefüllten Eimer hielt.

Leni runzelte die Stirn. »Du nimmst Wasser mit ans Meer?«

»Der Sturm hat sich gelegt, da möchte ich nach Bernstein suchen.«

»Ach so.« Leni nickte. »Warte, ich ziehe mir nur kurz die Stiefel an.«

Sie wusste, dass Kristan und sein Opa früher oft nach Stürmen losgezogen waren, um Bernstein zu finden. Die Sammelleidenschaft hatte Kristan mit seinem Opa sehr verbunden. Ab und zu war sie auf einen ihrer Streifzüge mitgegangen. Jedes Mal hatte sie das Gefühl von purem Glück empfunden, wenn sie einen kleinen Schmuckstein aus fossilem Harz, manchmal sogar mit eingeschlossenem Insekt, entdeckt hatte. Einen der Steine hatte sie erst kürzlich wieder in der Hand gehalten. Denn Oma Elga bewahrte all ihre Bernsteinfunde in einem alten Bonbonglas auf, das dekorativ auf der Fensterbank im Wohnzimmer stand und zum Öffnen einlud.

»Hoffentlich finden wir was!«, rief Leni über den Wind hinweg, während ihr Blick auf den Spülsaum gerichtet war.

»Mit etwas Geduld bestimmt.« Kristan ging in die Hocke und untersuchte etwas Seetang.

»Hast du denn was Bestimmtes damit vor, wenn du heute Bernstein findest?«

Er blickte zu ihr auf und presste die Lippen aufeinander. »Ich möchte einen Stein in Opa Delfs Grab beigeben. Er mochte Bernstein doch so gerne.«

Leni lächelte ihn an. »Das ist eine wirklich schöne Idee. Bestimmt würde sich dein Opa darüber freuen.«

Kristan erwiderte ihr Lächeln und stand auf. »Hier ist leider nichts.«

Sie setzten ihren Weg am Strand fort.

Ein paar Minuten später blieb Leni abrupt stehen. Zwischen Treibholz und Gräsern zog sie einen Stein hervor, war aber nicht sicher, ob es sich tatsächlich um Bernstein handelte. »Kris! Ich glaube, ich habe was!«, rief sie aufgeregt.

»Zeig her!« Er nahm ihr das Steinchen ab und wusch es im Wasser seines Eimers. Dann hielt er den karamellfarbenen

Fund gegen das Tageslicht. »Tatsächlich! Sogar ein besonders schöner Butterscotch-Bernstein.«

»Den bekommt dein Opa von mir als Gruß«, erklärte Leni und schloss Kristans Finger um den Stein.

»Wie lieb von dir.« Sichtlich berührt nahm er sie in den Arm und küsste sie dann auf die Stirn. »Übermorgen habe ich einen Besichtigungstermin für eine Wohnung«, sagte er unvermittelt.

»Wirklich?« Erstaunt trat sie einen Schritt zurück. »Ich meine, wow! Du bist wirklich schneller als der Wind, wenn es darum geht, auf Ideen Taten folgen zu lassen. Hast du inzwischen deine Familie in deine Umzugspläne eingeweiht?«

Er schüttelte den Kopf. »Sie wissen noch von nichts, und das kann ja auch erst mal so bleiben. Sie erfahren es, sobald ich einen Mietvertrag habe. Deswegen möchte ich dich bitten, dass du so lange nichts sagst.«

Leni machte eine drehende Handbewegung vor den verschlossenen Lippen. »Von mir erfahren sie nichts. Versprochen!«

Wieder küsste er sie auf die Stirn. »Würdest du mir noch einen Gefallen tun?«

»Welchen denn?«

»Würdest du mich zu dem Besichtigungstermin begleiten? Vier Augen sehen bekanntermaßen mehr als zwei. Ich würde sehr viel Wert auf deine Meinung legen.«

Sie sah in seine grünen Augen und freute sich über die Geste. »Aber natürlich begleite ich dich. Das ist doch Ehrensache.«

»Danke!« Erneut griff er nach ihrer Hand. »Das bedeutet mir wirklich viel.«

»Mir auch.« Sie lächelte ihn an und hatte das Gefühl, zum ersten Mal mit einem Mann zusammen zu sein, der ähnliche Vorstellungen hatte wie sie.

Kapitel 17

Am nächsten Morgen stand Leni genauso früh auf wie Oma Elga und ihre Eltern. Sie frühstückten kurz, zogen die am Abend bereitgelegte Kleidung an und machten sich auf den Weg zum Friedhof Bövergeest.

Die Trauergemeinde war größer, als Leni angenommen hatte. Neben Familienmitgliedern, dem Bestatter Petter Grube und seiner Lebensgefährtin Gertrud Möbius waren zahlreiche Freunde und Weggefährten erschienen. Die Stammtischrunde von Delfs Skat-Freunden hatte einen eigenen Kranz mit einer großzügigen Schleife und stilvoll gebundenen Blumen anfertigen lassen, die Leute vom Boßelverein hatten ein Gesteck mit einer Kerze und einem Erinnerungsfoto beigesteuert, das die Vereinsmitglieder zusammen mit Delf zeigte. Nachdem die Pastorin eine stimmungsvolle Andacht gehalten hatte, deren Inhalt sie zuvor mit der Familie Bötte abgesprochen hatte, traten nun einige seiner Wegbegleiter vor, um kleine Reden zu halten oder Geschichten zu erzählen, mit denen sie an schöne und lustige Erlebnisse mit Delf erinnerten.

»Wie oft hatten wir technische Notfälle auf unserer Strandperle. Ich kann es gar nicht zählen«, erinnerte sich Lilo Ampütte, die Inhaberin des Campingplatzes in Ording. »Natürlich passierten die meisten Wasserrohrbrüche am späten Abend, oder die Zufahrtsschranke zu unserem Platz funktionierte nicht – vorzugsweise genau an den Wochenenden, wenn die meisten Camper an- oder abreisen wollen und ohnehin schon genug Chaos herrscht.«

Sie senkte kurz den Blick. »In solchen Situationen wusste ich eines immer mit absoluter Gewissheit: Wenn kein Elektriker oder Klempner erreichbar ist, springt Delf ein, auf ihn ist Verlass. Er ist wirklich jedes Mal sofort nach Ording gefahren, um mir zu helfen. Er war ein wahrer Freund, auf den ich immer zählen konnte. Er wird mir sehr fehlen – nicht nur in brenzligen Situationen. Doch eines Tages werden wir uns alle wiedersehen.« Sie hob den Blick zu den weißen Wolken, die am Himmel vorüberzogen. »Da bin ich mir ganz sicher.«

Nach Lilo Ampütte folgten Ditte und Hauke vom Wilhelmshof, denen Delf ebenfalls oft in Notlagen beigestanden hatte. »Einmal, ich erinnere mich noch, als wäre es gestern gewesen, hatte ein schwerer Herbststurm einen Großteil unserer Weidenzäune beschädigt«, erzählte Ditte Wilhelm. »Hauke hätte das alleine nie so schnell in den Griff bekommen. Ich musste Delf gar nicht erst um Hilfe bitten, denn er ist aus freien Stücken die Zäune abgelaufen und kam danach zu uns auf den Hof, um zu fragen, ob er beim Reparieren helfen könne. Er war immer aufmerksam und hat oft mit angepackt, ohne zu müssen. Wir werden ihm für immer dankbar sein.«

»Jo«, bestätigte Hauke die Schilderung, und damit schien für ihn alles gesagt zu sein.

Während der herzerwärmenden Erzählungen flossen immer wieder Tränen bei den Trauernden. Leni stand die ganze Zeit neben Kristan und hatte auch einen Kloß im Hals. Jedoch war sie auch dankbar und froh darüber, dass alle zu Ehren Delfs zusammengekommen waren und seiner gedachten. Es hatte etwas Feierliches und zugleich Tröstliches.

Während die Urne beigesetzt wurde, wich Oma Elga nicht von Ine Böttes Seite. Hin und wieder tätschelte sie die Hand ihrer Freundin oder schenkte ihr einen aufmunternden Blick. Nacheinander schritten sie nun an das Urnengrab.

Einige warfen Blüten hinein, andere blieben einen Moment stehen und schienen ein stilles Zwiegespräch mit Delf Bötte zu führen. Leni und Kristan traten gemeinsam an das offene Grab und warfen jeder einen Bernstein hinein, den sie am Tag zuvor am Strand gefunden hatten. Die Steine landeten weich auf dem Blütenteppich, der die Urne bereits bedeckte.

Genau wie Oma Elga Ine Bötte in diesem schweren Moment beistand, war Leni für Kristan da. Er war zwar nach außen hin gefasst, doch sie merkte ihm an, dass es in ihm ganz anders aussah. Sie erkannte es auch am nervösen Augenblinzeln, das immer dann auftrat, wenn er innerlich unter Strom stand.

»Du schlägst dich tapfer«, raunte sie ihm zu und berührte sacht seine Hand.

Statt zu antworten, lächelte er sie traurig an.

Langsam entfernten sie sich wieder vom Grab und warteten in einigem Abstand zu den Verbliebenen, bis sich jeder verabschiedet hatte.

Nach der Beisetzung kamen alle Geladenen in einem separaten Raum im *Olsdorfer Krug* zusammen. In der gemütlichen Lokalität mitten im Ortsteil Dorf wurden Kaffee, Kuchen und belegte Brötchen gereicht. Zuerst herrschte eine gedrückte Stimmung unter den Anwesenden, und es wurde nur leise gesprochen. Doch nach und nach erklang immer mal wieder ein verhaltenes Lachen. Als schließlich noch Wighard Tossens, ein alter Schulfreund von Delf, zum Akkordeon griff und alte Seemannslieder spielte, löste sich allmählich die Anspannung unter den Trauergästen. Sie sangen die Texte zu den bekannten Melodien mit.

Leni beobachtete, dass sich sogar auf Ine Böttes Gesicht ein zaghaftes Lächeln stahl. »Genau so hätte Delf es sich gewünscht«, brachte die alte Dame hervor und wischte sich eine Träne aus dem Augenwinkel.

Leni nickte ihr aufmunternd zu. »Bestimmt!« Sie wusste, dass Kristans Opa zu Lebzeiten zu sich bietenden Gelegenheiten gern zum Akkordeon gegriffen hatte.

»Das hätte er«, schaltete sich auch Lilo Ampütte ein und schenkte Kristans Großmutter ein warmes Lächeln. »Vor allem hätte er aber gewollt, dass du auch ohne ihn ein glückliches Leben führst. Du bist immer bei uns auf dem Campingplatz willkommen, das weißt du, ja?«

»Oder zu einem unserer Doppelkopf-Abende«, fügte Gertrud Möbius hinzu. »Natürlich stehe ich dir mit Rat und Tat zur Seite, wenn du willst. Auch wenn es traurig ist, ich bin ja geübt in solchen Situationen, nachdem mich so viele Ehemänner zurückgelassen haben.«

»Danke, Gertrud, das ist wirklich sehr aufmerksam von dir. Mir reicht diese Erfahrung einmal im Leben«, spielte Ine Bötte auf die Tatsache an, dass Gertrud Möbius bereits fünf Ehemänner zu Grabe getragen hatte. »Die Einladung zum Doppelkopf nehme ich aber gerne an.«

Zwei Stunden später löste sich die Trauergesellschaft langsam nach und nach auf. Kristan zog sich mit seiner Familie in Ine Böttes Reetdachhaus zurück. Leni hatte dafür vollstes Verständnis. Es war nur normal, dass seine Familie unter sich sein wollte, um das Geschehene zu verarbeiten und nachwirken zu lassen. Bevor sie sich von Kristan verabschiedete, versicherte sie ihm auf sein Nachfragen noch mal, ihn am nächsten Tag bei der Besichtigung der Wohnung zu begleiten.

»Was gibt es denn?«, fragte Leni, als sie zurück in Oma Elgas Haus waren, und folgte ihrer Mutter die Treppe hinauf.

»Ich muss was mit dir besprechen.« Ihre Mutter winkte sie in das kleine Gästezimmer und zog dann die Tür hinter sich zu. Im Schlafzimmer auf der anderen Flurseite arbeitete ihr Vater bereits wieder am malerischen Feinschliff von Oma Elgas Schlafzimmer.

»Du machst es ja spannend.« Leni setzte sich ans Fußende des Betts, in dem ihre Eltern während ihres Besuchs schliefen.

»Papa und ich wollen morgen abreisen«, erklärte ihre Mutter. »Wir haben einen wichtigen Termin mit einer Dachdeckerei, die uns einen Kostenvoranschlag erstellen will. Im Frühling soll doch das Dach neu eingedeckt werden. Deswegen möchte ich dich um etwas bitten.« Sie sah sie ernst an und nahm neben Leni Platz. »Könntest du eventuell noch eine Weile bei Oma bleiben? Wenigstens bis wir wieder zurückkommen, um ihr mit den neuen Möbeln zu helfen? Das wäre eine große Erleichterung für deinen Vater und mich.«

Leni zuckte die Achseln. »Klar. Ich kann noch mindestens eine Woche bei Oma bleiben. Oder sogar ein paar Tage länger. Mein Urlaub geht bis Mitte Januar.«

Erleichtert seufzte ihre Mutter auf. »Gut. Und danach müssen wir unbedingt eine Lösung für das Betreuungsproblem finden.«

Verwundert wandte Leni sich ihrer Mutter zu. »Eigentlich habe ich gedacht, dass das Thema seit eurem Shoppingausflug vom Tisch wäre.«

»Ach was!« Ihre Mutter machte eine wegwerfende Handbewegung. »Nur weil wir nicht mehr darüber gesprochen haben, heißt das ja noch lange nicht, dass die Sache gegessen ist. Das Problem löst sich ja nicht von allein.«

Leni verzog den Mund. »Dann wird euer Streit weitergehen.«

»Was soll ich denn machen? Wir können Oma unmöglich ohne jegliche Unterstützung hier weiter allein rumwuseln lassen«, sagte ihre Mutter nachdrücklich. »Dafür ist sie zu alt. Auch wenn sie das nicht wahrhaben will. Es gibt ganz natürliche körperliche Grenzen für uns alle, wenn wir in ein gewisses Alter kommen. Das will sie nicht einsehen. Und am Ende liegt sie auf der Nase, weil sie sich überschätzt hat oder sie verunfallt.«

»Du hast bestimmt recht mit deiner Befürchtung, Mutti, aber ich glaube nicht, dass Oma fremde Hilfe annehmen wird«, wandte Leni skeptisch ein und erinnerte sich an ihr Gespräch mit Beeke. »Solange sie kein wirkliches Problem sieht, wird sie ihre Meinung nicht ändern. Dafür kennen wir Oma doch zu gut. Sie wird stur bleiben und sich am Ende durchsetzen. Wie immer!«

Ihre Mutter schüttelte entschlossen den Kopf. »Das geht nicht mehr. Die Zeit ist weiter vorangeschritten, und was in der Vergangenheit möglich war, ist heute eben nicht mehr so einfach. Hast du dir mal die Gardinen angesehen? Sie sind grau vor Dreck und wurden bestimmt seit über einem Jahr nicht mehr gewaschen.«

Sie hob die Hand, bevor Leni abermals etwas einwenden konnte. »Das möchte ich Oma gar nicht vorwerfen. Gardinen abnehmen, waschen und dann wieder aufhängen, das ist schließlich anstrengend. Mit ihrem Osteoporose-Grad womöglich gar nicht mehr machbar. Ich habe gerade die Vorhänge aus dem Schlafzimmer in die Waschmaschine gesteckt und werde versuchen, so viele Gardinen wie möglich bis zu unserer Abfahrt sauber zu bekommen.«

Leni nickte verständnisvoll. »Mach dir keine Sorgen, Mutti. Um die restlichen Stores kümmere ich mich. Ich kann dann auch gleich die Fenster putzen. Das ist ein Abwasch.« Sie lächelte, als ihr das Wortspiel bewusst wurde.

»Danke, das ist lieb von dir.« Ihre Mutter ergriff ihre Hand. »Ein Haus allein in Schuss zu halten, das ist keine Kleinigkeit – selbst wenn man jung ist, nicht. Eine kleine Wohnung hingegen, vielleicht mit einer Terrasse, und eine Putzhilfe, das wäre für Oma angebracht.«

Leni entzog ihrer Mutter ihre Hand und schaute sie verständnisvoll an. »Ich hoffe, dir ist klar, dass Oma Elga ihr Haus nicht freiwillig verlassen wird. Es ist ihr Zuhause, und wahrscheinlich würde sie in einer fremden Umgebung ihren Lebenswillen verlieren.«

Abwehrend schüttelte ihre Mutter den Kopf. »Sie soll ja auch in ihrem Zuhause bleiben, so lange sie möchte – aber eben mit Unterstützung. Ich möchte doch nur das Beste für sie.«

»Das weiß ich doch. Wir werden sicher eine Möglichkeit finden, mit der alle zufrieden sind.« Leni ahnte, dass sie selbst mit der Lösung des Problems zu tun haben würde. Langsam erhob sie sich vom Bett. »Brauchst du mich noch?«

»Nein, ich werde gleich nach der Wäsche schauen.«

»Gut, dann helfe ich mal Papa weiter, damit wir heute noch fertig werden.«

»Meine Eltern reisen morgen wieder ab«, erzählte Leni später, als sie mit Kristan die Straße zum Friedhof überquerte. Er hatte wieder einmal vor der Tür gestanden und gefragt, ob sie mit ihm spazieren gehen wolle, was Leni begeistert bejaht hatte.

»Aber du bleibst doch! Oder?«, fragte er sofort alarmiert.

»Keine Sorge, natürlich bleibe ich. Einer muss sich schließlich um Oma Elga kümmern. Und wir haben ja auch noch eine Verabredung zur Wohnungsbesichtigung.«

»Genau, auch wenn das schon morgen ist!« Kristan legte den Arm um ihre Schultern, während sie auf den Eingang des Friedhofs Bövergeest zugingen. In einer Hand trug er eine Laterne mit einer Kerze, die er am Grab seines Großvaters aufstellen wollte.

Kurz bevor Kristan geklingelt hatte, waren Leni und ihr Vater mit den Malerarbeiten in Oma Elgas Schlafzimmer fertig geworden, sodass sie nun ohne schlechtes Gewissen mit ihm das Friedhofstor passierte. »Wie lange bleiben deine Eltern eigentlich noch in St. Peter-Ording?«, erkundigte sie sich.

»Das steht noch nicht fest. Wahrscheinlich wird meine Mutter länger bleiben als mein Vater. Momentan vertritt ihn ein langjähriger Angestellter in unserem Elektrobetrieb, aber das ist nur eine Notlösung.«

Leni sah zu ihm auf. »Die Verantwortung für eine eigene Firma haben meine Eltern glücklicherweise nicht. Dafür aber einen Termin mit einer Dachdeckerei. Das Dach unseres Hauses soll im Frühjahr komplett neu gedeckt werden.

Wird auch Zeit, wenn du mich fragst, es hat inzwischen fünfzig Jahre auf dem Buckel.«

»So hat jeder seins, worum er sich kümmern muss.«

Sie folgten einem kleinen Weg und blieben schließlich vor Delf Böttes Grab stehen. Durch den frischen Blumenschmuck war es nicht schwer gewesen, die Ruhestätte auf Anhieb zu finden.

Eine Weile schwiegen sie, dann kniete Kristan neben dem Grab nieder und stellte die Laterne auf.

»Ich fand die Beerdigung übrigens sehr schön. Selbst wenn das etwas merkwürdig klingt«, sagte Leni in die Stille hinein. »Es wurde von so vielen schönen Erinnerungen erzählt, und dann später das gemeinsame Singen zu den Akkordeonklängen … Es klingt kitschig, aber da ist mir das Herz aufgegangen.«

»Ja, mir auch. Durch die Musik war alles weniger schlimm. Fast schon etwas heiter. In dem Moment, als die Urne hinabgelassen wurde, musste ich schon sehr schlucken«, gab er zu.

»Ging mir auch so.«

Er nahm die Kerze aus der Laterne und zündete den Docht mit einem Feuerzeug an. »Die Beerdigung hat mich nochmals darin bestärkt, nach St. Peter-Ording zu ziehen. Inzwischen bin ich mir ganz sicher, dass es die richtige Entscheidung ist.«

»Ich denke auch, dass du es wagen solltest. Du kannst deinen Job behalten, und deine Eltern brauchen dich nicht jeden Tag.« Leni nickte zögernd.

»Stimmt.« Kristan schob die brennende Kerze zurück

in die Laterne, dann stellte er sich neben sie. Einen Moment lang beobachteten Leni und er die flackernde Flamme.

Sie spürte, dass Kristan noch etwas sagen wollte, und wartete geduldig.

»Was ist?«, fragte er, als er ihren Seitenblick bemerkte.

»Willst du mir noch etwas sagen?« Aufmunternd lächelte sie ihn an.

Beinah wirkte es verlegen, als er sich durchs Haar strich. »Hm. Täte ich es, könntest du mich für verrückt halten …«

»Für verrückt halte ich dich eh.« Sie lachte leise. »Also besteht keine Gefahr!«

»Na gut.« Er wandte sich ihr zu, sodass er direkt vor ihr stand. »Als ich vorhin den Bernstein ins Grab geworfen habe, hatte ich plötzlich Opa Delfs Stimme im Ohr.« Er blickte sie unsicher an. »Das hört sich vermutlich doch ein bisschen durchgeknallter an, als du erwartet hast, oder?«

Leni verzog keine Miene. »Nö. Oma Elga unterhält sich auch ständig mit meinem Opa. Und wenn sie einem davon erzählt, könnte man meinen, dass diese Gespräche ganz normal am Frühstückstisch stattgefunden haben.«

Er lächelte erleichtert. »Das beruhigt mich ein wenig. Ich dachte schon, mit mir stimmt was nicht.« Er machte eine Scheibenwischerbewegung mit der Hand.

»Was hat dein Opa denn gesagt?«, hakte sie nach.

»Die Seele ist das Schiff, das Herz das Steuer und die Wahrheit der Hafen.«

Sie blinzelte überrascht. »Oh, das ist aber ein schöner Spruch.«

Kristan sah sie aus dunklen Augen an. Das Licht einer Laterne erhellte seine Züge, als er den Kopf drehte. »Diese Seefahrerweisheit hat er immer zitiert, wenn ich mich nicht entscheiden konnte. Er hat mir oft gesagt, wenn ich mich danach richte, werde ich immer wissen, was richtig ist.« Kristan zuckte die Schultern. »Und so ist es auch. Nur hatte ich den Spruch in den letzten Jahren total vergessen. Opa Delf hat mich wieder daran erinnert.«

Er griff nach Lenis Hand und drückte sie. »Und wenn ich an den Umzug nach St. Peter denke, schwingen meine Seele, mein Herz und meine Wahrheit im Einklang.«

»Wow! Das ist grandios!«

»Es ist sogar viel mehr als das. Inzwischen kommt es mir fast so vor, als würde ich ein Familienerbe antreten oder eine alte Tradition fortführen. Es ist nicht nur ein gewöhnlicher Umzug. Es ist viel mehr für mich.« Aus zusammengekniffenen Augen sah er sie an.

Leni nickte wissend und dachte an die Kraft der Ahnen. »Ich denke, ich verstehe, was du meinst.«

»Das habe ich gehofft.« Er drückte ihrer Hand noch einmal fest. »Komm, lass uns zurückgehen.«

Auf dem Rückweg blickte Leni zum klaren Nachthimmel. »Ich habe nirgendwo so schöne Sternenhimmel gesehen wie in St. Peter.«

Kristan sah ebenfalls zu den Sternen. »Stimmt. In Hamburg gibt es auch viel zu viele Lichter. Die meisten leuchten, bis der Tag anbricht, deshalb sieht man die Sterne so schlecht.«

Leni atmete die kühle Abendluft tief ein. »Umso beeindruckender ist es, wenn man dann die Möglichkeit hat, die Schönheit eines Nachthimmels zu genießen.«

»Schau mal da! Eine Sternschnuppe!« Kristan blieb abrupt stehen und zeigte auf eine Leuchtspur am Himmel.

Ihr Blick folgte seinem Fingerzeig. »Oh, wie schön!«

»Los, schnell! Wünsch dir was!«, forderte er sie auf.

»Also, gut.« Sie kniff die Augen zu und schickte ihren Wunsch zum Himmel. *Bitte lass mich auch einen Weg finden, damit meine Seele, mein Herz und meine Wahrheit in Harmonie zueinanderfinden.* Als sie die Augen wieder öffnete, war die Sternschnuppe verglüht, doch Leni glaubte fest, dass ihr Wunsch erhört wurde.

Kapitel 18

Ein fast unwirkliches Morgenlicht lag über dem schier endlosen Winterstrand. Die weite Sandbank erstreckte sich weit vor ihnen und machte den Eindruck, in der Ferne mit dem eisblauen Himmel zu verschmelzen. Die Wellen brachen geräuschvoll und perlten schäumend an den Strand. Mit sich schwemmten sie allerhand Strandgut an Land.

Über Nacht hatte ein Tiefdruckgebiet der nordfriesischen Küste eisige Temperaturen gebracht. Leni und Beeke marschierten warm eingepackt über den teilweise mit Eisschollen bedeckten Strand. Der Wind wehte ihnen entgegen und schien es sich zur Aufgabe gemacht zu haben, alle Wolken zu vertreiben. Leni hatte sich Beeke angeschlossen, die ihren täglichen Spaziergang am Meer machte.

»Ich liebe solche Winterstrandtage!«, rief Leni gegen den Wind und hob juchzend die Arme. »Auch wenn ich dabei die eine oder andere Frostbeule bekomme.«

»Wenn du jeden Tag einen strammen Marsch machst und dabei die gesunde Nordseeluft einatmest, kann dein Immunsystem nichts mehr umhauen. Seit ich wieder hier wohne und regelmäßig spazieren gehe, habe ich keine Erkältung mehr. Ich fühle mich richtig fit!«

Leni lächelte. »Das klingt verlockend. Ich lag zuletzt im Oktober mit einem grippalen Infekt flach. Darauf hätte ich gut verzichten können.«

»Dann ist es doch optimal, dass du mich begleitest. Das ist ein erster richtiger Schritt zu einer robusteren Gesundheit.«

Leni vergrub die Hände tiefer in den Manteltaschen, merkte, wie sie langsamer wurde, und blieb stehen. Sie sah ihre Freundin fest an. »Sag mal, was würdest du an meiner Stelle tun?«

Beeke schaute sie fragend an. »Meinst du wegen deiner Oma?«

Sie überlegte kurz, bevor sie antwortete. »Ja. Oma Elga gehört auch irgendwie dazu.« Leni zuckte die Schultern. »Ich weiß nicht, wo ich gerade stehe. Du bist wieder zurück nach St. Peter-Ording gezogen. Kristan ist wild entschlossen, sich hier niederzulassen. Er hat heute den Besichtigungstermin für die Wohnung. Und ich? Ich eiere die ganze Zeit rum und verstricke mich im Für und Wider.«

Sie zog sich die Mütze fester über den Kopf. »Wieso tue ich mich so schwer? Ich meine, eigentlich weiß ich doch genau, was ich will. Und nüchtern betrachtet ist es bloß meine Arbeit in der Bibliothek, die mich an meinen Heimatort bindet.« Händeringend fuhr sie fort: »Ich weiß nicht, woran es liegt. Irgendwie fehlt mir die Entschlusskraft, meine Wünsche in die Realität umzusetzen. Dabei ist die Gelegenheit so günstig wie lange nicht mehr, um einen kompletten Neustart zu wagen.«

Sanft sah Beeke sie an. »Das hört sich nach der klassischen Kampf-der-Giganten-Falle an.«

Leni schüttelte den Kopf. »Was soll das denn sein?«

»Dein Kopf und dein Bauch sind in der Sache die Gegenspieler. Manche nennen es auch Ratio und Intuition oder Bauchgefühl und Verstand.« Sie tippte ihr auf die Winterjacke. »Frag dich, was dir dein Kopf rät und was dein Bauch.«

Leni überlegte nur kurz. »Ich denke immer, dass ich doch nicht einfach meinen Job kündigen kann, aber vom Gefühl her bin ich schon bei Oma Elga eingezogen.«

»Komm, lass uns weitergehen, sonst erfriere ich.« Beeke hakte sich bei ihr unter und zog sie mit sich weiter den Winterstrand entlang. »Du willst eine Garantie dafür, dass du die richtige Entscheidung triffst«, analysierte sie weiter.

»Hm, ja. Könnte möglich sein. Ich habe so lange auf genau diesen Job gewartet und frage mich, ob es nicht viel zu leichtfertig wäre, einfach zu kündigen. Immerhin ist er krisenfest und auch der letzte Teil meines Glücks, das ich schon erfüllt vor mir sah …«

»Du kannst so viel überlegen, wie du willst. Am Ende wirst du feststellen, dass es keine Garantie gibt im Leben«, wiederholte Beeke.

Leni machte einen großen Schritt über eine Eisscholle. »Ich weiß. Und es macht mich wahnsinnig, dass ich so hin- und hergerissen bin.«

»Gab es vielleicht mal einen Moment in deinem Leben, in dem alles anders gekommen ist, als du geglaubt hast, und es war am Ende viel besser als die Variante, die du dir vorgestellt hattest?«

»Na ja.« Sie musste lächeln. »Ich wollte Armin heiraten und mit ihm eine Familie gründen. Warum daraus nichts geworden ist, weißt du. Nun bin ich hier bei Oma. Ich habe dich und Kristan wiedergetroffen und bin im Grunde so glücklich wie schon lange nicht mehr.«

Beeke ließ ihre blonden Haare im Wind tanzen, als sie über einen Wasserlauf sprang. »Siehst du! Dann sorge dafür, dass du deinem Happy End nicht selbst im Weg stehst. Entscheide aus Liebe und nicht aus Angst!«

Leni entfuhr ein Seufzer. Unvermittelt blieb sie stehen und umarmte ihre Freundin. »Danke, Beeke. Danke, dass du so klug und weise bist!«

»Da nicht für.« Beeke rieb mit beiden Händen ihren Rücken.

Leni löste sich aus der Umarmung und strahlte ihre Freundin an. »Ich wähle die Liebe!«

Beeke strich sich eine Haarsträhne aus dem Gesicht. »Ich finde, darauf sollten wir mit einem Tässchen friesischem Eiergrog anstoßen.«

»Da sag ich nicht Nein.«

Als sie Kurs auf die Seebrücke nahmen, hatte Leni das Gefühl, dank Beeke schon einen Schritt weitergekommen zu sein.

»So, ich müsste eigentlich alles eingepackt haben.« Geräuschvoll zog Lenis Mutter den Reißverschluss ihrer Reisetasche zu.

Leni schaute sich prüfend im Zimmer um. »Sieht ganz danach aus. Sollte ich noch etwas finden, gebe ich euch Bescheid.«

»Das ist gut. Und hab auch ein Auge auf Oma, so lange ich weg bin«, ermahnte sie Leni zum wiederholten Mal.

Leni verdrehte die Augen. »Ja, Mama.«

»Du kannst ruhig mit den Augen rollen. Mir ist das sehr wichtig.«

»Mir doch auch«, erwiderte sie etwas versöhnlicher. »Aber du tust wirklich so, als wäre Oma ein Pflegefall.«

»Darum geht es doch! Nämlich, dass sie keiner wird. Das möchte ich um alles in der Welt verhindern. Es wäre schrecklich!«

Leni erkannte eine gewissen Hilflosigkeit im Blick ihrer Mutter, die sie tief berührte. Vielleicht würde sie irgendwann in ferner Zukunft genauso besorgt reagieren, wenn es um ihre Mutter gehen würde. Sie ging auf sie zu und schloss sie in die Arme. »Mach dir keine Sorgen, Mutti. Ich werde mich gut um Oma kümmern und darauf achten, dass sie sich nicht übernimmt. Versprochen!«

»Das weiß ich doch.« Ihre Mutter lächelte tapfer, dann griff sie nach der Tasche.

»Lass mich das bitte für dich machen.« Leni nahm ihr das Gepäck ab und trug es die Treppe hinunter ins Erdgeschoss, wo ihr Vater und Oma Elga bereits warteten.

»Vor Hamburg werden wir wieder im Stau stehen. Ich habe gerade die aktuellen Verkehrshinweise abgerufen«, empfing ihr Vater sie.

»Sag mir mal lieber, wann wir vor Hamburg *nicht* im

Stau standen. Das war bisher noch nie der Fall«, entgegnete ihre Mutter trocken und zog sich ihren Mantel an.

Ihr Vater seufzte. »Ob ich noch erleben werde, dass die Baustellen fertig werden …«

»Jetzt mach dir nicht solch einen Stress. Wir haben doch Zeit, niemand hetzt uns. Der Termin mit der Dachdeckerei ist erst morgen gegen Mittag.«

»Bis dahin könnten wir es schaffen.« Ihr Vater nahm das Gepäck.

»Fahrt vorsichtig und ruft mal kurz durch, wenn ihr zu Hause angekommen seid«, bat Oma Elga.

Leni öffnete die Haustür, sodass ihre Eltern mit dem Gepäck hinausgehen konnten. »Gute Fahrt! Und falls Post für mich angekommen ist, gebt mir doch bitte Bescheid.«

Ihre Mutter versprach, nach Post zu sehen, und auch, sich zu melden, sobald sie zu Hause angekommen waren. Dann verabschiedeten sie sich noch einmal, und ihre Eltern beluden den Wagen.

Als Leni die Haustür geschlossen hatte, schaute sie verwundert in das vergnügte Gesicht ihrer Oma. »Worüber freust du dich denn so?«

»Darüber, dass du noch länger bei mir bleibst, natürlich.« Sie strich Leni mit ihrer schlanken Hand über die Wange. »Und darüber, dass deine Mutter keinen Pflegedienst für mich abkommandiert hat.«

Leni lachte auf. »Na, da hast du gerade noch mal Glück gehabt.«

»Wie sie überhaupt auf solche Ideen kommt …« Oma Elga schüttelte verständnislos den Kopf.

»Wenn du Hilfe brauchst, bin ja ich da. Dafür brauchst du keinen Pflegedienst. Das habe ich Mutti vorhin auch gesagt.«

»So ist es. Hier muss nicht Hans und Franz angetanzt kommen. Bis jetzt sind alle aus unserer Familie ohne Pflegedienst ausgekommen, und ich habe nicht vor, mit dieser Tradition zu brechen.«

»Traditionen sollte man pflegen«, stimmte Leni ihrer Großmutter zu.

Amüsiert wandte Oma Elga sich in der Diele zu ihr um. »Ach, ich freue mich wirklich, dass du noch bleibst.«

»Ich mich auch, Oma!«

»Du warst schon immer ein bisschen wie ich, offen für die geistige Welt und die damit verbundenen Bräuche, die im Einklang mit der Natur stehen. Deswegen verstehen wir uns so gut.«

»Wir sind eben verwandt, Oma.« Leni freute sich über die lieben Worte. Das starke Band zwischen ihr und Oma Elga fühlte sie auch, und es bedeutete ihr viel. Manchmal fragte sie sich, warum ihre Mutter so wenig von dieser besonderen spirituellen Ader mitbekommen hatte. Vielleicht waren sie einander altersmäßig zu nah?

»Das sind wir in der Tat.« Ohne ein weiteres Wort ging ihre Großmutter in die Küche.

Leni folgte ihr und beobachtete, wie sie eine feuerfeste Schale aus einem Schrank nahm. »Was hast du vor?«

»Das Haus muss von schlechten Gedanken und Gefühlen befreit werden. Die Energien von Streitgesprächen setzen sich oft in Ecken oder Gardinen fest.«

»Ich werfe deine Gardinen gerne in die Waschmaschine, wenn du möchtest«, bot Leni lachend an. »Einen Teil hat Mama ja schon gewaschen.«

Ihre Großmutter blickte von der Schale auf, in die sie etwas Sand gefüllt hatte. »Das ist eine hervorragende Idee! Beim Gardinenwaschen kann ich wirklich Hilfe gebrauchen.«

»Soll ich gleich damit beginnen?«

»Nein, warte noch einen Moment.« Sie zündete das Stückchen Kohle in der Mitte des Gefäßes an. »Sei doch so lieb und hol mir ein bisschen Weihrauch. Wenn du möchtest, kannst du dir auch eine Schale fertig machen und mir bei der Räucherung helfen.«

Leni ließ sich das nicht zweimal sagen. Kurz darauf schritten sie gemeinsam das Haus vom Keller bis ins Obergeschoss ab und ließen den balsamisch-würzigen Duft in jeden Winkel ziehen. Dabei meinte Leni, auch bei sich eine reinigende Wirkung zu verspüren. Ihr kam es so vor, als würde der Rauch sie von innen klären und jede ihrer Zellen erfrischen.

Zum Schluss öffnete Oma Elga die Fenster. Kalte Winterluft strömte ins Haus und wieder hinaus. Leni fröstelte ein wenig, doch ihrer Großmutter schien die Kälte nichts auszumachen. Sie schloss für einen Augenblick ihre Augen und atmete tief ein. »Ja, jetzt ist die Luft wieder geklärt. Mir ist gleich viel leichter ums Herz. Spürst du es auch?«

Sie lächelte, und Leni wusste genau, was sie meinte.

Zwei schwere Vorhänge hatte Leni im Gästezimmer abgenommen und in die Waschmaschine gelegt. Beim Abnehmen waren die Staubpartikel nur so durch die Luft getanzt und hatten sie zum Niesen gebracht.

Sie hatte es nicht eilig. Kristan hatte ihr in einer Nachricht mitgeteilt, dass der Besichtigungstermin zwei Stunden später als ursprünglich angedacht stattfinden würde, weil die Maklerin in Husum feststeckte. Die Verschiebung kam Leni nicht ungelegen.

Sie gab etwas Waschpulver in die Maschine und stellte das Programm auf 30 Grad ein. Als sie auf die Starttaste drückte, vibrierte ihr Handy in der Gesäßtasche ihrer Hose. Bestimmt Kristan, dachte sie. Ob er ihr mitteilen wollte, dass der Besichtigungstermin ganz ins Wasser fiel?

Sie griff nach dem Telefon, wischte über das Display und musste erst einmal schlucken. Nicht Kristan, sondern Armin hatte sich gemeldet. Ihr schlug das Herz mit einem Mal bis zum Hals. Armin hatte ihr eine über achtminütige Sprachnachricht geschickt. Das war höchst ungewöhnlich für ihn, hielt er sich doch meistens kurz und kam direkt zum Punkt.

Sie nahm den leeren Wäschekorb von einem Stuhl, um sich zu setzen. Unschlüssig blickte sie auf ihr Telefon. Wollte sie wissen, was er ihr zu sagen hatte? Eigentlich schon. Aber was, wenn seine Nachricht sie niederschmettern würde? Dafür war nicht der passende Zeitpunkt. Schließlich ließ sie ihr Handy sinken und steckte es dann in eine der vorderen Hosentaschen. Armins Nachricht würde sie sich später in Ruhe anhören. Nachdem sie

Gardinen gewaschen und sich mit Kristan die Wohnung angesehen hatte.

»Nochmals vielen Dank, dass Sie so geduldig auf mich gewartet haben! Manchmal steckt der Wurm drin bei Besichtigungen.« Am späten Nachmittag schloss die Maklerin Kristan und Leni die Tür eines rot geklinkerten Haus im Ortsteil Dorf auf und ließ sie eintreten.

»Das ist gar kein Problem, Frau Becker«, sagte Kristan und schenkte ihr ein Lächeln.

»Dafür sind Sie auch die Ersten, die sich die hübsche Wohnung ansehen. Genau genommen ist es eine kleine Doppelhaushälfte mit einer idealen Größe für zwei Personen.« Sie nickte Leni freundlich zu.

Leni zog überrascht die Augenbrauen hoch. »Oh, eine Doppelhaushälfte?«

»Na, dafür hat sich doch das Warten gelohnt.« Kristan inspizierte das geräumige Wohnzimmer mit einer offenen Küche und einem Kachelofen. »Gefällt mir sehr gut!« Seine Miene spiegelte Begeisterung wider.

Leni warf einen Blick in den Garten, der einen alten Baumbestand aufwies und so weit von Hecken und Büschen eingewachsen war, dass keine neugierigen Blicke eindringen konnten. »Wirklich sehr hübsch.«

»Im Obergeschoss befinden sich ein großzügiges Bad mit Wanne und zwei Räume, die sich ideal als Schlafraum und Arbeitszimmer eignen. Oder auch als Kinderzimmer infrage kommen.« Wieder warf sie Leni einen freundlichen Blick zu. »Beide sind ungefähr gleich groß.«

»Das sehen wir uns gleich an«, befand Kristan und war schon auf dem Weg zur Treppe, bevor Leni auf die Worte der Maklerin reagieren konnte. Deswegen lächelte sie ihr nur zu und beeilte sich, Kristan zu folgen.

Zum Raum, der auf der Gartenseite lag, gehörte ein Balkon, der gleichzeitig auch die Überdachung der Terrasse bildete.

Die Maklerin öffnete die Tür und ließ sie hinaustreten.

»Was meinen Sie?«, fragte sie, nachdem Kristan und Leni ihren Blick über die nähere Umgebung hatten schweifen lassen. »Ein solch besonderes Objekt habe ich selten in der Vermittlung. Und wenn, dann ist es meistens ganz schnell weg.«

»Was denkst du?« Kristan drehte sich zu ihr um.

Leni warf noch einen Blick ins Bad, das neben der Wanne auch über eine ebenerdige Dusche verfügte. »Ich finde es toll und würde es an deiner Stelle nehmen.«

»Zum Strand ist es auch nicht weit. Man kann sogar den Deich sehen.« Er zwinkerte ihr zu.

»Und du kannst auf dem Balkon oder der Terrasse arbeiten und dabei das Meer riechen. So wie du es dir gewünscht hast«, merkte sie an und ließ sich von seiner Freude anstecken.

»Stimmt!« Er nickte. »Dann fackle ich nicht lange herum. Ich möchte das Haus mieten.«

»Das nenne ich wirklich spontan.« Die Stimme der Maklerin klang erfreut.

Kristan hob die Schultern. »Bevor es mir jemand vor der Nase wegschnappt.«

»Na, wunderbar. Dann hat sich das Warten ja gelohnt.«

»Das hat es.« Er warf Leni einen intensiven Blick zu.

»Ich könnte gleich morgen den Mietvertrag für Sie fertig machen.«

»Einverstanden!« Er reichte der Maklerin die Hand, und so besiegelten sie den vorerst mündlichen Vertrag.

»Du bist wirklich ein Glückspilz, weißt du das?«, fragte Leni, als sie zurück zu den Häusern ihrer Omas gingen. »Eine einzige Besichtigung und gleich ein Volltreffer! Das soll dir mal jemand nachmachen.«

»Und dann ist in dem Haus sogar genügend Platz für zwei Personen«, meinte er augenzwinkernd.

Leni lächelte ihn von der Seite an. »Ausreichend Platz für Besuch in jedem Fall.«

Er nahm ihre Hand und zog sie mit Schwung zu sich heran. »Du bist bei mir jederzeit willkommen«, sagte er, als sie seine Wärme spürte.

»Und ich verspreche, dass ich keine Kerzen anzünden werde.« Sie wusste nicht, woher der Gedanke gekommen war, und ließ die Worte so stehen.

Statt etwas zu erwidern, antwortete Kristan ihr mit einem innigen Kuss, in dem er ihr sein Herz zu offenbaren schien.

Kapitel 19

Der Wind kam ihr mit voller Wucht entgegen und erforderte eine höhere Kraftanstrengung von Leni, als sie angenommen hatte. Eine neue Bestzeit war unter den erschwerten Bedingungen nicht zu erwarten.

Während Kristan seine Familie in seine Umzugspläne einweihte, hatte Leni beschlossen, laufen zu gehen. In ihrem Kopf herrschte ein Gedankenchaos, das es in sich hatte. Durch die gleichmäßige Bewegung hoffte sie einen Großteil ordnen zu können.

In ihren Ohren steckten Stöpsel, die mit ihrem Handy verbunden waren. Während sie neben dem Deich in Richtung Ortsteil Bad lief, hörte sie sich Armins Sprachnachricht an.

Zuerst hatte sie dabei ein mulmiges Gefühl in der Magengegend gehabt. So schön der Tag mit Kristan verlaufen war, umso mehr Respekt hatte sie vor dem, was Armin ihr zu sagen hatte. Doch ihr anfänglicher Argwohn war schnell allumfassender Erleichterung gewichen. Armin trug ihr nichts nach. Er vermittelte ihr glaubhaft, dass der Hausbrand sich tatsächlich als eine der glücklichsten Fügungen in seinem Leben herausgestellt hatte. Ohne dieses Unglück hätte er nie die nötige Kraft aufgebracht, um das Alte loszulassen und seinen Traum vom Leben in der Schweiz in die Tat umzusetzen, sagte er.

Er entschuldigte sich aufrichtig bei ihr dafür, dass nun nichts mehr aus ihrer gemeinsamen Zukunft werden würde. »Hoffentlich kannst du mir meine Entscheidung verzeihen. Der Brand war wie ein Alarmsignal für mich, das mich aus einem tiefen Schlaf gerissen hat. Wer weiß, was sonst passiert wäre? Bestimmt hätten wir geheiratet und eine Familie gegründet. Und wahrscheinlich hätte ich den Rest meines Lebens meinem nicht gelebten Traum nachgetrauert.«

Er seufzte hörbar. »Rückblickend bin ich sogar froh, dass du vergessen hast, die Kerze auszupusten … Kennst du das, dass plötzlich etwas passiert – und auf einmal ist alles anders, aber viel besser, als du es dir jemals erhofft hast?«

Leni musste befreit auflachen. Ja, sie wusste genau, was er meinte. Sie spürte eine tiefe Dankbarkeit darüber, dass Armin es ihr so leicht machte, die Vergangenheit loszulassen.

Dieses Gefühl setzte eine ungeahnte Energie in ihr frei, die durch ihren Körper wogte. Dabei öffnete sich ihr Herz ganz weit, und mit einem Mal fühlte sie sich frei. Sie hatte ihren Käfig verlassen. Endlich!

Als sie auf dem Promenadenplatz an der Seebrücke ankam, verlangsamte Leni ihren Laufschritt zum schnellen Gehen.

Trotz der kühlen Temperaturen flanierten nicht wenige Leute über den Platz. Sie folgte der Straße Am Kurbad, die sie an Geschäften und Restaurants vorbeiführte, bis sie schließlich vor der Buchhandlung *Bookbantje Truels* stand.

Spontan betrat sie das Geschäft, um weiteren Lesenachschub zu besorgen. Seit sie bei Oma Elga war, las sie so viel wie schon lange nicht mehr. Sie liebte es, sich abends mit einem Schmöker in eine Decke einzukuscheln und in der Geschichte zu versinken. Wenn dabei dann der Wind ums Haus pfiff und die alten Dielen knackten, war es für Leni an Wohlfühlatmosphäre nicht zu übertreffen.

Sie blieb vor einem Aufsteller mit Postkarten stehen und griff eine heraus, auf der der Westerhever Leuchtturm abgebildet war. Gleich griff sie zu einer zweiten, die eine Aufnahme eines Pfahlbaus im Sonnenuntergang zeigte. Darunter prangte der Spruch: *Wer Meer hat, braucht weniger.*

Leni schrieb zwar keine Postkarten, nutzte sie allerdings gern als Lesezeichen.

In unmittelbarer Nähe hörte sie plötzlich ein Schnäuzen. Sie blickte zur Treppe, die in die Kinder- und Jugendbuchabteilung im Obergeschoss führte, und sah den Inhaber die Stufen heruntereilen, wobei er sich die Nase putzte. Sein Gesicht war verquollen, und er wirkte blasser, als sie ihn in Erinnerung hatte. Er war zweifellos noch angeschlagen.

Leni wandte sich ab und schlenderte in die Ecke, wo sich Romane im Regal aneinanderreihten. Nach dem Sachbuch war ihr nun nach einer Geschichte, bei der sie sich wegträumen konnte. Nachdem ihre Wahl auf ein Buch gefallen war, das zur Zeit der Goldenen Zwanziger in Hamburg spielte, ging sie zur Kasse.

Sie legte das Buch und die beiden Postkarten auf die Theke, musste sich jedoch gedulden, weil der Buchhändler noch in einem Kundengespräch steckte.

Wenig später kam er zur Kasse. »Entschuldigung, dass Sie warten mussten«, sagte er nasal und scannte den Preis des Buchs und der Karten ein.

»Kein Problem.« Leni lächelte ihn verständnisvoll an. »Geht es Ihnen besser? Ihre Angestellte hat mir bei meinem letzten Besuch erzählt, dass Sie krank waren.«

»Halbwegs.« Er lächelte gequält. »Ich weiß, ich sehe schlimm aus. Aber es ist schon besser als vor ein paar Tagen. Ehrlich gesagt hätte ich mich etwas länger auskuriert, bevor ich mich wieder ins Geschäft stelle. Aber ich konnte meine Angestellte nicht noch länger allein im Laden lassen. Womöglich hätte sie sonst gekündigt. Dann hätte ich ganz ohne Personal dagestanden.«

»Ist die Lage denn wirklich so schlimm auf dem Arbeitsmarkt?«, fragte Leni betroffen.

»Schlimm ist gar kein Ausdruck! Der Markt ist wie leergefegt, wenn man nach geeigneten Mitarbeitern Ausschau hält.« Er schob ihr das Buch und die Postkarten über die Ladentheke zu.

»Das ist wirklich verrückt! Ich kann mich noch gut daran erinnern, dass es mal eine Zeit gab, in der Jobs in Buchhandlungen heiß begehrt waren. Nach meinem Schulabschluss wollte ich auch zuerst eine Ausbildung zur

Buchhändlerin machen, habe damals aber leider nur Absagen kassiert.«

»Das muss aber schon eine Weile her sein. Von mir würden Sie jedenfalls keine Absage bekommen. Ich wiederhole gerne noch mal mein Jobangebot.« Er griff energisch nach Zettel und Stift, um etwas aufzuschreiben. »Hier.« Er streckte Leni die Notiz entgegen. »Das ist meine Handynummer. Für alle Fälle, falls Sie doch Interesse haben sollten, in unmittelbarer Nähe des schönsten Strands der Welt zu arbeiten und zu leben.«

»Vielen Dank.« Lächelnd nahm sie das Blatt entgegen.

»Ich würde mich wirklich freuen, wenn Sie sich die Sache durch den Kopf gehen ließen«, sagte er mit Nachdruck. »Das klingt jetzt vielleicht ein wenig hartnäckig oder verzweifelt, aber Sie können mich zu jeder Tages- und Nachtzeit anrufen.«

Leni nickte. »Ihr Interesse weiß ich wirklich zu schätzen. Und ich werde ernsthaft über Ihr Angebot nachdenken und mich auf jeden Fall bei Ihnen melden – wahrscheinlich tagsüber«, versprach sie, bevor sie das Geschäft verließ.

»Wo steht mir nur der Kopf?« Am Abend stand Oma Elga in der Mitte der Küche und ärgerte sich offensichtlich. Sie hatte ihre Augenbrauen zusammengezogen und blickte griesgrämig drein.

»Was ist denn los?«, wollte Leni wissen. Sie hatte gerade

den Abwasch erledigt und trocknete die letzte Tasse mit einem Küchentuch ab.

»Deine Mutter hat mich mit ihrem Pflegedienst ganz durcheinandergebracht.« Sie schlug die Hände über dem Kopf zusammen. »Jetzt hätte ich doch fast die Lichtsamen für das neue Jahr vergessen.«

»Na ja, es ist dir ja noch rechtzeitig eingefallen«, versuchte Leni sie zu beschwichtigen. »Was meinst du, was ich manchmal alles vergesse! Kerzen auf dem Adventskranz zum Beispiel …«

»Ja, und an die Lichtsamen hast du auch nicht gedacht, wie es scheint«, stellte ihre Großmutter scharf fest. »Dabei ist es doch fast der wichtigste Brauch. Früher haben wir es jedes Mal zusammen gemacht. Erinnerst du dich, Lenchen?«

Leni stellte die Tasse in den Schrank. »Selbstverständlich …«

Oma Elga verzog den Mund. »Anscheinend sind wir beide gerade etwas tüdelig. Höchste Zeit, unser Versäumnis nachzuholen. Es ist noch früh genug, um Lichtsamen für das neue Jahr zu säen. Ich gehe mal in die Wohnstube und bereite alles vor.«

»Ist gut, Oma. Ich mache derweil hier Klarschiff.«

Als Leni wenig später ins Wohnzimmer kam, hatte Oma Elga bereits einen Blumenkasten mit Erde gefüllt. Daneben stand ein Glas mit Bohnen.

»Möchtest du Meeresklänge oder die mit der Panflöte?« Ihre Großmutter hielt zwei CDs in der Hand.

»Meeresklänge, bitte«, entschied Leni und lächelte.

»Dann zünde schon mal die Kerzen an«, forderte Oma Elga sie auf.

Leni zögerte einen Augenblick. Dann atmete sie einmal tief durch und griff nach dem Feuerzeug. Seit dem Hausbrand hatte sie zu Feuer und Kerzen ein gespaltenes Verhältnis.

Konzentriert zündete sie die drei Kerzen in den Windlichtern an, die ihre Großmutter vor dem Blumenkasten platziert hatte. Wenigstens waren die Kerzen durch die Gläser geschützt. Falls sie vergessen sollte, die Flammen zu löschen, würde nicht so leicht etwas passieren.

Kurz darauf saßen Leni und ihre Großmutter nebeneinander auf zwei Sitzkissen. Aus dem CD-Spieler erklang sanftes Meeresrauschen, durchzogen vom gelegentlichen Schreien von Möwen. Es roch nach heißem Wachs und Wandfarbe. In den Händen hielten sie jeweils eine Bohne.

Leni hatte die Augen geschlossen und konzentrierte sich auf ihren inneren Garten. Was durfte weiterhin wachsen? Was wollte sie ernten, und was wollte sie nicht weiter nähren?

Sie schlug die Augen wieder auf. Eigentlich war die Beantwortung der Frage nicht schwer. Natürlich wollte sie, dass sich die Beziehung mit Kristan weiterentwickelte. Entschlossen pflanzte sie die erste Bohne in den kleinen Blumenkasten.

Das Prinzip der Lichtsamen war einfach. Jede Bohne trug einen Wunsch in sich. Diejenigen, die aufgingen, deren Wünsche würden sich erfüllen.

Oma Elga steckte schon die dritte Bohne in die Erde.

Leni war sicher, dass sie sich wünschte, nie einen Pflegedienst zu benötigen. Vielleicht hoffte sie auch, dass sie bei ihr blieb. Insgeheim hoffte Leni das auch. Sie vergrub eine zweite Bohne in der Erde.

Zum Schluss stellten sie den Blumenkasten in ein kleines Gewächshaus auf der breiten Fensterbank in Oma Elgas Wohnzimmer.

»Hast du dir gemerkt, welche Bohne für welchen Wunsch steht?«, fragte ihre Großmutter.

»Ich habe mir alles genau eingeprägt.«

Oma Elga schloss das Gewächshaus. »Mögen möglichst viele Pflänzchen ihre Köpfe zeigen.« Sie blickte zufrieden auf ihr Werk.

Es war fast Mitternacht, und ein Hagelschauer prasselte gegen das Fenster. Leni lag warm eingemummelt im Bett. Sie hatte mehr als 50 Seiten des neuen Romans in einem Rutsch durchgelesen und dabei gar nicht bemerkt, wie die Zeit vergangen war. Erst Kristans Gute-Nacht-Anruf hatte sie zurück in die Gegenwart katapultiert.

»Ich bin fast ein bisschen enttäuscht«, sagte er. »Meine Eltern und meine Oma waren gar nicht überrascht, als ich ihnen vom meinen Umzugsplänen erzählt habe. Selbst dass ich schon eine Doppelhaushälfte miete, schien sie nicht zu überraschen. Oma Ine meinte nur, dass sie sich schon so was gedacht habe. Keine Ahnung, warum sie den Braten gerochen hat.«

Leni schmunzelte. Dass Kristan ein guter Geheimnishüter war, konnte sie auch nicht behaupten. »Sie kennt dich eben. Omas wissen doch meistens als Erste Bescheid.«

»Bin ich so leicht zu durchschauen?« Er klang ein bisschen frustriert.

»Du bist wie ein offenes Buch«, neckte sie ihn.

»Das klingt furchtbar langweilig«, meinte er. »Eins mit sieben Siegeln wäre spannender.«

»Ach was, ich mag offene Bücher«, entgegnete Leni und schaute auf ihren Roman. »Deswegen liegt gerade auch eins in meinem Schoß. War deine Familie denn wenigstens erfreut über deine Pläne?«

»Ja. Und da sie es ja alle schon irgendwie vorher geahnt hatten, lief alles sehr entspannt ab. Meine Oma sagte irgendwann, dass sie sogar den Eigentümer der Doppelhaushälfte kennt.«

»Daran hätten wir früher denken können. In St. Peter kennt doch jeder jeden.«

»Irgendwie schön, oder? Ich meine, im Gegensatz zum anonymen Leben in Hamburg. Ich mag es, wenn ich die Leute mit Namen grüßen kann.«

Leni musste lächeln, während sie es sich bequemer machte und Kristans Stimme lauschte. »Ja, ich auch. Ich finde das sehr wertschätzend.«

»Namenstraining ist zudem gut fürs Gedächtnis«, fügte er hinzu.

»Das auch. Sehen wir uns morgen?«

»Natürlich.« Sie meinte ihn durch das Telefon lächeln hören zu können.

»Bis morgen, Kris.«
»Bis morgen, Leni. Und schlaf gut.«
»Du auch. Hab schöne Träume.«

Nachdem sie das Gespräch beendet hatte, ging Leni leise die Treppe hinunter, um sich aus der Küche noch eine Flasche Wasser für die Nacht zu holen. Ihre Oma schlief längst, es war ganz still im Haus. Nur das Prasseln der Hagelkörner an die Fensterscheiben störte die Ruhe.

Sie schaute aus einem Küchenfenster zum Haus der Böttes hinüber. Im obersten Zimmer brannte noch Licht. Genau wie sie schlief Kristan im Dachzimmer. Sie lächelte und musste dann gähnen.

Schnell stieg sie die Treppe wieder hoch, sank in ihrem Zimmer in das weiche Kissen ihres Betts und ließ noch einmal den ereignisreichen Tag Revue passieren. Das Gespräch mit dem Buchhändler fiel ihr wieder ein. Gedankenverloren tastete sie nach der Notiz, die sie auf dem kleinen Nachttischchen abgelegt hatte. Sie würde ihn anrufen, so viel stand für sie fest. Doch was würde sie ihm sagen? Leni legte den Zettel wieder zurück und blickte an die Decke.

Eine Bohne hatte sie mit ihrem Wunsch eingepflanzt, sich stets für die Liebe und gegen die Angst entscheiden zu können. Sie dachte dabei an Kristan und auch an Armin, denn in diesem Punkt waren sie sich unglaublich ähnlich. Eigentlich gab es für Leni keinen Grund, es ihnen nicht gleichzutun.

Mal schauen, dachte sie müde und knipste das Licht aus.

Mitten in der Nacht schrak Leni mit klopfendem Herzen hoch.

Aufgewühlt drückte sie auf den Schalter der Nachttischlampe und schnappte nach Luft. Sie brauchte eine Weile, um ihre Gedanken zu sortieren und zu verstehen, was passiert war.

Sie hatte geträumt. Erleichtert strich sie sich durchs Haar. Im Traum hatte sie den Buchhändler angerufen und ihm eine Zusage für den Job gegeben. Sie konnte nicht sagen, ob sie vor Schreck vor der eigenen Courage oder vor Glück wach geworden war. Eines schien jedoch klar zu sein: Etwas geriet in Bewegung. Neue Erkenntnisse und eine kraftvolle Schubkraft schienen sie in die richtige Richtung zu stoßen.

Und mit einem Mal war ihr, als würde sie im Geiste Opa Freders Stimme vernehmen: »Sei dir stets treu und habe Vertrauen in die Sehnsüchte deines Herzens. Das ist der beste Weg, damit deine Träume wahr werden können. Tanze auf der Klaviatur des Lebens und lass Wunder geschehen.«

Kapitel 20

Und wenn es doch keine Einbildung war? Leni stand vor der Terrassentür und blickte gedankenverloren in den Garten hinaus. In einer Hand hielt sie eine Tasse dampfenden Friesentees, in der anderen ihr Handy, da sie kurz zuvor ein Gespräch mit ihrer Mutter geführt hatte.

In dem Vogelhäuschen, das ihr Opa einst gebaut hatte, herrschte regelrecht Hochbetrieb. Etliche Meisen, Rotkehlchen, Buchfinken und Amseln drängten sich in das runde, aus naturbelassenem Birkenholz hergestellte Futterhaus, das als besonderen Clou über ein handgedecktes Reetdach verfügte. Darauf war ihr Opa besonders stolz gewesen.

»Das ist der kleine Bruder von unserem Friesenhaus«, hatte er einmal zu ihr mit einem Augenzwinkern gesagt.

Am Morgen hatte Leni neues Fettfutter in das Haus eingestreut und Meisenknödel in die Halter gefüllt, die an verschiedenen Baum- und Buschzweigen hingen. Danach hatte sie die restlichen Gardinen abgenommen. Obwohl im Grunde nichts Besonderes geschehen war, ließ das nächtliche Erlebnis Leni nicht los.

Womöglich war sie schlaftrunken gewesen und hatte fantasiert. Doch die Stimme war ihr so wirklich erschienen. Hätte sie nicht gewusst, dass Opa Freder vor mehreren Jahren verstorben war, hätte sie zur Zimmertür geblickt und erwartet, ihn dort zu sehen. Sie erinnerte sich an Kristans Erlebnis auf der Beerdigung. Er hatte genau wie sie gedacht, die Worte seines Großvaters zu hören, die er längst vergessen geglaubt hatte. Spielte das Gehirn einem einen Streich, wenn so etwas geschah? Oder war es doch möglich, Botschaften von seinen Ahnen zu empfangen?

Sie war sich nicht sicher, was sie davon zu halten hatte. Bisher hatte sie so etwas nie erlebt. Das schrille Piepen der Waschmaschine riss sie schließlich aus den Grübeleien. Leni stellte die Teetasse auf dem Esstisch ab und ging in den Keller, um eine Wäscheladung Gardinen zu entnehmen.

»Das hast du wirklich sehr gut gemacht«, lobte Oma Elga und zupfte einen Vorhang am Küchenfenster zurecht. »Der Raum ist gleich viel heller mit frisch gewaschenen Gardinen.«

»Das stimmt.« Leni betrachtete zufrieden ihr Werk. »Und bald kommen deine neuen Möbel. Was meinst du, wie toll dann die Zimmer aussehen.«

»Ich kann mich noch daran erinnern, wie ich darüber stundenlang mit deinem Opa diskutiert habe. Er wollte unbedingt einen elektrischen Fernsehsessel. Ich habe ihm damals einen Vogel gezeigt und gesagt, dass unsere Couch ausreicht. Für mich war das bloß eine verrückte Spielerei, weißt du? Und nun bekomme ich so ein Ding.« Sie zuckte mit den Schultern. »Ich hätte nicht gedacht, dass diese Sessel gut für den Rücken sind. Hätte ich mal eher auf deinen Opa gehört. Meistens hatte er gute Ideen.«

Jetzt oder nie, dachte Leni. »Oma Elga?«

»Ja?«

»Ich möchte dir was erzählen. Aber du darfst mich nicht auslachen.«

»Würde ich nie!« Sie lachte, schlug sich dann sofort die Hand vor den Mund und wurde ernst. »Entschuldige, aber bisher bin ich eindeutig die Verrückte in unserer Familie, du kannst mir alles sagen.«

»Wer weiß? Vielleicht bin ich viel verrückter als du …« Leni kratzte sich am Hinterkopf. »Ich habe letzte Nacht die Stimme von Opa Freder gehört«, gestand sie dann ohne Umschweife.

»Was hat er denn gesagt?« Oma Elga schien nicht sonderlich überrascht zu sein.

Leni erzählte alles. »Aber kann das denn wirklich sein? Es kam mir alles so realistisch vor. Spinne ich?«

»Du spinnst bestimmt nicht. Was meinst du, wie oft ich die Stimme deines Großvaters höre!« Sie setzte sich an den Küchentisch. »Besonders in den Rauhnächten sind solche Begebenheiten nicht so außergewöhnlich, sagt man. In der Zeit stehen die Tore weit offen, und wir können uns mit unseren Ahnen und anderen Lichtwesen einfacher verbinden als an anderen Tagen, heißt es. Es ist auch die günstigste Zeit, um sein Schicksal in neue Bahnen zu lenken und einen Neubeginn zu wagen. Deswegen wundert es mich eigentlich nicht, dass dein Großvater sich bei dir gemeldet hat.« Gutmütig lächelte Oma Elga.

Leni setzte sich ihr gegenüber und faltete die Hände auf dem Tisch. »Es ist fast schon ein wenig unheimlich, wie sich alles fügt und zusammenpasst. Fast wie bei einem Puzzle. Stell dir mal vor, der Inhaber der Buchhandlung Truels hat mir einen Job im Geschäft angeboten. Und ich habe geträumt, dass ich ihn angerufen und zugesagt habe.«

»Na, das ist doch wunderbar! Dann bist du in deinen Träumen schon einen Schritt weiter als in der Realität. Dein Opa scheint dir in deinem Halbschlaf genau das gesagt zu haben, was ich dir jetzt auch raten würde, Lenchen. Es liegt an dir, ob du die Fügungen des Lebens annehmen möchtest. Man weiß nie, ob sich solche Gelegenheiten noch mal ergeben.«

»Manchmal frage ich mich, ob ich das alles nur träume«, sagte Leni. »Erst der Brand, bei dem alles zu Ende gegangen ist, und dann diese ganz andere Welt hier …«

»Ach, mein Kind.« Ihre Großmutter legte eine Hand auf ihre. »Hinterfrag nicht so viel, sondern nimm es einfach an. Es ist ein Geschenk, das das Leben dir macht. Dafür wirst du keine weiteren Erklärungen bekommen.«

»Wahrscheinlich hast du recht.« Leni lächelte zaghaft. »Es ist trotzdem ungewohnt.«

»Gewiss.« Ihre Oma nickte verständnisvoll. »Eine Wohnung müsstest du dir in St. Peter noch nicht einmal suchen. Du bist in meinem Friesenhäuschen jederzeit herzlich willkommen. Von mir aus kannst du gern bei mir einziehen, wenn du möchtest.«

»Ich glaube, es würde Mutti extrem beruhigen, wenn sie wüsste, dass ich bei dir bin.«

»Und mich erst!« Oma Elga verdrehte die Augen. »Dann müsste ich auch in Zukunft keine Leute vom Pflegedienst verscheuchen.«

Nach dem Gespräch war Leni, als wäre ein besonders schwerer Stein von ihrem Herzen gefallen. Sie fühlte sich erleichtert und gleichzeitig beruhigt, da ihre Oma sie ernst genommen und ihre Empfindungen bestätigt hatte. Auch wenn sie sich selbst in manchem gerade so ungewohnt kindlich vorkam, spürte sie darin eine Energie, der sie Raum geben wollte.

Sie war bereit, ihren Ideen die nötigen Taten folgen zu lassen, und beschloss, die neuen Möglichkeiten anzunehmen, die ihr das Leben bot. Sie wollte Ja zu St. Peter-Ording und Oma Elga, dem Job im Buchladen und natürlich zu Kristan sagen.

Zunächst würde sie noch einmal mit dem Inhaber von *Bookbantje Truels* sprechen. Einen Augenblick hatte sie überlegt, ob sie ihn anrufen oder einfach vorbeigehen sollte. Die persönliche Variante erschien ihr besser.

Voller Tatendrang machte sie sich mit dem Auto auf den Weg zur Buchhandlung.

Als sie das Geschäft betrat, entdeckte sie Herrn Truels

am Computer. Er tippte etwas in das Betriebssystem ein und schien in seine Arbeit vertieft zu sein. Leni wollte ihn nicht stören und blieb deshalb an einem Aufsteller mit Kalendern stehen. Als Herr Truels fertig war, ging er zur Kasse. Da trafen sich ihre Blicke.

»Moin!« Er schien erfreut zu sein, sie zu sehen. »Haben Sie Ihr Buch schon ausgelesen?«

»Noch nicht ganz«, verneinte sie. »Ich habe mir Gedanken über Ihr Angebot gemacht und wollte Ihnen eine Antwort geben. Deswegen bin ich hier.«

»Ich hoffe sehr, Sie haben eine positive Entscheidung getroffen«, sagt er, doch in seinem Blick zeigten sich Zweifel.

»Sie haben mir den Arbeitsplatz in Ihrer Buchhandlung wirklich schmackhaft gemacht. Es ist schon sehr verlockend, in direkter Nähe zum Strand und zum Meer zu arbeiten. Dieses Privileg bekommt man selten.«

Er nickte zwar, doch schien er sich innerlich auf eine Absage einzustellen. Aus halb zusammengekniffenen Augen sah er sie an. »Ich möchte an keinem anderen Ort der Welt arbeiten.«

»Ich auch nicht.« Leni lächelte.

»Tatsächlich?« Sein Gesichtsausdruck entsprach einer Mischung aus Hoffen und Bangen. »Was heißt das?«

Sie nickte zuversichtlich. »Das heißt, dass ich das Angebot sehr gerne annehme.«

»Nein! Wirklich?«

»Ich bin wild entschlossen, meine Arbeitspausen am Strand zu verbringen«, fügte Leni hinzu und meinte es auch so.

»Ach, das ist eine der besten Nachrichten seit Langem!« Er schien sein Glück kaum fassen zu können.

»Allerdings müsste ich meine aktuelle Arbeitsstelle noch kündigen«, warf Leni ein. »Es würde also noch eine Weile dauern, bis ich bei Ihnen anfangen kann. Ich hoffe, dass es trotzdem für Sie okay ist und Sie auf mich warten.«

»Ja, natürlich. Damit, dass Sie sofort mit der Arbeit beginnen, habe ich sowieso nicht gerechnet. Wir müssten nur vorher über Ihr Gehalt sprechen, bevor Sie kündigen. Vermutlich werde ich nicht so viel zahlen können wie eine Bibliothek«, wandte er ein.

Leni winkte ab. »Geld ist für mich nicht der ausschlaggebende Faktor. Ich bin glücklich, wenn ich mit Büchern arbeiten kann. Und wenn das in St. Peter-Ording möglich ist, dann gibt es keinen schöneren Job für mich!«

»Da bin ich aber froh!«, stieß er erleichtert hervor. »Darf ich fragen, wie lange Ihre Kündigungsfrist ist?«

»Wenn alles gut geht, kann ich im Frühling bei Ihnen anfangen.«

»Das wäre ideal. Ab Mai steigen die Besucherzahlen, und im Sommer steppt hier der Bär. Da wollen alle Lektüre für den Strandkorb kaufen.«

Leni lächelte glücklich. »Bis dahin sollte ich gut eingearbeitet sein und jedem Kunden seinen persönlichen Strandroman empfehlen können.«

»Wunderbar! Ich werde mich in der kommenden Woche gleich um einen Vorvertrag bemühen, wenn Sie möchten«, sicherte er ihr zu.

Leni streckte ihm die Hand entgegen. »Abgemacht!«

»Auf gute Zusammenarbeit!«

»Auf gute Zusammenarbeit«, wiederholte sie. Der Händedruck des Buchhändlers fühlte sich gut an. Neue Zuversicht erfüllte sie. Es war der richtige Weg, den sie einschlug.

Im Auto drehte Leni das Radio laut auf und sang den Hit *Dieser Weg* von Xavier Naidoo aus vollem Herzen mit. Sie fühlte sich glücklich und war insgeheim ein wenig stolz auf sich, weil sie über den eigenen Schatten gesprungen war und es einfach durchgezogen hatte.

Als sie vor Oma Elgas Haus parkte, beeilte sie sich, zu ihr zu kommen. Sie wollte ihr alles erzählen.

Doch statt ihrer Großmutter fand Leni bloß eine handgeschriebene Notiz von ihr in der Küche vor.

Liebe Leni!
Ich bin ein paar Besorgungen machen. Es kann eine Weile dauern, bis ich wieder da bin. Vielleicht treffe ich mich noch mit zwei Frauen vom Turnverein auf einen Kaffee.
Solltest du Hunger haben, findest du im Gefrierfach eingefrorenen Eintopf – oder schau mal unter die Abdeckhaube der Kuchenplatte, da ist noch etwas Eierlikörkuchen.
Bis später!
Oma Elga

Leni verzog enttäuscht den Mund. Sie hatte keine Fanfaren erwartet, aber ihre Oma. Nun musste sie mit der Verkündung der guten Nachrichten bis zu ihrer Rückkehr warten. Um sich die Zeit bis dahin zu verkürzen, nahm Leni einen Teller aus dem Schrank und gönnte sich ein Stück von Omas selbst gemachtem Eierlikörkuchen.

Sie kannte niemanden, der so gut backen konnte wie ihre Großmutter. Nachdem sie ein Stück gegessen hatte, genehmigte sie sich zur Feier des Tages ein zweites. Sie hatte gerade einen Bissen gegessen, da klingelte es an der Tür. Ob Oma Elga den Schlüssel vergessen hatte? Oder Kristan holte sie zu einem Spaziergang ab?

Leni lief zur Tür und stand nach dem Öffnen unerwartete Beeke und Bruno gegenüber.

»Moin!«, grüßte ihre Freundin.

»Moin!«, erklang es auch aus der Kinderkehle.

»Hallo, ihr zwei«, erwiderte Leni überrascht. »Wollt ihr reinkommen?«

»Nö.« Beeke schüttelte den Kopf. »Ich habe Bruno gerade bei meiner Oma abgeholt.«

»Bei der Ur-Oma!«, korrigierte Bruno seine Mutter.

Beeke verdrehte die Augen. »Bei deiner Ur-Oma und für mich bei meiner Oma. Ist es jetzt richtig?«

»Ja, so stimmt das«, befand der kleine Junge selbstbewusst.

»Wie auch immer. Wir waren jedenfalls gerade in der Gegend, und da wollte ich fragen, ob wir morgen vor meiner Schicht wieder spazieren gehen oder zum Yoga gehen wollen? So lange du hier bist, möchte ich die Tage mit dir ausnutzen. Wer weiß, wann wir uns dann wiedersehen!«

Leni biss sich auf die Lippen, um nicht sofort mit den Neuigkeiten herauszuplatzen. »Lass uns doch morgen wieder spazieren gehen. Mir tut die raue Nordseeluft so gut.«

»Oki-doki. Ich hole dich dann ab, wenn ich Bruno bei meinen Großeltern abgesetzt habe.«

»Wir gehen morgen Robben gucken«, verkündete der Junge strahlend.

»Oh, wow! Das wird bestimmt ganz toll«, erwiderte Leni.

»Passt dir gegen 10 Uhr?« Beeke strich ihrem Sohn über den Kopf.

Leni nickte. »Passt perfekt.«

»Dann bis morgen!«

»Bis Morgen, Beeke! Tschüs, Bruno!« Sie blieb an der Tür stehen, während ihre Freundin mit ihrem Sohn zum Auto lief, und winkte ihnen nach, bis das Auto aus der Straße fuhr.

Dann schloss sie die Tür und lehnte sich von innen an das Holz. Es war richtig, dass sie Beeke noch nichts von ihrem Entschluss, in St. Peter zu bleiben, und der Zusage im Buchladen erzählt hatte. Das wollte sie lieber machen, wenn sie den Arbeitsvertrag unterschrieben hatte. Dann würde sie ihn ihrer Freundin wortlos zum Lesen geben. Sie freute sich jetzt schon auf Beekes Gesicht.

Auch vor Kristan würde sie die neuesten Entwicklungen vorerst geheim halten. Ihr war klar, dass sie dies nicht nur wegen des Überraschungseffekts tat, sondern es auch ein klitzekleines Hintertürchen für sie selbst war. Nicht dass sie es wirklich für möglich hielt, aber falls sie doch noch einen Rückzieher machen sollte … Eins hatte das Leben sie inzwischen definitiv gelehrt: Man wusste nie, wie sich die Dinge entwickelten, und sollte auf Überraschungen gefasst sein …

»Was machst du gerade?«, tönte Kristans Stimme aus dem Handy.

»Ich räume Oma Elgas Küche auf, bin aber gleich fertig. Warum fragst du?« Leni wischte gerade etwas Staub von der Fensterbank.

»Können wir uns sehen?«, fragte er ohne Umschweife.

»Klar. Komm einfach rüber. Ich bin da.«

»Ich bin aber nicht bei meiner Oma.«

»Jetzt sag nicht, du bist schon in deiner neuen Haushälfte zugange.« Das würde ihm ähnlichsehen.

»Ich bin im Ortsteil Bad. Können wir uns an der Seebrücke treffen?«

Zögernd fasste Leni sich an die Stirn und lehnte sich dann an die Fensterbank. »Eigentlich warte ich auf meine Oma. Sie ist unterwegs …«

»Es wäre wichtig.« Kristans Stimme hatte mit einem Mal etwas Dringliches, das sie beinah sorgte.

»Also gut. Dann schreibe ich meiner Oma einen Zettel und komme gleich.«

»Wann kannst du da sein?«

»In zehn bis fünfzehn Minuten? Du machst es ja wirklich spannend.«

»Manchmal bin ich eben kein offenes Buch, sondern eins mit sieben Siegeln.« Sie hörte ihn lachen. »Beeile dich! Ich warte vor der Seebrücke. Bis gleich!«

»Ich fliege! Bis gleich!« Leni beendete das Gespräch und schüttelte den Kopf. Wenigstens den Grund für das spontane Treffen hätte sie gern erfahren. Was hatte Kristan jetzt wieder ausgeheckt?

Die Autofahrt vom Ortsteil Dorf nach St. Peter-Bad dauerte bloß ein paar Minuten. Leni parkte auf dem Parkplatz der Dünen-Therme. Dort war die erste halbe Stunde kostenlos, wie sie inzwischen wusste. Sobald sie die Arbeit in der Buchhandlung antrat, würde sie auf den Ortsbus umsteigen, der nur ein paar Meter entfernt vom Laden hielt. Das stand für sie jetzt schon fest. Die Parkkosten würden sonst ihr Budget sprengen. So viel konnten weder Herr Truels noch ihr aktueller Arbeitgeber zahlen.

Leni lief über den Parkplatz und schlug den Weg zur Seebrücke ein. Es war ein windiger, fast schon stürmischer Tag. Die raue Witterung reizte ihr Gesicht. Innerlich fluchte sie, weil sie in der Eile vergessen hatte, sich mit einer Fettcreme einzucremen. Was um alles in der Welt hatte Kristan sich dabei gedacht, sie ausgerechnet heute zu diesem Treffen an der Seebrücke zu bitten?

Sie entdeckte ihn auf Höhe des Gitters, das voller Liebesschlösser war. Er winkte ihr schon von Weitem zu, als hätte er Angst, sie könnte ihn übersehen.

»Hey!« Leni gab ihm zur Begrüßung einen Kuss auf die Wange. »Du hättest ein bisschen schöneres Wetter bestellen können.«

Er zuckte entschuldigend die Achseln. »Das war leider gerade aus.«

Leni fröstelte. »Was ist? Gehen wir in ein Café? Es ist wirklich extrem schattig hier …«

»Moment.« Kristan griff nach ihrem Arm und lächelte sie beinah unsicher an. »Einen Augenblick musst du mir geben, bevor wir irgendwohin gehen.«

»Okay.« Sie schaute ihn fragend an.

»Es ist nämlich so …« Er senkte den Blick und schien nach den passenden Worten zu suchen. »Ich wollte nicht länger warten, sondern Nägel mit Köpfen machen.«

»Das machst du doch immer«, erwiderte sie grinsend. Das war nichts, was sie überraschte.

»Es ist nicht so, wie du denkst.« Er schüttelte den Kopf. »Wahrscheinlich wirst du mich für vollkommen verrückt erklären. Aber das Risiko muss ich eingehen.«

»Verrücktheiten bin ich von dir gewohnt.«

Kristan kramte mit einer Hand in seiner Parkatasche und zog etwas heraus, was er ihr auf einer geöffneten Handfläche präsentierte. »Schau mal.«

»Oh, ein Liebesschloss!« Leni nahm das rote Schloss in die Hand. »Sogar unsere Namen und das heutige Datum sind eingraviert. Das ist aber eine wirklich süße Idee von dir.« Sie gab ihm wieder einen Kuss auf die Wange und war erleichtert.

»Eigentlich ist das noch nicht alles.« Er grinste sie schief an.

»Nein? Was kommt denn noch?« Leni hatte keinen blassen Schimmer, worauf er hinauswollte. Erst als Kristan plötzlich vor ihr auf die Knie ging, fiel bei ihr der Groschen. »Oh!« Reflexartig hielt sie sich eine Hand vor den Mund. Fast hätte sie vor Aufregung das Schloss fallen gelassen.

»Liebe Leni, ich will dich nicht noch einmal verlieren, deswegen frage ich dich: Willst du mich heiraten?« Er schaute sie bittend an.

Ihr Herz klopfte wie wild. Sie wusste, dass dies nun die Stelle war, wo alles viel toller wurde, als sie es jemals für möglich gehalten hatte. Statt zu antworten, fiel sie Kristan zunächst um den Hals.

»Ich krieg keine Luft mehr«, japste er.

»Ja, ich will!«, sagte sie dann bewegt in sein Ohr. Sie war bereit, sich für die Liebe zu entscheiden und alles Schöne im Leben anzunehmen.

»*Yes!*« Kristan reckte eine Hand zum Himmel, als hätte er gerade Wimbledon gewonnen. »Du machst mich zum glücklichsten Menschen der Welt«, sagte er und wollte sie küssen.

»Moment.« Leni hob eine Hand. »Da ist noch etwas.« Dann platzte alles wie ein Sturzbach aus ihr heraus. Im Schnelldurchgang erzählte sie ihm von dem Arbeitsvertrag in der Buchhandlung und ihrem Plan, zunächst bei Oma Elga unterzukommen.

»Du bist ja genauso verrückt wie ich.« Kristan schaute sie überglücklich an, seine grünen Augen glänzten dunkel.

»Deswegen passen wir so gut zusammen«, bestätigte Leni.

»Für immer«, sagte er und machte das Schloss an einer freien Stelle am Gitter fest.

Sie nickte. »Für immer.«

Leni drückte das Schloss zusammen, sodass es fest mit dem Gitter verbunden war. Dann schaute sie ihrem zukünftigen Ehemann in die Augen und spitzte die Lippen. »Sie dürfen die Braut jetzt küssen.«

»Das lasse ich mir nicht zweimal sagen.« Lang und leidenschaftlich küsste er sie und zog sie so fest an sich, dass sie nur noch mit ihm verschmelzen wollte.

Den kalten Wind hatte sie inzwischen ganz vergessen. Sie fühlte sich wie auf Wolken. Und falls dies doch nur ein Traum war, dann wollte sie, dass er niemals endete.

»Ich habe mir übrigens überlegt, eine Markise für den Balkon anzuschaffen«, sagte Kristan, als er sich wieder von ihr gelöst hatte. »Dann können wir auch bei heißem Wetter dort gemütlich sitzen.«

»Das hört sich gut an«, erwiderte sie. »Eine Markise hält einiges an Hitze ab.«

»Vielleicht lasse ich auch gleich eine Klimaanlage einbauen«, schmiedete er weitere Pläne für ihr neues gemeinsames Leben. »Ein Kumpel von mir hat eine Firma. Bestimmt macht er uns einen guten Preis.«

Sie lächelte ihn an und konnte es noch nicht richtig fassen, dass er sie wirklich gefragt hatte, ob sie seine Frau werden wollte. Das kleine Mädchen in ihr jubelte.

Während sie eng umschlungen über den Platz schlenderten, blieb ihr Blick an einer Gestalt hängen, die ihnen in Sichtweite schräg gegenüberstand. Es war Oma Elga. Sie lächelte Leni wissend zu und setzte dann ihren Weg in Richtung Dünen-Therme fort.

Kapitel 21

Leni verlangsamte ihre Schritte und blieb schließlich auf Höhe des Restaurants *De Lütte GOSCH* stehen. Es war nicht nur ihr vorerst letzter Tag in St. Peter-Ording, sondern auch der, an dem sie den letzten, entscheidenden Schritt wagen musste.

Inzwischen waren ihre Eltern zurück nach St. Peter-Ording gekommen, da Oma Elgas Möbel geliefert worden waren. Zusammen mit ihrem Vater und Kristan hatte Leni alles so hergerichtet, wie ihre Großmutter es sich gewünscht hatte.

Nachdem ihr Vater sie in die technischen Raffinessen des neuen Fernsehsessels eingewiesen hatte, war Oma Elga gleich am ersten Abend bei einem Krimi in dem neuen Möbel eingeschlafen, so bequem fand sie den Sessel. Auf Lenis Zukunftspläne mit Kristan hatten sowohl sie als auch ihre Eltern mit Begeisterung reagiert.

»Unseren Segen habt ihr, Kristan ist ja der beste Schwiegersohn, den wir uns für dich wünschen können«, hatte ihr Vater befunden. Leni hatte ihn nur staunend gemustert. Ihre bisherigen Beziehungen hatte er mit dem stets gleichen brummelnden »Mal sehen, wie lange das hält!« kommentiert.

Leni schaute auf die Zeitanzeige ihres Handys. Sie war überpünktlich. Natürlich. Wann war es schon mal anders gewesen? Manchmal fragte sie sich, ob es eine gute Charaktereigenschaft war oder eher etwas, was andere extrem nervte. Sie wollte durch zu frühes Erscheinen nicht übermotiviert wirken oder dafür sorgen, dass Herr Truels ihretwegen etwas unterbrechen musste.

Vorsichtshalber ging sie noch einmal die Straße hoch und wieder zurück, betrachtete die Winterbäume und den blauen Himmel an diesem Tag.

Als sie den Buchladen betrat, war es genau elf Uhr. An der Kasse stand dieses Mal eine jüngere Frau, die Leni auf Mitte zwanzig schätzte. Sie ging zu ihr und stellte sich vor.

»Schön, Sie kennenzulernen«, erwiderte die junge Frau. »Herr Truels wartet bereits im Büro auf Sie.« Sie beschrieb ihr den Weg und entschuldigte sich dafür, ihren Arbeitsplatz nicht verlassen zu können.

Wenig später stand Leni vor der hellen Holztür, klopfte und wurde hereingerufen.

»Moin! Wie schön, dass Sie gekommen sind«, begrüßte Herr Truels sie.

»Moin, Herr Truels. Ich freue mich auch.« Sie schaute sich um. Das Büro war eine Mischung aus Arbeitszimmer und Pausenraum.

»Bitte nehmen Sie doch Platz.« Er deutete auf einen kleinen Tisch, an dem zwei Stühle standen. »Möchten Sie einen Kaffee trinken? Oder lieber etwas anderes?«

»Ein Kaffee wäre toll.«

Er stellte zwei Tassen unter die Düsen eines Automaten. Wenig später stand das heiße Bohnengetränk dampfend vor Leni, Herr Truels saß ihr gegenüber. »Ich kann Ihnen wirklich nicht oft genug sagen, wie überaus froh ich bin, dass Sie gekommen sind.«

»Die Freude ist ganz auf meiner Seite. Es passiert nicht so häufig, dass sich jemand so sehr um Angestellte bemüht.« Leni lächelte. Die Wertschätzung auf Augenhöhe zwischen ihrem neuen Chef und ihr war ein gutes Zeichen.

»Ohne die richtigen Mitarbeiter ist ein Betrieb doch nichts wert. Das hat schon mein Großvater immer gesagt. Er hatte eine Bäckerei mit nahezu dreißig Angestellten.« Geschwind klappte er eine Mappe auf und entnahm ihr zwei Schriftstücke. »Hier wäre also der versprochene Vorvertrag in zweifacher Ausführung. Lesen Sie ihn sich ganz in Ruhe durch. Wenn Sie Fragen zu einzelnen Passagen haben, erkläre ich gern.«

Während Leni aufmerksam las, zog er sich diskret auf die Verkaufsfläche zurück. Bevor er das Büro verlassen hatte, hatte er es nicht versäumt, einen edlen Kugelschreiber neben die Vorverträge zu legen. Ein kurzer Blick genügte, und Leni wusste, dass es sich um ein Exemplar von *Montblanc* handelte. Ein weiteres Zeichen dafür, dass Herr Truels seine Mitarbeiter tatsächlich wertschätzte, fand Leni.

Nachdem sie den Inhalt des Vertrags ausführlich studiert hatte, seufzte sie erleichtert auf. Es war ein Standardvertrag, der keine besonderen Überraschungen beinhaltete. Nun lag es an ihr, nachzuziehen und Nägel mit Köpfen zu machen – so wie Kristan und Beeke es bereits lange vor ihr getan hatten. Leni hielt kurz inne, horchte noch einmal in sich hinein und atmete tief durch. Dann griff sie nach dem Stift. Schwungvoll setzte sie ihren Namen an die jeweiligen Stellen in den Unterlagen.

Als Herr Truels zurück ins Büro kam, hatte Leni die Tasse Kaffee ausgetrunken und spürte eine tiefe innere Zufriedenheit in sich. Der Geschäftsinhaber unterschrieb ebenfalls beide Vorverträge und händigte ihr ein Exemplar in einer Mappe aus. »Damit nichts mit dem Vertrag passieren kann«, sagte er zum Abschied und schüttelte ihr die Hand. »Ich freue mich darauf, Sie nach Ostern in unserem Team begrüßen zu dürfen. Vielleicht schauen Sie vorher mal rein, falls Sie eine neue Lektüre benötigen oder einfach mal Moin sagen wollen.«

»Das mache ich bestimmt«, versprach Leni und verließ die Buchhandlung. Sie war stolz und erleichtert. Sie hatte den letzten wichtigen Schritt gewagt, und es fühlte sich gut an.

Mit Beeke war sie um zwölf Uhr am Böhler Leuchtturm verabredet. Um unliebsamen Fragen vorzubeugen, hatte Leni das Treffen als gemeinsamen Abschiedsspaziergang angekündigt. Dass sie inzwischen die Weichen für ein Leben in St. Peter-Ording gestellt hatte, wusste Beeke noch nicht. Von dem Jobangebot im Buchladen und auch von Kristans Heiratsantrag wollte Leni ihr heute erzählen.

Die Luft war klar und der Himmel so blau, wie es nur der über Eiderstedt an einem Wintertag sein konnte. Die Sonnenstrahlen wärmten leicht ihr Gesicht und entlockten Leni ein Lächeln. Von Weitem sah sie Beeke. Sie saß auf der Bank an dem kleinen Leuchtturm aus Backstein, der mitten auf dem Deich erbaut worden war. Als sie Leni bemerkte, blickte sie ihr entgegen und winkte.

Zur Begrüßung umarmten sie sich.

»Moin!« Beeke grinste sie an. »Möchtest du auch einen Friesentee? Hab ich frisch gekocht, bevor ich hierhergelaufen bin.« Auf der Sitzfläche der Bank entdeckte Leni jetzt eine Thermoskanne und zwei Becher. Einer war bereits bis zur Hälfte mit heißem Tee gefüllt.

»Es ist zwar herrliches Wetter, und die Sonnenstrahlen sind wunderbar, aber ich habe schon wieder Eishände. Fühl mal!« Sie legte ihrer Freundin kurz einen Handrücken an die Wange. »Der Tee ist genau richtig.«

»Fühlt sich fast abgestorben an.« Beeke lachte, dann füllte sie Tee in den zweiten Becher. »Gibt's dafür keine Handschuhe?«

»Doch.« Sie verdrehte die Augen. »Die liegen auf meinem Bett.«

Beeke reichte ihr den Becher. »Da liegen sie gut.«

»Stimmt.« Leni setzte sich und stellte ihre Tasche neben sich ab. »Bleiben wir ein bisschen hier? Die Aussicht über die Salzwiesen ist so schön.«

»Von mir aus.« Beeke nahm wieder Platz.

Gemeinsam blickten sie über das Marschland und schwiegen einträchtig. Vögel erhoben sich vor ihnen in die

Lüfte oder landeten. Der Wind strich raschelnd durch die Gräser, und ganz weit hinten machten sie bunte Segel über dem Meer aus, die zweifellos hartgesottenen Kitesurfern gehörten.

»Normalerweise freue ich mich immer, dich zu sehen«, gestand Beeke plötzlich. »Aber heute? Es macht mich traurig zu wissen, dass du in ein paar Stunden abreist.«

»Es ist ja nicht für immer.« Leni lächelte und suchte nach den passenden Worten.

Beeke nickte. »Klar. Du wirst Kristan besuchen und er dich. Aber ob du dann auch Zeit für Treffen mit mir haben wirst, wenn du ihn besuchst? Immerhin seht ihr euch nur am Wochenende, bei der langen Anreise bleibt davon nicht viel.«

»Natürlich werden wir uns auch treffen«, bekräftigte Leni nachdrücklich.

»Das sagst du jetzt. Und bestimmt meinst du es auch so.« Beeke trank einen Schluck Tee und warf Leni dann einen langen Blick zu. »Ich weiß, ich höre mich wie eine Meckerliese an, aber ich bin wirklich traurig, weil du St. Peter-Ording verlässt.«

»Ach, das musst du nicht sein!«, protestierte Leni. Der Anflug eines schlechten Gewissens überkam sie. Sie hätte ihre Freundin von Anfang an einweihen sollen, statt aus reiner Unsicherheit zu schweigen und den richtigen Moment abzuwarten. Hoffentlich nahm Beeke es ihr nicht übel. Ihre sonst fröhlich funkelnden Augen wirkten traurig und matt.

»Na, und ob ich das muss«, widersprach sie. »Wenn du heute fährst, dann ist es hier für mich nicht mehr so schön wie seit unserem Wiedersehen. Unsere gemeinsamen Spaziergänge und Gespräche werden mir fehlen. Wahrscheinlich sogar ziemlich.« Beekes Augen schimmerten verdächtig.

Leni hielt es nicht mehr länger aus. Sie stellte die Tasse neben sich ab und zog den Reißverschluss ihrer Tasche auf. »Ich wollte dir noch etwas zeigen, bevor ich abreise«, sagte sie und hielt Beeke die Mappe vor die Nase.

»Was ist das?«, fragte Beeke verwundert.

»Lies, das ist am einfachsten.«

Beeke nahm die Mappe, zog den Vorvertrag heraus und begann konzentriert zu lesen. Ihre Miene veränderte sich deutlich und spiegelte Freude, Erleichterung und glücklicherweise keine Vorwürfe. Sie sah Leni fragend an. »Echt jetzt?«

Glücklich nickte Leni. »Ja! Ich fange nach Ostern in der Buchhandlung an. Und ich muss dir noch etwas gestehen: Kristan hat mich gefragt, ob ich ihn heiraten will.« Sie beobachtete Beeke erwartungsvoll. Jetzt war es raus.

»Ich fasse es nicht!« Beeke schüttelte den Kopf und legte den Vertrag zurück in die Mappe. »Wie lange planst du das alles schon?«

»Eine Weile«, gab Leni zu. »Ich wollte mir ganz sicher sein, bevor ich es jemandem sage. Tut mir leid, wenn du jetzt von mir enttäuscht bist.«

»Unglaublich.« Beeke schüttelte wieder den Kopf.

Leni schluckte. Sie war sich sicher, einen großen Fehler gemacht zu haben. »Bist du jetzt sauer auf mich?«

»Also, die Überraschung ist dir echt gelungen. Komm her!« Beeke drückte sie an sich. »Und natürlich bin ich nicht sauer auf dich. Ich freue mich total, muss nur erst mal alles sacken lassen. Du hast einen neuen Job im Buchladen, du ziehst nach St. Peter-Ording, und dann heiratest du noch Kristan!« Sie strich sich eine blonde Strähne aus dem Gesicht und strahlte vor Freude. »Hab ich was vergessen?«

Leni verneinte.

»Dann können wir bald wieder zusammen spazieren gehen.«

»Nach Ostern, von mir aus jeden Tag«, bestätigte Leni.

»Schön.« Beeke drückte ihre Hand. »Und da wir gerade dabei sind: Ich wollte dir auch etwas erzählen. Ich treffe mich regelmäßig mit Paul.«

»Was?« Leni riss die Augen auf. »Seit wann das denn?«

»Seit wir uns Silvester wiedergetroffen haben. Wir haben Handynummern ausgetauscht und uns fast jeden Tag gesehen. Bruno hat ihn auch schon kennengelernt ...« Beeke errötete leicht. »Wir lassen es langsam angehen, aber bisher ist es einfach sehr schön.«

»Oh, wow! Wann wolltest du mir das denn erzählen?«

Lässig zuckte sie die Schultern. »Sollte eine Überraschung sein.«

Prustend lachten beide.

Epilog

15 Monate später

»Und was ist, wenn es ein Mädchen wird?«, fragte Lenis Mutter und stemmte die Hände in die Hüften.

»Dann passt Sonnengelb genauso gut wie bei einem Jungen.« Lächelnd tauchte sie den Pinsel in den Farbeimer. Sie war im sechsten Monat schwanger, wollte sich aber vor der Geburt nicht sagen lassen, ob sie einen Jungen oder ein Mädchen erwartete. »Außerdem sind Rosa und Blau doch nullachtfünfzehn. Keine Farbe ist so freundlich wie Sonnengelb!«

»Wenn es ein Mädchen wird, dann nennst du es bestimmt Ida. So hieß meine Großmutter.« Oma Elga und Ine Bötte waren in das zukünftige Kinderzimmer gekommen und sahen sich interessiert um.

»Oder Carl, wenn es ein Junge wird«, schlug Ine Bötte vor. »Das war der Name meines Lieblingsonkels.«

Oma Elga und Ine Bötte waren regelrecht aufgeblüht, seit sie erfahren hatten, dass sie Uromas werden würden. Jede von ihnen hatte eine eigene Liste mit Vornamen angelegt, die sie passend für die Urenkelin oder den Urenkel fanden.

»Auch das werden wir sehen, wenn es so weit ist«, erwiderte Leni und amüsierte sich still über die Vorschläge. »Einen Mangel an möglichen Vornamen werden wir dank eurer Listen jedenfalls nicht haben.« Sie zwinkerte ihrer Mutter zu.

Ihre Mutter stemmte die Hände in die Hüfte. »So. Wenn wir hier so weit fertig sind, gehe ich mal in die Küche und helfe Ulrike beim Kuchenbacken.«

»Ich komme mit«, entschied Ine Bötte und wandte sich ebenfalls zum Gehen.

»Das ist lieb, danke, Mutti«, erwiderte Leni. »Ich mache auch nur noch den Feinschliff zu Ende, dann haben wir alles.«

»Das wird ein sehr schönes Kinderzimmer«, merkte Oma Elga an, als sie und Leni allein waren.

»Danke noch mal, dass wir die Wiege haben dürfen.« Sie schaute zu dem Bettchen, das neben einem der großzügigen Fenster stand. Die alte handbemalte und selbst gezimmerte Wiege hatten sie erst am Vortag vom Restaurator abgeholt.

Versonnen lächelte Oma Elga und strich über den Holzrahmen. »In dem Bett haben sogar deine Mutter und ich als Babys gelegen. Es ist schön, dass du diese Tradition weiterführen willst. Soll sie hier im Kinderzimmer stehen bleiben?«

»Nein, nein.« Leni legte den Pinsel auf einem Stück Zeitungspapier ab. »Das Baby soll die erste Zeit bei uns im Schlafzimmer schlafen. Ich hätte sonst keine Ruhe, wenn mein Kind in einem Nebenzimmer wäre. Später, wenn es groß genug ist, kann es dann ins Kinderzimmer ziehen.«

Oma Elga prüfte, ob die Wiege noch gleichmäßig schaukelte. »Der Restaurator hat sich wirklich Mühe gegeben. Das Babybettchen sieht fast wie neu aus.« Dann beugte sie sich so weit es ging vor und schaute unter die alte Wiege.

»Was machst du da?«, wollte Leni wissen.

»Komm mal her!« Sie winkte sie zu sich.

Leni putzte sich die Hände an einem Lappen ab und war dann neben Oma Elga.

»Hier unten ist ein Fach«, erklärte sie. »Zieh es doch mal auf!«

»Ein Fach unter der Wiege? Das klingt aber ziemlich merkwürdig.« Verwundert betrachtete Leni die Wiege.

»Überhaupt nicht«, widersprach Oma Elga. »Solche Fächer wurden früher oft als Aufbewahrungsort für zum Beispiel Windeln gebraucht.«

»Ah!« Leni kniete sich hin und beugte sich vor. Es sah sicher etwas ungelenk aus, da ihr Bauch inzwischen bei allen möglichen Bewegungen ein Hindernis darstellte. Dann tastete sie am Boden entlang und fand ein kleines Fach. Sie runzelte die Stirn. »Hier ist was. Aber das ist viel zu klein, um dort Windeln aufzubewahren. Und auch unpraktisch, wenn man sich so weit runterbeugen muss.«

»Ach, stimmt!« Oma Elga nickte. »Das ist ein kleines Geheimfach. Dort wurden früher zum Beispiel ein paar Groschen aufbewahrt.«

»Vielleicht ist ja noch ein Groschen drin.« Sie fand den kleinen Knauf und öffnete das Fach. »Ich habe etwas. Es ist aber keine Münze, fühlt sich eher wie ein Zettel an.« Sie zog ein Stück Papier aus dem Fach hervor. »Das scheint alt zu sein«, sagte Leni, nachdem sie einen Blick auf das stark vergilbte Papier geworfen hatte.

»Steht etwas drauf?«, fragte ihre Oma.

»Moment.« Leni faltete den Zettel auseinander und hielt ihn ihrer Großmutter hin. »Das kann ich leider nicht lesen. Kannst du die Schrift entziffern?«

Oma Elga führte das Blatt dichter an ihre Augen. »Das ist Sütterlin, und es ist die Handschrift meiner Mutter«, sagte sie erstaunt.

»Wirklich?«

»Ja, ich erkenne sie genau!« Ihre Großmutter ging mit dem Papier an ein Fenster.

Leni folgte ihr.

»Hör zu, ich lese es dir vor: *Öffne dich für die Wunder des Lebens, für all die Dinge, die unbezahlbar sind, und folge ihnen. Denn du bist von himmlischen Kräften getragen und ewig auf Licht gebettet.*«

Leni schluckte. Die Worte ihrer Urgroßmutter berührten sie tief. Ob es an den Hormonen lag oder an dem Glück, das sie in diesem Jahr bereits erfahren hatte, wusste sie nicht. Sanft legte sie sich eine Hand auf den Bauch und sah Oma Elga an. »Was für wunderschöne Worte!«

Oma Elga griff nach ihrer Hand. Leni spürte, dass sie leicht zitterte. Sie schien ebenso ergriffen von den unerwarteten Zeilen zu sein wie sie.

»Fast habe ich den Eindruck, dass die Zeilen für genau unser Baby geschrieben wurden und gerade jetzt gefunden werden sollten«, sprach Leni ihre Gedanken laut aus.

»Ein wahrer Segen. Mich würde es nicht wundern, wenn

meine Mutter das alles vorhergesehen hätte.« Oma Elga legte einen Arm um Leni und lächelte sie gütig an.

Aus dem Garten drang das Dröhnen des Rasenmähers zu ihnen herauf. Kristan und ihr Vater kümmerten sich um die Wiese.

Es war ein herrlicher Frühlingstag, und die Kaffeetafel auf der Terrasse war bereits gedeckt. Aus der Küche drang der Duft von frisch gebackenem Kuchen, und Leni atmete tief ein.

Vergangenheit, Gegenwart und Zukunft schienen in diesem Moment ineinanderzufließen. Leni fühlte sich mit allem in bedingungsloser Liebe verbunden. Sie war nie glücklicher als in diesem Augenblick gewesen. Das Leben war schön!

Nachwort

Liebe Leserinnen und Leser,

dies ist nun die Stelle, an der ich mal wieder ein paar persönliche Worte an Sie/euch richten möchte.

Es ist zwar mitten im Juli, und ich bin erst vor wenigen Tagen aus St. Peter-Ording zurückgekehrt, aber gedanklich stecken meine Füße bereits in dicken Wollsocken, und der Duft von würzigem Wintertee zieht in meine Nase.

Ich erinnere mich gern an die stimmungsvolle Lesung in der Gemeindebücherei von St. Peter-Ording! Und dann die netten Begegnungen und Gespräche, sowohl während der Lesung als auch bei der Signierstunde vor der Buchhandlung Tewes. Ein herzliches Dankeschön an alle, die ich dort treffen durfte!

Und wie es mit meinen Winterromanen des Öfteren so ist, habe ich mir für diesen ein besonderes Thema ausgesucht: die Rauhnächte – die übrigens auch an der nordfriesischen Küste zelebriert werden. Wie ich darauf gekommen bin?

Eigentlich war ich schon als kleines Mädchen von den Tagen zwischen Heiligabend und der Ankunft der Heiligen Drei Könige auf unerklärliche Weise wie verzaubert – und das lag nicht nur daran, dass ich Schulferien hatte. Die Tage erschienen mir aus unerfindlichen Gründen länger, die Geräusche gedämpfter. Es kam mir so vor, dass alles insgesamt viel langsamer und ruhiger ablief, als hätte jemand einen Gang zurückgeschaltet.

Natürlich hatte ich damals noch nichts von Rauhnächten gehört und selbst wenn, hätte ich in dem Alter auch nichts damit anfangen können. Trotzdem hatte ich diese Zeit des Jahres schon als eine besondere wahrgenommen, die sich deutlich von allen anderen Tagen unterschied.

Mit den Jahren wurde ich älter, doch dieses Gefühl blieb mir erhalten. Erst viel später habe ich dann zum ersten Mal von den sogenannten Rauhnächten gehört und endlich eine Erklärung für meine Empfindung.

Rauhnächte stehen vor allem für eine Auszeit vom Alltag, und viele nehmen auch genau in diesem Zeitraum ihren Urlaub. Es heißt, die zwölf Tage werden zu Nächten und umgekehrt. Ein Geschenk, das den Namen Rauhnächte trägt, bei dem die Zeit und auch die Natur scheinbar stillstehen.

Jeder der zwölf Nächte wird ein eigenes Thema zugeordnet, z. B. Neubeginn, Annehmen, Loslassen oder auch Ahnen und die eigenen Wurzeln. Es lohnt sich, in der Zeit zum Beispiel auf seine Träume zu achten oder auch ein Tagebuch zu führen, in das spontane Gedanken niedergeschrieben werden können. Man sagt außerdem, dass das Wetter während der Rauhnächte eine Vorausschau sei auf die jeweiligen Monate des kommenden Jahres. Wie auch immer man diese Zeit sehen mag, ob man mit Rauhnächten etwas anfangen kann oder nicht, die Zeit um den Jahreswechsel eignet sich in jedem Fall hervorragend für Einkehr und Reflexion. Für alle, die gerne ein bisschen mehr über die Bräuche der Rauhnächte erfahren möchten, habe ich im Anhang eine Silvester-Räucherung zusammengestellt und auch ein kleines Räucherwerk-Lexikon verfasst.

Und für alle anderen halten die nächsten Seiten wie immer einige Rezepte bereit.

Ich hoffe, ich konnte Sie/euch mit *Winterstrandtage* gut unterhalten und vielleicht auch den einen oder anderen etwas neugierig auf die Rauhnächte machen.

Und hey! An alle, die noch immer ausschließlich meine Winterromane lesen: Ich habe noch nicht aufgegeben, euch auch mal mit ins sommerliche St. Peter-Ording zu nehmen. 😊

Bis dahin wünsche ich allen eine schöne Zeit und verbleibe wie immer:

Wir sehen uns. Irgendwo. Aber ganz bestimmt am schönsten Strand der Welt – in St. Peter-Ording.

Tanja Janz im Juli 2023

Rezepte

Nordfriesischer Eiergrog

Zutaten für 4 Gläser:

700 ml heißes Wasser
240 ml Rum
6 TL Zucker
4 Eigelb

Zubereitung

Schritt 1:
Zunächst das Eigelb und den Zucker in eine große Tasse füllen und so lange verrühren, bis die Masse weißlich aussieht. Danach gleichmäßig auf vier Gläser verteilen.
Tipp: Es empfiehlt sich sehr, frische Eier zu verwenden, da das Ei im Grog nur leicht erhitzt wird.

Schritt 2:
Den Rum (60 ml pro Tasse) hinzufügen und alles miteinander vermengen.

Schritt 3:
Das Wasser aufkochen und abkühlen lassen, bis es nicht mehr sprudelt. Anschließend wird das Wasser unter Rühren langsam in die Tassen gefüllt. Durch das Rühren bildet sich eine Schaumkrone.

Der Eiergrog ist nun fertig und sollte möglichst heiß getrunken werden.

Kleiner Tipp: Den Eiergrog nicht mehr rühren und möglichst unter dem Schaum hindurch trinken. Alte nordfriesische Weisheit. 😉

Traudels Apfelstrudel mit Vanillesoße

Zutaten für den Teig:

250 g Mehl
1 Eigelb
20 ml Sauerrahm
Flüssige Butter nach Belieben zum Bestreichen und Einfetten
100 ml lauwarmes Wasser
1 Prise Salz
1 kg säuerliche Äpfel (z. B. Elstar, Boskop, Idared, Jonagored, Gravensteiner oder Cox Orange)
50 g Butter
100 g Semmelbrösel
120 g Zucker
170 g Rosinen
1 abgeriebene Schale und Saft einer Bio-Zitrone
½ TL Zimt
1 Verschlusskappe Rum
Etwas Butter zum Bestreichen
Puderzucker

Zutaten für die Vanillesoße:

1 Vanilleschote
½ l Milch

2 Eigelb
30 g Zucker
1 Pkg. Vanillezucker

Zubereitung:

Schritt 1 (Vanillesoße):
Zunächst wird die Vanillesoße zubereitet, da sie abgekühlt serviert wird. Die Vanilleschoten längs aufschneiden und das Mark mit einem Messer herauskratzen.

Schritt 2:
Die Milch mit dem Mark und der restlichen Vanilleschote zum Kochen bringen. 5 Minuten ziehen lassen. Danach die Vanilleschote aus dem Topf entfernen.

Schritt 3:
Das Eigelb mit dem Vanillezucker vermengen. Anschließend die Vanillemilch und den Zucker nach und nach hinzugeben. Bei mittlerer Temperatur weiterrühren.

Schritt 4:
Sobald die Soße dickflüssig wird, vom Herd nehmen und abkühlen lassen.

Schritt 5 (Teig):
Für den Teig alle flüssigen Zutaten vermischen und das Salz darin auflösen. Das Mehl in eine große Schüssel sieben.

Dann die Flüssigkeit hinzufügen und den Teig mithilfe eines Kochlöffels verrühren, bis er klumpt. Den Teig auf einer bemehlten Arbeitsfläche kneten, bis sich keine Blasen mehr bilden und nichts mehr an den Fingern klebt.

Schritt 6:
Den Teig zu einer Kugel formen und mit Butter bestreichen. Danach ca. eine halbe Stunde an einem warmen Ort ruhen lassen.

Schritt 7:
Inzwischen Äpfel schälen und in dünne Scheiben schneiden. Etwas Butter in eine Pfanne geben und die Semmelbrösel goldbraun rösten. Mit Zimt und Zucker sowie den Apfelscheiben vermischen. Danach Rosinen, die abgeriebene Zitronenschale und Zitronensaft und Rum dazugeben und vermengen.

Schritt 8:
Den Teig auf einem bemehlten Tuch ausrollen und ihn vorsichtig ausziehen. Mit einem bemehlten Handrücken unter den Teig greifen und mit der anderen Hand von der Teigmitte in Richtung Tischkante ziehen. Der Teig soll so dünn werden, dass man hindurchschauen kann.

Schritt 9:
Ist der Teig dünn genug, wird er mit flüssiger Butter bestrichen und die Füllung daraufgeben. Das darunterliegende Tuch zu Hilfe nehmen, um den Teich leichter einrollen zu

können. Der zusammengerollte Teig kommt auf das zuvor mit Butter ausgestrichene Backblech.

Schritt 10:
Bei 190 °C goldbraun backen. Danach abermals mit Butter bestreichen und etwas abkühlen lassen. Nach Belieben mit Puderzucker bestreuen und mit der Vanillesoße warm genießen.

Oma Elgas Silvesterlocken

Zutaten für den Teig:

1 Packung Blätterteig
1 Eigelb
1 Schuss Milch
Etwas Butter zum Einfetten

Zutaten für die Füllung:

1 Eiweiß
15 g und 75 g Kristallzucker
25 ml Wasser

Außerdem nötig: Schaumrollen-Formen, Spritzbeutel

Zubereitung:

Schritt 1 (Teig):
Den Blätterteig rechteckig ausrollen (ca. 40 x 25 cm).
Danach in 16 Streifen schneiden (ca. 25 x 2,5 cm).

Schritt 2:
Die Schaumrollen-Formen mit Butter einfetten und dann die Teigstreifen auf die Formen aufrollen. Das überlappende Teigende andrücken.

Schritt 3:
Ein Backblech mit Backpapier auslegen und die Locken mit der Teignaht nach unten auf das Blech legen.

Schritt 4:
Ei trennen und das Eigelb mit der Milch verrühren. Den Teig mithilfe eines Pinsels damit bestreichen, anschließend für ca. 15 Minuten bei 180 °C Ober-/Unterhitze goldbraun backen.

Schritt 5:
Die Locken kurz abkühlen lassen und dann vorsichtig aus den Formen lösen.

Schritt 6 (Füllung):
Das Eiweiß mit 15 g Kristallzucker zu Eischnee schlagen. Den restlichen Zucker mit dem Wasser in einem kleinen Topf auf ca. 120 °C aufkochen, bis der Zucker komplett aufgelöst und die Flüssigkeit noch klar ist.

Schritt 7:
Unter ständigem Rühren langsam das Zuckerwasser zum Eischnee geben. So lange weiterrühren, bis die Masse abgekühlt ist und leicht glänzt.

Schritt 8:
Die Masse in einen Spritzbeutel füllen und damit die ausgekühlten Locken befüllen. Die Silvesterlocken nach Belieben mit Puderzucker bestäuben.

Delf Böttes Silvesterpunsch

Zutaten für 4 Gläser:

2 Bio-Orangen
600 ml Rotwein
500 ml milder Schwarztee
100 g Rohrzucker
3–4 daumengroße Ingwerscheiben
1 Zimtstange
4 Kardamomkapseln
3 Sternanis
3 Gewürznelken
5 Pfefferkörner
100 ml Rum (40 Vol.-% Alkohol)

Zubereitung:

Schritt 1:
Dünne Schalenstücke von den Orangen abschneiden.

Schritt 2:
Die Orangen halbieren und auspressen.

Schritt 3:
Orangenschalen, Rotwein, Schwarztee, Zucker, Ingwerscheiben und Gewürze zusammen in einen großen Topf geben. Ca. 15 Minuten bei geringer Hitze ziehen lassen.

Schritt 4:
Alles durch ein Sieb geben, sodass die Orangenschalen, Ingwerscheiben und Gewürze entfernt sind. Zum Schluss den gepressten Orangensaft und den Rum hinzufügen und dann heiß servieren.

Räuchermischung für den Silvesterabend zum Selbermachen

Dankbarkeit und Loslassen

Der letzte Abend im Jahr bietet sich an, um in Dankbarkeit auf die Ereignisse der zurückliegenden zwölf Monate zurückzublicken. Wir dürfen uns an schöne Momente erinnern, aber auch an die weniger erfreulichen. Wir dürfen uns gewiss sein: Jedes Erlebnis hat einen Sinn, auch wenn es nicht sofort ersichtlich scheinen mag.

Die Silvester-Räuchermischung soll helfen, das vergangene Jahr in Dankbarkeit anzunehmen, belastende Aspekte loszulassen und positiv auf das neue Jahr einzustimmen.

Zutaten für die Silvester-Räuchermischung:

1 Teil Mädesüß
½ Teil Goldrute
1 Teil Kamille
½ Teil Mariengras
1 Teil Myrrhe
½ Teil Weihrauch

Zubehör:
1 Räucherstövchen mit Sieb
1 Teelicht
1 Feuerzeug oder Streichhölzer
1 Zange oder ein Löffel

Zubereitung:

Schritt 1:
Alle Zutaten nach gewählter Maßeinheit abmessen. Danach zerkleinern, bis sie die Konsistenz von grobem Sand haben. Mörser, Scheren oder Stößel sind bei der Zerkleinerung hilfreich.

Schritt 2:
Das Teelicht anzünden und im Stövchen platzieren. Danach das Sieb auflegen und das Räucherwerk an den Siebrand legen – so erreicht man einen länger anhaltenden Duft. Direkt über der Flamme entwickelt die Mischung mehr Rauch.

Schritt 3:
Nun kann das eigene Heim geräuchert werden. Dazu geht man mit dem Stövchen von Zimmer zu Zimmer und verwedelt vorsichtig Rauch. Die Fenster sollten während der Räucherung geschlossen sein. Nach Beendigung des Rundgangs werden alle Fenster weit geöffnet.

Oma Elgas kleines Lexikon der Räucherwerke

Mädesüß (Filipendula ulmaria) gehört zur Familie der Rosengewächse. Die Blüten des Mädesüß duften intensiv. In Deutschland blüht sie von Juni bis Juli. Mädesüß ist eine uralte heimische Heilpflanze und wird auch »pflanzliches Aspirin« genannt. Beim Räuchern hilft sie, Altes loszulassen und sich auf Neues einzustimmen.

Goldrute (Solidago) gehört zur Familie der Korbblütler. Ihre Blüten sind goldgelb, und man findet sie hauptsächlich in Nordamerika. Goldrute steigert das Selbstbewusstsein und hält negative Energien fern.

Kamille (Matricaria) gehört ebenfalls zur Familie der Korbblütler. Sie ist in ganz Europa heimisch und kann auch zu Hause in Kräuterbeeten oder Töpfen angebaut werden. Kamille ist eine Heilpflanze, die oft bei Erkältungen, Magen- und Darmbeschwerden sowie bei Hautproblemen und Entzündungen zum Einsatz kommt. Kamille beruhigt unsere Nerven und fördert die Selbstheilungskräfte.

Mariengras (auch Vanillegras genannt) verbreitet einen entspannenden Duft. Ihm wird eine reinigende Wirkung und das Ingangsetzen von Heilungsprozessen nachgesagt.

Myrrhe (Commiphora) gehört zur Familie der Balsambaumgewächse. Myrrhe verströmt einen sanft erdigen und warmen Duft und war im Altertum neben Weihrauch einer der wichtigsten Räucherstoffe. Myrrhe fördert Optimismus, Kraft und innere Ruhe. Beim Räuchern wird es als Schutz- und Reinigungsweihrauch eingesetzt.

Weihrauch (Olibanum) ist das Gummiharz des Weihrauchbaums. Es gilt als anerkanntes Heilmittel und wird zur Reinigung von Raumluft verwendet. Weihrauch wird als Brückenbauer zwischen der materiellen und geistigen Welt gesehen. Es klärt, reinigt und fördert Ruhe und Schutz.

Sandelholz (Santalum album) stammt aus Indien. Es ist eines der wichtigsten Räuchermittel. Der Duft von Sandelholz ist angenehm warm und steht für Schutz, Liebe und Geborgenheit. Außerdem verhilft er zu vermehrter innerer Gelassenheit. In Indien werden durch Sandelholzräucherungen am Abend böse Geister vertrieben.

Styrax ist ein Harz und stammt vom Orientalischen Amberbaum (Liquidambar orientalis). Es war schon im Altertum ein beliebtes Räucher- und Heilmittel. Sein aromatisch wärmender Duft wirkt entspannend und eignet sich zum Lösen geistiger und emotionaler Blockaden. Styrax vertreibt Sorgen und belastende Gedanken. Es eignet sich gut für Räucherungen am Abend.

Pfefferminze gehört zu den krautigen Pflanzen der Minzen (Mentha). Beim Räuchern verströmt die Pfefferminze ihren typischen erfrischenden Duft. Sie fördert die Konzentration und vertreibt Müdigkeit. Oft wird Pfefferminze auch bei Erkältungen oder Kopfschmerzen angewendet.

Zimt (Cinnamomum) ist eines der ältesten Gewürze Asiens. Es duftet blumig. Besonders in der Weihnachtszeit werden viele Backwaren mit Zimt hergestellt. In der Naturheilkunde wird er bei Magen-Darm-Problemen oder Erkältungssymptomen verwendet. Beim Räuchern bringt Zimt Glück ins traute Heim und sorgt für eine ausgleichende Atmosphäre.

Die **Rose** (Rosa) gilt als die Königin der Blumen und steht für die Liebe. Auch bei der Räucherung kommt ihr eine große Bedeutung zu. Sie wird für Liebesräucherungen verwendet, aber auch um eine entspannte Stimmung zu schaffen. Sie wird bei Schutzräucherungen genutzt, man sagt zudem, dass man mit ihr Zauber auflösen könne.

Zeder (Cedrus) gehört zu den Kieferngewächsen. In vielen Kulturen gilt die Zeder als der Baum Gottes. Zedernholz duftet süß-aromatisch und leicht holzig. Es steht bei der Räucherung für Mut, Ausdauer, Ansehen und Wohlstand. Außerdem soll es das allgemeine Glück fördern und ist effektiv gegen lästige Insekten.

Bernstein (Succinit) ist ein fossiles Harz und als »Gold des Nordens« bekannt. Sein harziger Duft ist schwer und ähnelt dem von Myrrhe. Sein Rauch ist ideal zum Arbeiten an »alten Themen«, eignet sich jedoch auch für Schutzräucherungen. Bernstein zählt zu den reinigenden Harzen und verbessert nicht nur die Luft. Bernstein leistet Hilfe bei Überempfindlichkeit des Nervensystems, aber auch bei Erschöpfungszuständen. Beim Räuchern im Sieb ist es aufgrund seines starken Dufts niedrig zu dosieren.